JN090035

身代わりの恋人
～愛の罠に囚われて～

小日向江麻
Ema Kohinata

EB
エタニティ文庫

目次

身代わりの恋人

～愛の罠に囚われて～

プロローグ

「谷川《たにがわ》さん、もしかして緊張してます？」

『株式会社クリハマ』と看板を掲げた大きな建物のエントランスを潜《くぐ》ろうというとき、松田《まつだ》さんが足を止め、わたしの顔を覗き込んだ。

三月のまだ冷たさの残る風が、頬と前髪を撫でていく。その前髪をくしゃりと掻《か》きながら、わたしは顔を上げた。

「えっ、わ、わかります？」

「うん。今深呼吸してましたよね」

言いながら、松田さんが可笑しそうに声を立てて笑った。

頭の片隅で、彼の、二重の大きな目を細めた人の好さそうな表情を、可愛いな——なんて思いつつ、わたしは恥ずかしさで「だって」と口にする。

「初めての商談なんですもん、仕方ないじゃないですか。松田さんは懇意《こんい》にしている会社さんが相手だし、何度も経験あるから手慣れてるでしょうけど……」

「ごめん、そうでしたね」

彼はすまなそうに片手を拝むような形にすると、小さく眉を下げた。

「――いや、谷川さんは普段からしっかりしてるし、なんでもソツなくこなしてくれるから、忘れてました」

「そんなことないですよ。やる気だけは人一倍ですけど」

彼にそう評価されていたのは誇らしいけれど、わたしは首を横に振った。

まったく違う業界から現在の菓子メーカーに転職したばかりのわたしにとって、自分の仕事の内容を振り返る余裕なんてなかった。この数ヶ月ただひたすら、松田さんの下で、やるべきことをがむしゃらにやってきただけに過ぎない。

「そのやる気が一番大事なんですよ、営業って」

「そう、ですかね」

「うん。心配しないでいいですよ、自信持って。谷川さんなら大丈夫」

松田さんは、安心させるみたいに深く頷いて言った。彼の双眸《そうぼう》が、確信しているという風に力強くわたしを見据える。

『谷川さんなら大丈夫』

その言葉と瞳の意思で、不思議と妙な身体の強張りが消え、気持ちがスッと楽になった。と同時に、まったく別の意味合いで、ドキドキしてしまう。

彼のような魅力的な男性に褒《ほ》められるのは、純粋に嬉しい。

スラッとしていてスーツが似合う体形だし、ヘアスタイルも理知的で嫌味のない黒髪のマッシュ。二重の大きな目が特徴的なやわらかい雰囲気の顔立ちなのに、鼻筋は通っていて男らしさも感じる。しみひとつない肌は滑らかで、清潔感に溢れている。

素晴らしいのはもちろん見目だけじゃない。

容姿を抜きにしても、彼は優しくて、とても信頼できる上司だ。ずっとチャレンジしてみたかった仕事に運よく就くことができ、右も左もわからないわたしに営業のイロハを教えてくれ、育ててくれた。それだけに止まらず、こんな風に励《はげ》ましてくれたり、勇気付けたりもしてくれる。

それが嬉しくて、最近では、彼の存在がさらに頑張りたいという動機にも繋《つな》がっているのだ。

彼がいるから、もっと一生懸命に仕事をしようと努力することができる。尊敬する先輩であり、憧れの男性。

わたしにとって、松田さんはそういう、大切な存在になりつつあった。

「ありがとうございます、頑張ります！」

わたしが清々《すがすが》しい気持ちで言うと、松田さんはもう一度頷いたあと——何故か、寂《さび》しい微笑を見せた。

　まただ。彼は不意に、そんな表情を見せるときがある。わたしは、それが気になって仕方なかった。

　まるで、誰かとの別れを惜しむような、目には見えない何かに追い縋《すが》るような。名残《なごり》惜しげな眼差し。

　そのあと、彼は決まってわたしから顔を背《そむ》ける。「どうしたんですか？」と彼の背中に問いかけたいけれど、いつもできずにいた。

　こんなことを訊けるほど、まだ松田さんとわたしの関係は打ち解けたものではなかった。

　仕事で接する機会は多いのに、どこかよそよそしさが抜けず、一定の距離を保ったまだ。おそらくわたしと彼がこれ以上親密になることはないだろう。わかっている。わかっているけれど……それでも、もっと彼に近づきたい。彼に信頼してもらいたい。そして、彼が時折纏《まと》う影の理由を知りたい。そう思ってしまうのだ。

「行きましょう。そろそろ約束の時間なので」

「はい」

　腕時計に視線を落とした松田さんに促され、わたしも歩き出す。

　今はとにかく、目の前の仕事をこなすことを考えよう。

　わたしはもう一度深呼吸をしてから、彼に続いてエレベーターホールへと進んでいったのだった。

1

「――では、お手元の資料をご覧ください」

小ぢんまりとした部屋に、松田さんの落ち着いた低音が心地よく響いた。

株式会社クリハマの一部屋で、わたしと松田さん、ふたりでの初商談が始まった。

わたしはページを捲《めく》ることも忘れ、わたしのすぐとなりで流暢《りゅうちょう》に内容を読み上げる彼の声音に、しばし聴き入ってしまった。

それまでの優しげな口調とは違う、凛《りん》とした語調。ここからはビジネスなのだと線引きするみたいな真剣な横顔に、ドキッとする。やっぱり素敵だ、松田さんは。

「弊社青葉製菓《あおばせいか》では、来年夏の目玉商品としまして、弊社のメイン購買層に当たる若い女性をターゲットに、夏らしく涼しげで思わず手に取ってしまいたくなるような、インパクトのある商品を発売する予定です。サンプルをお持ちしていますので、是非お試しください――サンプルを」

松田さんはそう言うと、わたしに呼びかけた。

「あっ、はい」

いけない、見惚れてないで仕事に集中しなきゃ。初めての商談、それもあのクリハマさんとなんだから。

商談相手である株式会社クリハマは、大手スーパーやコンビニに太いパイプを持つ、菓子業界では一、二を争う卸売会社だ。

都内の一等地に、七階建ての自社ビルをデンと構えているのはさすがといったところ。ビルの入り口で、わたしの挙動を見た松田さんが笑っていたけれど、最初の商談がこの場所だなんて、そもそも緊張しないはずがないのだ。

わたしたちメーカーは、三～四ヶ月に一回、新商品を開発するごとに、卸売会社に出向いてプレゼンを行う。そこで卸売会社の担当に商品をチェックしてもらい、気に入ってもらえるかどうかで、今後それらが卸売会社と繋《つな》がるスーパーやコンビニなどで多く売り出してもらえるかが決まる。

商品の売れ筋は、この段階である程度決まってしまうと言っても過言《かごん》ではない。いわば、第一関門だ。ここを上手く乗り越えられれば、その後の商品の動きに期待ができるので、少しでもいい印象を持ってもらわなければ。

わたしは慌てて傍《かたわ》らの椅子に置いていた紙袋の中から、目当てのものを取り出した。ちょうどわたしの手のひらを広げたくらいの大きさのパッケージは白一色で、黒文字で大きく「2020年夏新商品　Glossy（仮）」と印字されている。

企画段階では、商品パッケージまでは完成されていないことも多々ある。我が青葉製菓は卸売会社での反応を受け、パッケージに反映できそうなアドバイスをもらえたら、積極的に採用しているのだ。

「どうぞ」

わたしは、斜向《はすむ》かいにいる眼鏡の男性――大場《おおば》さんにサンプルを差し出した。

細身で日焼けした肌が特徴的な彼はそれを受け取り、パッケージを破ると、中に入っている飴玉をひとつ摘《つま》み上げ、しげしげと見つめる。

大場さんはクリハマの営業一部の次長で、西東京エリアの責任者。メーカーの間では西東京の顔と呼ばれており、彼に気に入られるか否かで商品の売り上げが大きく変わってくると言われている。

だから、さっき松田さんに紹介してもらいご挨拶をしたとき、情けなくも声が震えてしまった。

大場さんご自身は気さくな方で、わたしの慣れない素振りに笑って「頑張ってね」なんて声を掛けてくれたけれど、結構気難しくて厳しいところもあると聞いている。失態を晒《さら》さないように気を付けないと。

「へえ、確かに面白い」

暫《しばら》く飴玉を観察していた大場さんの目が、眩しそうに眇《すが》められる。

「こちらの『Glossy』のコンセプトは、夏祭りです。夏祭りの高揚《こうよう》感あるキラキラした情景を、一粒の飴の中に再現しました」

大場さんの反応にホッとした様子の松田さんが、口元に笑みを湛《たた》えて説明する。

『Glossy』という名前の通り、大小様々な大きさのキャンディチップや、ラメのように輝くパウダーが配合された飴玉。

小さいころに憧れた、プラスチックの透明な球体の中に、色とりどりのビーズを詰めたヘアゴムを思い起こさせる、華やかで存在感のあるビジュアルだ。若い女性ならば一目見て「可愛い！」「欲しい！」となりそうな、これまでにはなかった商品ではないかと思う。

「フレーバーはりんご飴やあんず飴のイメージで、アップルとアプリコットの二種類で展開する予定です。パッケージは準備中ですが、やはり夏祭りのイメージに合ったデザインで、小窓を作って実際の商品を覗けるようにしたいと考えています」

「いいんじゃない、こういう商品。最近は、味だけじゃなくて見た目に注目させる菓子も需要があるだろう。ほら、あの、画像投稿アプリだっけ？」

「そうですね。他社さんの商品でも、そこに投稿された写真が火付け役になって品薄になった事例がいくつかありますし。弊社もそのブームに乗っかれないかと、企画部で案を出したみたいです」

「なるほどね」

話しながら、大場さんが飴を口の中に放り込む。

「……うん、味も悪くない」

そして、飴玉が溶け出すまでの少しの間のあと、そう続けた。そんな大場さんを前に、松田さんは嬉しそうに頬を緩める。

「ありがとうございます。大場さんに認めて頂けると自信になります」

「まぁ、こっちも松田くんが持ってくるものなら信頼してるから。心配しなくても推しとくよ。あ、そのうちまたサッカーしような」

「ありがとうございます。また誘ってください」

「もちろん。松田くんが来ると、君目当てにうちの会社の女の子たちがこぞって応援に来てくれるんだよ。イケメンは得だね」

大場さんは言いながら悪戯《いたずら》っぽく笑った。

クリハマさんにはサッカーチームがあって、運動不足解消を目的とした人から、昔ユースチームでプロを目指していた人まで、社内外問わず誰でも参加ＯＫ。大学時代にサッカーサークルに所属していたという松田さんは、ちょくちょく呼ばれているようだ。

……でも、他社の女性社員にも人気があるとは思わなかった。確かに松田さんの容姿はかなり目を惹くし、整い過ぎているくらいだ。

容姿とスタイルの良さはもちろんのこと、特に素敵だなと思うのは、彼の手。

いつも丸く短く切り揃《そろ》えられた爪と、ささくれや皮剥《かわむ》けのない長い指先は、スマホを操作しているときや書類の受け渡しのときによく目にするけれど、思わずじっと見入ってしまう。

ああいう細かな身だしなみを気にすることができる人って、イコール細かいことに気を使える、気配りができるって意味だと思う。

外見だけじゃなく、中身もイケメンだからこそ、曲者《くせもの》である大場さんの心を掴《つか》むことができたのだろう。

「いえ、そんな。そうだ、大場さん、今度呼んで頂く際は谷川もご一緒してもいいですか？」

イケメンと持て囃《はや》された松田さんは困ったように笑ってから、わたしのほうへ視線を向けた。

「ん、君、サッカー好きなの？」

「あ、はいっ。見るのもやるのも好きです」

大場さんに訊《たず》ねられて、慌てて頷く。

本当のところ、大学の授業以来サッカーボールには触っていない。でも、身体を動かすことは嫌いじゃないし、テレビでサッカー観戦をすることはある。

「いいねー。うちは女性社員だけの試合とかもあるから、よかったら出てよ。女子は人数少ないから、みんな喜ぶよ」

「はい、是非お願いします！」

サッカー好きの大場さんは、わたしの返事に気を良くしたらしい。眼鏡の奥の瞳がぐっと優しくなったように感じられた。

やった。もし本当に呼んでもらえたら、松田さんが活躍する姿をこの目で見られるかもしれない。それはラッキーかも。

……とか、邪《よこしま》なことを考えてしまった。わたしったら、松田さんは仕事に繋《つな》がると思って話題にしてくれたっていうのに。

「そういえば松田くん、彼女——谷川さん？　新人って言ってたけど、新卒の時期じゃないよね」

大場さんは、わたしが最初に渡した名刺を見ながら、松田さんに訊《たず》ねる。

「ああ、はい。彼女、中途なんですよ」

「二ヶ月前に入社しました。今、二十五です」

わたしが言うと、大場さんは意外そうに目を瞠《みは》った。

「落ち着いてるわけだ。新卒の子はどうもオドオドソワソワしてるけど、そう見えなかったから」

「ですよね。僕の二つ下とは思えないくらいしっかりしてますよ」

大場さんの言葉に、松田さんがわたしを見つめながら賛同する。彼の瞳に自分が映っているのが見えて、わたしは慌てて視線を下げて首を振った。

「いえ、全然です。まだわからないことばかりで、松田さんに教えてもらってなんとかなっている状態なので。早く自分でいろいろできるようにならないといけないな、とは思ってるんですけど」

松田さんに褒《ほ》められるのは嬉しいけれど、まだ何もできない自分にはもったいない評価で恐縮してしまう。

大場さんはやや上を向きながら、大きく声を立てて笑った。

「入って二ヶ月じゃしょうがないよ。松田くんだって今でこそ優秀な営業マンだけど、入ったばっかりのころは俺もあれこれ煩《うるさ》く言ったりしたから」

「大場さんには何から何まで教えて頂きましたよね。本当に感謝してます」

どんな仕事でも首尾よくこなす松田さんも、最初から完璧なわけではなかったということなのだろう。つい親近感を覚えてしまう。

「松田くんの下についてれば、谷川さんもすぐ一人前の営業マンとして活躍できるから焦らなくていい。今後、期待してるよ」

「ありがとうございます！」

わたしは大場さんに身体を向けると、深々と頭を下げた。

――どうやらわたしの人生初めての商談は、好感触のようだった。

◆◇◆

「お疲れ様でした。上手くいってよかった」

クリハマの自社ビルを出て駅へと向かう道の途中、松田さんが労《ねぎら》いの言葉を掛けてくれる。

あのあと、いくつか他商品のプレゼンをして大場さんから要望やアドバイスを頂いた。商品によっては厳しい評価が下ったものもあったけれど、致命的な指摘はなく、その商品も無事にクリハマの取引先へと売り込んでもらえることとなった。

「ほぼ松田さんのお陰でしたけどね。次は、もっと役に立てるように頑張ります」

緊張からの解放と、なんとか無事に済んだという安心感で自然と表情が綻《ほころ》ぶ。

それは松田さんも同じであるみたいだ。

行きよりも表情がやわらかいし、言葉の語尾も妙に軽く弾んでいるように聞こえる。

会話の傍《かたわ》らで、いかにも仕事中、というキリッとした表情もいいけれど、自然体の彼も素敵だ――なんて考えてしまう。

「いや、十分な受け答えでした。商談の内容に関しては、今の段階では俺とか同行する人間のプレゼンをよく聞いて、いざというときに自分の言葉で説明できればそれでいいんです」

「そうですかね」

「それに大場さんの噂、あちこちのメーカーから聞いてると思いますけど、それに振り回されず、委縮《いしゅく》しないできちんと応対できてましたし」

「ごくごく当たり前というか、無難な返事しかできなかったんですが、あれで正解でしたか？」

「その当たり前の応対もできなくて辞めてく人材も多いんです。人対人の仕事だと、ある程度のコミュニケーション能力がないと成り立たないから。そういう意味でも、今日は上出来でしたよ」

「それなら、よかったです」

もう少し仕事の話にも積極的に参加するべきかとも思ったけれど、段階を踏んでこなしていければいいということであれば、松田さんの言う通り『上出来』だったのだろう。

本当、よかった。

我ながらかなり気を張っていたことに気付き、小さく息を吐くわたしを見て、松田さんはそっと目を細めた。

「この時期の新入社員ってことで、大場さんも印象に残ったんじゃないですかね。谷川さんのこと」

「やっぱり珍しいんですかね」

「うちの会社にはあんまりいないかもしれないですね。言われてみれば、中途ってどうしてもじゃなければ採《と》らないような気がします。うち、営業は男ばっかりで離職率低いから、必然的に欠員も少ないし」

「言われてみれば」

会社での様子を思い浮かべて頷く。

わたしたち営業部は、九割が男性と言っていい。となりの経理部は女性が多いから、全体的な比率には差が見えず、あまり気にしたことがなかった。

「女性の営業志望自体が男性に比べて少ないかもしれないですね。体力的にキツいことも多いし」

「そうですね。想像よりもキツかったかもしれないです」

松田さんの言葉に賛同して笑う。

営業という職種はとにかく体力が要《い》る。重たい資料やサンプルを両手に抱えて客先に赴《おもむ》いたり、展示会で歩き回ったり。プレゼンで日帰り出張なんていうのも結構ある。

だから最近は、暇さえあれば体力の回復のため、家に引きこもってひたすら眠りこける――なんて、残念な休日の過ごし方でバランスを取っている状態だ。

「なのに、どうしてうちで営業をやろうって思ったんですか？」

なんでもない、ただの雑談の延長のように思われたけれど、わたしはその問いかけに変な高揚感《こうよう》を覚えた。無意識のうちに足を止めて、松田さんの顔を見上げた。

「あ、ごめん。言いにくいことですか？」

わたしが立ち止まったのを見て、申し訳なさそうな様子で彼も歩みを止める。

変なことを訊いてしまった。松田さんの顔にそう書いてある。

「いえ、全然。そういうわけじゃ」

気まずそうに視線を俯《うつむ》ける彼に、わたしはぶんぶんと両手を振った。

少し意外だったのだ。松田さんは、わたしが訊いたことに対しては真摯に答えてくれるが、彼のほうからわたしに何かを訊《たず》ねてくることは、割と、まあまあ、珍しい。

そういう珍しいことが起きると、わたしに興味を持ってくれているんじゃないか、と、自分勝手に自惚《うぬぼ》れた期待が湧き上がってしまうけれど、そうではないこともちゃんとわかっている。気まぐれだとしても嬉しいものは嬉しい。

「――その、人生で初めて、ちゃんとやってみたいって思った仕事なんですよね。わたし、それまで印刷会社で総務の仕事をしていたんですけど、あまりやりがいを感じていなくて」

瞼《まぶた》を閉じると、当時の光景がつい昨日のことのように浮かんでくる。

大学生のころ。これといって夢や目標がなかったわたしは、就活に入ると手当たり次第に様々な企業を受けまくった。

けれど、結果は惨敗《ざんぱい》。このまま就職浪人一直線か――と危ぶんだとき、拾ってくれたのが件《くだん》の印刷会社だった。

この際正社員として働かせてくれるならどこでもいい。働けるだけマシだ。

そんな適当な気持ちで過ごすうちに、漠然と「これでいいんだろうか？」なんて疑問が頭を過《よぎ》るようになっていった。

たまに会う大学時代の友人は、上司や取引先の悪口なんかを言いつつも、自分の仕事を誇らしそうに話している。そんな姿を、たまらなく羨《うらや》ましいと感じた。

わたしには、そんな風に一生懸命になれるものなんてない。

このまま、今の会社で何をするべきか、何をしたいかわからずに過ごしていくのだろうか？

考えただけでも不安で、怖いと思った。今でさえそう思うのに、数年後の自分はこの環境をどう思うのだろう。

ならば、今動かなければ。自分の人生を変えられるのは自分だけなのだ。

「それで、うちの会社を受けたんですね？」

「はい」

どちらともなく再び歩き出すと、それまで話にじっと耳を傾けていた松田さんが訊《たず》ねる。わたしは頷いて続けた。

「転職活動中に真っ先に目に留まったのが、青葉製菓の求人でした。昔からお菓子が好きで、特に青葉製菓のキャンディやグミをよく買ってました」

青葉製菓の主力商品は、なんといっても飴やグミなどのポケット菓子だ。わたしは特に、グミを気に入っていた。

美味《おい》しいのはもちろんのこと、女子がバッグに入れて持ち歩きやすい可愛らしいパッケージのものが多く、寧《むし》ろパッケージが気に入ったからとレジに持っていくことすらあった。

「お菓子って、小さな幸せを運んでくれるっていうか、一口食べただけで人を笑顔にできるじゃないですか。そういうの、素敵だなって思ったんです。わたしもお菓子に関わる何かに携《たずさ》わりたいって」

「いいこと言いますね」

松田さんが優しく笑った。わたしはその横顔を盗み見るみたいに、ちらりと視線を向ける。

「そういう並々ならぬ思いがあるから頑張れるってことですね」

「はい。ちゃんと目標ができたからには、それに向かって進んでいかなきゃいけませんから」

「目標？」

「わたしが売り込んだ新商品をヒットさせることです。それが定番商品になれば、こんなに嬉しいことはないじゃないですか」

この業界に入って初めて知ったことだけど、この世にはごまんと菓子が生まれ、それらのほとんどがほどなくして消えてしまう。

いくら販売者側にとって出来が良く、美味《おい》しくても、売れなければ生き残れない。

「頼もしいですよ。俺も、企画部がアイデアを絞《しぼ》って、あれこれ試行錯誤《しこうさくご》してやっと生み出してくれた素晴らしい商品を、ひとつでも多く売り込めるようにって思いながら仕事してるつもりです」

松田さんはわたしよりもその厳しさをよく知っているからか、自分にも言い聞かせるみたいにして同意してくれた。

その重みのある言葉が、彼の誠実な人柄を強く表しているようで、胸に熱いものが溢れる。

「松田さんのそういうところ、素敵ですよね」

意識するよりも早く、わたしは弾《はじ》かれたように言葉にしていた。

「え？」

「わたしはまだこの仕事を始めて間もないから、今ちょうど気持ちが盛り上がっているところだったりするんですけど、松田さんみたいに、長く営業を続けていて、きちんと結果を残している人が、そうやって初心を忘れずにいられるのって、尊敬します。……好き、です」

言葉の通り、上司としての彼に感じている尊敬の念や、わたしもこうありたい、見習いたいという意図でそう口にした。

「………………」

けれど、松田さんの反応を見るに、明らかに困惑していた。

虚《きょ》を衝《つ》かれたように目を瞠《みは》ったあと、さっとわたしから視線を逸らしてしまう。

理由はすぐに思い当たった。

最後の言葉が妙に思わせぶりな調子になってしまったせいか、ともすれば別の類《たぐい》の想いをアピールしているように聞こえてしまったのだろう。

――「好き、です」って。

しまった！　そういうつもりじゃなかったのに。

ううん、そういう疚《やま》しい感情がまったくなかったかと訊かれれば嘘になる。わたしの中で密かに芽生えていた尊敬とは違う想いが、抑えきれずに彼に届いてしまったのかもしれない。

でも、今のは純粋に、彼の考え方が素敵だってことを伝えたかっただけなのに！

「あ、なんか……ごめんなさい。へ、変な意味じゃないんです」

自分が思うよりもずっと小さい声で訂正しながら、変な意味ってなんだろうと内心でツッコむ。

こういうとき、言い訳するほうが余計に怪しいのかもしれないけれど、言わずにはいられなかった。

心臓がイヤな音を立てている。トートバッグの持ち手を握《にぎ》る手のひらも、じっとりと湿ってきた。

急に訪れる沈黙。けれど、お互いそれを振り切るように、一定のペースで歩き続ける。止まったら、なおさら気まずくなるのがわかっているからだ。

横目で松田さんの様子を覗き見る。口を引き結んで前を見る彼の横顔は、何を考えているのかまったく読み取れない。

そうこうしているうちに、わたしたちは駅の構内に到着した。

大場さんに挨拶してビルを出たのが午後五時前。ターミナル駅のせいか、この時間帯になると、仕事を終えて家路を急ぐ人たちの行き交う姿も多く見受けられる。

松田さんは、改札の先にある大きな電光掲示板の傍でわたしのほうを向き直ると、いつも社内で見せる穏やかな表情を作って口を開いた。

「――今日は本当にお疲れ様でした。俺は会社に戻りますけど、谷川さんはこのまま直帰してください」

まるで先ほどのやり取りなんてなかったみたいに、彼が明るく言った。

「え？　でも、今日指摘されたことを戻って纏《まと》めないと」

会社の最寄り駅には十分も乗れば着くし、まだ帰るには早い。けれど、松田さんはわたしの言葉を遮《さえぎ》るように「いや」と片手を前に出した。

「初めての商談で疲れたんじゃないですか？　企画部への報告は俺がしておくので、いつもバタバタしている分、今日くらいはゆっくり休んでください」

「で、でも」

このまま別れるのは気まずい。だから、当たり障《さわ》りのない会話をして、いつもの雰囲気を取り戻せればと考えていたのに。

「大場さんにお礼のメールを送るのだけ忘れないで下さいね。せっかく名刺交換したので」

親切に上司としての指導をしてくれつつも、松田さんは、もうこの場で解散することを決めている。表面には見えない頑《かたく》なな意志を感じ取ると、これ以上、抗《あらが》うのは無意味に感じた。

「……はい、わかりました。今日はありがとうございました」

「こちらこそ。お疲れ様でした、また」

わたしが頭を下げると、彼はひらりと手を振り、一番線に続くエスカレーターのほうへと消えていった。

「……あー、やっちゃった」

暫《しばら》くその場で立ち尽くしていたけれど、彼の背が完全に見えなくなると、脱力して呟く。そして彼とは逆方向の、四番線に続くエスカレーターへと重い足取りで進んでいく。

ゆっくりと上昇しながら、頭の中で、ここ数分間の出来事をひとり反省し始めた。

やっぱり、「……好き、です」なんて含みのある言い方しちゃったのが間違いだったよね。そりゃ、彼だってそういう意味なんじゃないかって警戒するだろう。

ううん、そもそも。ちょっと松田さんに興味を持ってもらったからといって、ペラペラと喋《しゃべ》り過ぎだったんじゃないか。

いや。興味を持ってもらったって表現すら、自意識過剰なのかも。あれは単に、話の流れで訊いたに過ぎないんだし。

ああ、本当、やり直したい。数分前に戻りたい。

頭の中に巻き起こる後悔の渦《うず》。何をしたところで時間を戻せるわけじゃないから、しょうがないと割り切るしかない。

……でも、一番応えたのは、わたしの見せた好意を彼が迷惑がっていたという事実だ。

あの場で一緒に帰りたがらなかったのは、早い話が面倒だったのだろう。

仕事を教えるため普段から行動を共にする部下に、それ以上の感情を抱かれても困る。

それが彼の率直な気持ちなのだ。

よくよく思い出してみれば、初対面のときからそうだった。入社初日の社内で、部長から松田さんを紹介してもらったあのときだって――


「松田くん、ちょっといいか」

営業部の部長である一柳《いちやなぎ》さんのデスクに呼ばれると、彼はそのとなりの席でパソコンのキーを叩く男性に声を掛けた。

「はい」

振り向いた男性は、一柳部長とわたしの顔を見るなり、驚いたような、ショックを受けたような、ちょっと怖い顔をした。彼が整った顔立ちをしていることもあり、その一瞬が妙に印象的だった。

「前に話しただろ、新しい営業の谷川裕梨《ゆうり》さん。しばらく、松田くんのところで仕事を覚えてもらうって」

一柳部長は松田さんが瞬間的に見せた表情に気付かなかったのか、はたまた、気付いていても気にしていなかったのか、そのままのトーンで話を続けた。

「あの、よろしくお願いします」

わたしは努めて丁寧に言い、頭を下げた。

奥二重で目尻が上がり気味のわたしは、第一印象が勝気そうに見えるらしい。まったくそんなことはないのに、周囲から「怒ってる？」と訊《たず》ねられることが多々あった。

もしかしたら、この男性もわたしが不機嫌に見えて驚いたのかもしれない。でなければ、初めて顔を合わせる彼にそんな反応をされる理由がない。

誰だって、直属の上司になる人に悪い印象を持たれたくないものだ。

「……こちらこそ、よろしくお願いします。営業部、第一営業課係長の、松田尚宏《なおひろ》です」

係長。確かにそう言った。

風貌《ふうぼう》からしてわたしと同い年くらいだろうに、もう役職に就いているなんて。この人は結構、いやかなりすごい人なのかもしれない。

「松田くんは青葉製菓きっての優秀な営業マンだから、彼からわからないことはなんでも訊いて、必要なものを吸収してほしいな」

「褒《ほ》め過ぎですよ。ハードル上げないでください」

からかい口調の一柳部長に対し、苦笑を浮かべる松田さん。その様子から、彼がポーズではなく本心で言っていることが窺《うかが》えた。実力がある人の謙虚《けんきょ》な姿勢は好感が持てる。

「それじゃ、仲良く頼むよ。おふたりさん」

一柳部長は「喉が渇《かわ》いた」とか独り言を言うと、立ち上がってフロアの入り口のほうへと歩いていく。おそらく、エレベーター近くにある自販機に向かおうとしているのだろう。

わたしは、もう一度松田さんの顔を見た。

彼は、わたしの視線を感じているのかいないのか、パソコンの操作に戻ろうとする。もしかしたら、わたしの面倒を見ることにあまり乗り気ではないのかもしれない。

「あの、わたし、何をしたらいいでしょうか」

しかし、彼の下で学べという一柳部長の言葉を無視するわけにいかない。意を決して訊《たず》ねてみる。すると、松田さんの唇が「あ」の形に動いた。

「すみません、何か指示をしないと、ですよね」

彼はパソコンチェアごと振り返ると、わたしの顔を見つめた。その目が、探るように微かに左右に動く。

「……あの？」

「いや。……それじゃ、このあと卸の展示会があるから、同行してもらってもいいですか？　口で説明するよりも、実際に見てもらったほうがわかりやすいと思うので」

「あっ、はい」

わたしが訝《いぶか》しんでいることに気付いたのか、彼は視線を逸らすとそう言って「よろしくお願いします」と会釈《えしゃく》した。


……思い出したら、あのときのことが今さら気になってきてしまった。

わたしが意識し過ぎている？　初日でお互い緊張していただけ？

実はもうひとつ、松田さんについて気になっていることがあった。わたしに対する口調や態度が、他の部下に対するそれと違うのだ。

この二ヶ月、ほぼ毎日のように彼に同行しているというのに、彼はわたしに対して丁寧語を絶対に崩さない。

松田さんは勤続六年目に入る先輩であり、わたしは入社二ヶ月のぺーぺー。さらに、彼はわたしの二つ年上の二十七歳だ。

彼にはわたしの他に、指導している部下がふたりいる。いずれも男性で、二十三歳と二十四歳。彼らふたりにはタメ口で、冗談を言ったりする。至ってフランクな接し方だ。

正直、ふたりが猛烈に羨《うらや》ましい。思わず、嫉妬《しっと》してしまうほどに。

丁寧語で接してもらうのは一見尊重されているようにも思えるが、そうじゃない。最近は、間にくっきりとした線を一本引かれているような、すごく他人行儀な所作に感じてしまう。

ホームに着くと、ちょうど電車が到着するところだった。エスカレーターの降り口から一番近い乗り場へと、おのずと小走りになる。

先頭車両が通り過ぎると同時に一陣の風が頬を打った。胸までのロングヘアが靡《なび》く。

電車がゆっくりと停車する間、あまり考えたくはないけれど、ただ単にわたしが嫌われているのではないかという可能性に辿り着いてしまった。

知らず知らずのうちに失礼な発言をしていたのだろうか？　それとも、見えないところで致命的な迷惑をかけていて、松田さんに負担をかけているとか？

どちらにしても、わたしを下に置いておくことに辟易《へきえき》しているんじゃないだろうか？

電車のドアが開くと、ターミナル駅らしく、吊革につかまっていた人の半分くらいが続々と降車する。

それらが落ち着くのを待ち、わたしは車両に乗り込んだ。席が空《あ》いていたので、腰をかけながら大きく息を吐いた。

わたしなりに頑張っているつもりだけれど、まだまだ足りないのだろう。

仕事で彼の役に立ちたいし、評価してもらいたい。あわよくば、部下としてのわたしだけではなく、ひとりの女性としても。

もっと松田さんに近づきたいわたしと、わたしと距離を置きたい松田さん。

相反する願望を持つわたしたちに、折衷《せっちゅう》案なんて存在しない。

重怠《おもだる》い感情に浸食され、胸やけしそうになりながら、わたしは自宅方面に向かう電車に揺られていったのだった。

2

ここ最近の青葉製菓のヒット商品に、『ドルチェガミー』がある。

世界各国のスイーツのフレーバーをグミにするという、挑戦的かつこれまでになかった試みが当たり、新し物好きの女子高生を中心に売り上げを伸ばしている。その人気のお陰で第二弾、第三弾とフレーバーを変えて、未だに売れ行き好調だ。

何を隠そう、この『ドルチェガミー』の流通に貢献したのが松田さんだ。

松田さんは、試作段階の『ドルチェガミー』を食べて、これは売れると確信した。それからすぐにクリハマの大場さんに連絡を取り、絶対に当たるのでクリハマの主要取引先の各店舗に流してほしいと熱烈に訴えたのだそう。

松田さんを信用し、気に入っている大場さんも、『ドルチェガミー』の件では当初、松田さんの言葉に否定的だったみたいだ。

グミの定番といえば、やはりフルーツフレーバーだ。だから、こういうミーハーなイロモノ商品が当たるとは思えない、と。クリハマの他の営業部員も口を揃《そろ》えて「売れにくいのでは」と言っていた。

けれど、あまりに松田さんが熱心に勧めてくるものだから、「松田くんがそこまで言うなら」と、大場さんの鶴《つる》の一声。市場に多く出回ることとなった。

するとどうだろう、『ドルチェガミー』は売れに売れ、品薄状態に。クリハマも青葉《うち》製菓も嬉しい悲鳴を上げることとなった。

購買層に刺さる商品を開発した企画部はもちろん素晴らしいけれど、早々に売れると確信した松田さんの千里眼にはただただ脱帽するばかりだ。

「谷川さん、これチェック頼んでもいいですか？」

「はい」

左手側から、ダブルクリップで留められた書類が差し出される。

これは、松田さんが作成している、『ドルチェガミー』の第四弾の販促用資料案だ。

わたしのデスクは松田さんの右どなりに位置している。営業資料や商品サンプルのやり取りなどがスムーズにできるようにとの配慮だけれど、それが仇《あだ》になるときもあるのだと、今日しみじみ思った。

昨日、あんな気まずい別れ方をしてしまったから、この一日は松田さんがどんな態度で接してくるのか、とてもモヤモヤしていた。

結果から言えば、杞憂《きゆう》だった。彼は普段とまったく変わらなかったのだ。いわゆる、大人の対応というヤツ。

それも、単純にスルーするという姿勢にとどまらず、わたしに昨日の出来事を持ち出させまいという圧力すら感じた。

穏やかな笑顔という名の圧力。わたしたちは昨日、商談が終わると心地よい疲労感とともにただ労《ねぎら》い合って別れたのだとでも言いたげな。

とはいえ、わたしも分別のある大人のつもりだから、彼の気持ちは理解できる。

自分にとって興味のない（――いや、それどころか使えないヤツだと思われている可能性だってある）女性。

しかも、これからも仕事で長い時間を共にするだろう部下に甘ったるい好意をアピールされたら、気が付かないふりをしてはぐらかしたいと思うのが一般的だろう。

昨日の件に関しては、余計なことを言ってしまったわたしが悪いのだ。松田さんを悪者にはできないし、してはいけない。

わたしは自分のデスクの右端に置いている、手のひらサイズの置時計に視線を滑らせる。

時刻は午後八時すぎを示していた。

残業中にこんな浮ついたことばかり考えていてはいけないと、わたしは松田さんから渡された資料案に目を通す。

これは『ドルチェガミー』の販促において営業が共通で使用する資料案だ。この手の商品ごとの販促用資料は、ほぼ松田さんが作成している。

明日は松田さんとふたり、朝一で椽葉《くぬぎば》商店さんという別の卸売会社さんに商談をしに行くため、内容の確認と、誤字脱字などの文章チェックをしてほしいと頼まれていた。

わたしは一ページずつじっくり目を通しながら、該当箇所を真剣に探していく。

『ドルチェガミー』はひとつのパッケージに三種類のフレーバーがアソートされている。どのフレーバーも、当初のコンセプト通り海外のスイーツだ。

第三弾までは売り上げ重視のかなりカタい路線だったそうだ。でも、第四弾は購買層を広げるため、『豆花《トウファ》』『芋頭酥《ユートウス》』『ピサンゴレン』と、敢《あ》えて意表を突くようなチョイスをしたらしい。

豆花は日本でも有名だけれど、海外旅行と無縁なわたしは『芋頭酥』やら『ピサンゴレン』なんて聞いたことすらない。こんなに馴染《なじ》みのないチョイスで大丈夫だろうかと疑問に思ったけれど、逆にそれが作戦の一つで、意識的に知らないスイーツを入れ込むことで、購買者の好奇心を刺激したいとのことだ。

要約するとそんな内容が、図や写真などを使ってわかりやすく簡潔に書かれている。

「どう？　読んでて変なところあります？」

「内容は大丈夫だと思います。誤脱字が三つだけあったので、赤で丸をつけました」

左側から松田さんが訊《たず》ねる。わたしは視線を資料に落としたまま答えた。

「ありがとう、すごく助かります」

「いえ。これくらいしかお手伝いできないので」

言いながら、資料を彼のデスクに戻す。ちらりと見上げれば、松田さんは少し申し訳なさそうな顔をしているが、寧《むし》ろ逆だと思った。わたしにもう少しできることがあれば、こんな風に残業なんてしなくてもよかったかもしれないのに。

広いフロアで、残っているのはわたしたちふたりだけだった。

松田さんはほぼ完成した資料にホッとしたのか、修正箇所の書き換えを終えると、ノートパソコンの横に置いていた紙コップを手に取り口を付けた。

中身は、ブラックコーヒーだ。

記憶を辿る限り、お昼休みの時間にはもうそこに置かれていたように思うので、すっかり冷たくなり、美味《おい》しくなくなっているのだろう。たった一杯のコーヒーも飲みきれないくらい集中して資料を作っていた、ということなんだろうか。

紙コップに付けられた彼の唇に、自然と視線が吸い寄せられる。

「ちなみに、谷川さんは今回の第四弾って売れると思います？」

紙コップをもとの場所に戻すと、松田さんが訊《たず》ねた。わたしは急いで彼の唇から目線を逸らし、小さく咳払いして答える。

「うーん、どうでしょう。正直、わからないです。元のスイーツを知らないので、味のイメージが湧かないことがプラスなのかマイナスなのか……そういうフレーバーのグミを食べるって、結構勇気いるかなぁ、とか」

好奇心が刺激されるというのは一理ある。

でも、だからといって買うかと訊かれると、即答はできないかもしれない。やっぱり、買うからには確実に美味《おい》しいと予想できるものが食べたいし。

「やっぱりそう思います？」

「え、松田さんもですか？」

「自分でこんな資料作っておいてなんだけど、そうですね」

きまり悪そうに笑う松田さんが、眉根を下げて続ける。

「おそらく企画部はこんな風に考えているんだろうなってことを文章化してみたけど、正直俺は第三弾までと同じ王道な路線で行くべきだと思ったんです。購買層が一度は味わったことがあるけれど、グミで表現するには複雑なフレーバーの」

ニューヨークチーズケーキに、タルトタタン。クレームブリュレ。

これらはほんの一部だけど、第三弾までに開発、商品化したフレーバーだ。いずれもグミの割に再現度が高く、とびきり評判がよかった。

「でも、企画側もあれこれ考えて、今回は趣向を変えようということになったのであれば、それに乗っかるべきなんですよね。結局、何が売れるかなんて世に出てみなければわからないんですから。俺たちの仕事は、それをできる限り応援することなんだなと」

「……そうですよね」

わたしは松田さんからの問いかけに対し、間違った回答をしてしまったのだと気が付く。

売ろうとする側が迷ってはいけなかったのだ。

わたしたちはあくまで営業であって、商品をジャッジする立場じゃない。一度出した商品に対して不満を述べても仕方がないのだ。自社の商品のいいところをアピールし、自信を持って売り込まなければ。

「――教えてくださって、ありがとうございます。わたしたちが商品の一番の応援団でいないといけないですよね。その気持ちで、明日の商談に臨《のぞ》もうと思います」

「いや、教えるなんて。谷川さんと話していて、ふと思ったんです。寧《むし》ろ、俺としては君に教えてもらったように感じていますよ。こちらこそ、ありがとうございます」

松田さんはそう言って、わたしの顔を見つめた。そして、その目が優しく細められる。

「いえ、そんな……」

そんな柔和な笑顔を向けられると、照れてしまう。

普段の会話の中で、彼がこうやってわたしと目を合わせてくれることは少ない。だから、すごく貴重な出来事のようで嬉しい。

もし彼が本当にわたしを疎《うと》ましく思っているのだとしても、こんな表情を見せてくれるということは、まだ挽回《ばんかい》の余地はあるのかもしれない。

せめて部下として信頼してもらえるようになりたい。わたしは、彼の下で成長したいのだ。

わたしはぐっと拳を固め、彼を真っ直ぐに見据えた。

「……松田さん、もしわたしに足りない部分があったら、ハッキリ教えてください」

その決意を彼にもわかっていてほしい。わたしは意を決してそう口にした。

「わたしは営業の仕事を齧《かじ》り始めたばかりで、昨日お話ししたように、それまで熱心に何かをやり遂げたことのあるような人間ではないです。でも、この会社に採用してもらって、松田さんと一緒に仕事をさせてもらえるようになってから、すごく楽しいんです。もちろん大変なこともありますけど、大変な中にも面白さがあって……ひとつ仕事をこなすたびに、もっと仕事を好きになっていってます」

松田さんと何かを成し遂げるごとに、新しい発見があり、学びがあった。

わたしに新しい世界を教えてくれる松田さんを尊敬している。だからこそ、彼には認めてもらいたい。

「気が付かないところで大きな失敗をしていたり、松田さんが思うようには仕事を進められていないかもしれませんが、わたしはこれからも松田さんに指導してもらいたいです。たとえ、松田さんがそう思っていなくても、今まで以上に頑張りますから」

「ちょっと待って」

熱心に訴えるわたしに、松田さんが慌ててストップをかける。そして、小さく首を傾げた。

「俺が『そう思っていなくても』って、どういうことですか?」

彼が不思議そうに訊《たず》ねる。わたしの言葉の意味がわからないと言いたげだった。

「わたし、松田さんの仕事に差し支えるようなこと、してませんか? もしかしたら、松田さんが求めている領域にまで達していないいんじゃないかと思って」

「そんなことないですよ」

間髪《かんはつ》を容《い》れずに、語気の強い否定の言葉が返って来る。珍しく強い彼の語調に、わたしの口から「え」と間の抜けた声が漏《も》れた。

「谷川さんは、とてもよくやってくれていると思います」

「ほ、本当ですか?」

「もちろん。一度言ったことはきちんと覚えてくれていますし、理解も早い。取引先の評判も上々です。俺には逆に、どうして君がそう思っているのかがわからないくらいです」

意外だった。松田さんは、わたしを評価してくれているという。

彼の口ぶりや驚いている反応からして、わたしに気を使ったりだとか、嘘を吐いていたりするようには思えなかった。

「何かありました？　他の社員からそういったことを言われたりとか」

彼はどうやら、周囲から何かを吹き込まれたのではと考えたらしい。表情がみるみる険しくなり、声のトーンが一段落ちた。

「い、いえ。そういうことは、まったく」

「じゃあ、どうして」

「…………」

どう答えていいものか少しの間逡巡《しゅんじゅん》し、わたしは結局、思っている事柄を素直に伝えることにした。

まず、彼のわたしへの態度が他の部下に対するそれと比べて、一線引いたように感じていること。

それらの理由を考えたときに、自分の働きがよくないからではないかと考えたこと。

昨日のわたしの失言については触れないことにした。

松田さんが職場においてわたしをどう評価しているかと、女性としてどう思っているかはまた別の話だ。今、そっちの話をするのは行き過ぎている。

わたしの言い分を聞き終わると、彼は眉間に皺《しわ》を寄せて目を閉じた。

そして、細く長い息を吐いたあと、「本当に申し訳ない」と沈痛《ちんつう》に述べた。

「谷川さんがそう感じている以上、何を言っても嘘に聞こえるかもしれないんだけれど……でも、誤解です。俺は自分の後輩に対して、接し方に差をつけようとは思っていないし、谷川さんにだけ違う態度を取っているつもりはありません。寧《むし》ろ、せっかくうちの会社に入ってきてくれた貴重な女性の営業ですし、少しでも居心地がいい職場だと思ってもらえるように、丁重に応対しようと心がけていました。けど、それが逆に君を不安にさせてしまっていたのかもしれませんね」

わたしが一線引かれていると感じていたのは、寧《むし》ろ松田さんにとっては気を使ってくれていた部分だった、ということなんだろうか。

「……不快だったのなら、すみません」

「あの、そんなに謝らないでください。謝ってほしくて言ってるんじゃないんですっ」

真面目な松田さんにとって、そのつもりがないことで部下を悩ませていたという事実はかなりショックだったらしい。わかりやすく肩を落として落ち込む姿に、こちらのほうが申し訳なくなってきてしまって、わたしは焦ってそう言った。

「わたしの思い違いだとわかって、ホッとしました。もしわたしを自分の下に置いておくのが辛いと感じていたら、って……不安だったので」

「そんな風に感じたりしていません。こうして残業をお願いしても、谷川さんは快く引き受けてくれますし、とても助けられています。逆ですよ。谷川さんがいてくれることで、俺は仕事を進めやすくなっています」

松田さんは緩く首を横に振り、またふっと表情をやわらげた。

瞬間、わたしの鼓動が早鐘を打ち、頬に熱が集まるのを感じる。

「俺のほうが、これからもずっとサポートしてほしいくらいです。でも、谷川さんが仕事を覚えたら独り立ちしてもらわなければいけないですから、それができないことはわかっています。その日が来るまでは、俺と一緒に仕事をしてもらえるとありがたいです」

「こ、こちらこそ。ありがとうございます！」

疎《うと》まれているかも……というのは、思い過ごしだったみたいだ。

松田さんがわたしの仕事を評価してくれているのがわかっただけで、もう十分だった。

もうしばらくは、松田さんの下で働ける。彼の役に立つことができる。今は、それ以上を望む必要はないのだ。

わたしは未だに煩《うるさ》い心臓を宥《なだ》めるため、深く息を吸い、彼に笑みを向ける。

松田さんはわたしの様子に微笑を浮かべると、腕時計に視線を落とした。

縁取《ふちど》りはゴールドで、黒色の革ベルト。同じ黒色の文字盤には白色のインデックスとともにムーンフェイズが刻まれている。彼はいつも、好んでこの時計を身に着けているようだ。

「谷川さんのおかげで今日中の仕事も終わりましたし、そろそろ出ましょうか。あ、ところで」

「はい」

「もうこんな時間ですけど、お腹空《す》いてませんか？」

質問の意図を理解するのに、数秒掛かった。もしかして、と心臓が跳ねる音が、再びわたしの胸の内で聞こえる。

「何か、食べて帰りませんか。遅くまで残ってもらったので、ご馳走《ちそう》させてください。もちろん谷川さんの迷惑でなければ、ですけど」

「い、いいんですか？」

わたしは食い込み気味に訊《たず》ね返した。

彼にとっては罪滅ぼしのつもりで、それ以上の意味はないのかもしれないけれど、嬉しいお誘いだった。わたしに断る理由なんてない。

わかりやすく嬉々とする表情が可笑しかったのか、松田さんは笑いながら頷いた。

「はい。じゃあ、支度して行きましょうか」

「はいっ！」

声を弾ませて答えると、わたしはデスクの上の整理に取り掛かった。

3

出勤前、会社の最寄り駅の中にあるコンビニを覗くのは、入社当初からの日課になっている。

その日の午前に飲むお茶やコーヒーなどを購入するためと、他の菓子メーカーの新商品をチェックするためだ。

当然ながら、店舗の面積、菓子売り場の棚の広さには限りがある。あの狭い空間に、各メーカーは少しでも多くの自社商品を置きたいと願っている。

ゆえに、棚の現状がその時期のメーカーの勢力図になる。このあたりは月に一度、早い場合は二週に一度と、変動がかなり見受けられるので、チェックが欠かせない。

わたしは無糖のカフェオレを一本持って、菓子売り場の棚のほうへと向かった。

スナックやクッキーなどが置かれているエリアの先にチョコレート類、さらにその先に袋入りの飴やグミなどが吊り下げて陳列されている場所がある。

——あったあった。『ドルチェガミー』の第四弾。

わたしと松田さんで卸の各社に売り込みをした新商品だ。

『ドルチェガミー』は、吊り下げ棚の上から二段目という、一番目に入りやすい好位置を陣取っていた。うん、条件的には申し分ない。ここのコンビニチェーンに卸してくれているのはクリハマさんだから、大場さんが頑張ってくれたということなのだろう。

まだ発売して数日しか経っていないけれど、商品自体の評判も、SNS等で検索して調べる限りでは悪くないみたいだ。

わたしは『ドルチェガミー』を手に取ると、カフェオレとともにレジに持って行った。

わざわざ購入しなくても、社内に商品のサンプルが山ほどあるのは知っている。けれど、自社商品は応援の意味も込め、目に付いたときに買うようにしているのだ。

それらのレジを済ませ、通勤用のトートバッグに入れたわたしはコンビニを出て、会社への道を歩いていく。

あっという間に、六月も終わろうとしていた。

一月の途中に入社したから、転職して五ヶ月ほどが経ったことになる。

自分ができることをがむしゃらにやり続けた五ヶ月だった。

だから、正直なところ、まだ半年近く経った実感はないけれど、朝、外に出たときの暖かさや、降り注ぐ日差しの強さで、辛《かろ》うじて時間の経過を感じることができている。

駅から続く大通りを真っすぐ歩いていくこと五分。ちょうど交差点に差し掛かる手前の、十三階建てのオフィスビルの中に、青葉製菓が入っている。

六階と七階が青葉製菓の東京支社で、わたしの所属する営業部は六階にある。エントランスを抜けて、エレベーターホールに向かった。

上昇ボタンを押すと、二基あるエレベーターの右側が下りてきた。朝の出勤時間、いつもならだいたい同じ会社や、他社の社員と一緒になることが多いけれど、今日はめずらしく独り占めのようだった。

「おはようございます」

エレベーターを降りると、まず『青葉製菓』と社名の入ったプレートが目に入る。すぐ横にある自動ドアの先にいる経理部の面々に挨拶をして、営業部の自分のデスクにトートバッグを置いた。

「おはよう、谷川さん」

「おはようございます、小田《おだ》課長」

椅子に座ろうとしたところで、となりの島のデスクに座る小田課長が席を立ち、わたしのほうへ向いた。わたしは彼を見て会釈《えしゃく》をする。

小田課長は三十代半ばで、松田さんの直属の上司に当たる営業部第一営業課の課長だ。学生時代にラグビーをしていたらしく、大柄でがっちりした体型で、声が人一倍大きい。いかにも営業、といったイメージの人。

「今日の予定は、どうなってる？」

「えっと……十時に松田さんとサンプルの受け渡しで外出して、お昼過ぎに戻ることになっていますが」

「そうか」

小田課長はひとつ頷いてから続ける。

「君と松田くんに、一柳部長から伝言だ。ふたりに相談したいことがあるから、二時に七階の会議室に来てほしいとのことだ」

「はい、承知しました」

「よろしく」

小田課長はそう言うと、椅子に座り直してノートパソコンの操作を始めた。

わたしも椅子に座ると、バッグの中からスマホを取り出した。そして、メッセージアプリを起動する。

履歴《りれき》の一番上にある松田さんとのやり取りを呼び出すと、メッセージを打ち始めた。

『おはようございます。今日サンプルの受け渡しのあと、一柳部長が二時から空《あ》けてほしいとのことでした。予定は大丈夫でしたっけ？』

送信した直後、既読になるメッセージ。返信は、すぐに返ってきた。

『おはよう。そのあとは社内で資料作成の時間に充てるつもりだったから、問題ないはずだよ』

『なら大丈夫ですね。多分松田さんが出勤したら、小田課長のほうからそういうお話があると思います』

わたしは口元を綻《ほころ》ばせながら手早くそう打ち込むと、再び送信ボタンを押した。

程なくして松田さんは出勤してくるのだし、わざわざ今メッセージアプリを通してまで伝える内容ではないのかもしれない。

でも、こうして気軽にやり取りができる関係になったことが嬉しくて、ついついメッセージを送ってしまうのだ。

松田さんの役に立てていないのではないか、と不安を吐露《とろ》したあの夜。松田さんは、残業のお礼にと食事に連れて行ってくれた。

場所は、駅前のイタリアン。決して気後れする雰囲気ではなく、仕事終わりに気軽に入れる気取らないお店だった。

出される料理はどれも飾《かざ》らなくて美味《おい》しく、松田さんは外国のビールを、わたしはグラスワインの白を飲んだ。

「この店、たまに会社の飲み会とか他メーカーとの懇親会で使ったりするんです。安くて美味《おい》しいし、適当にコースにしてくれたりするから、使い勝手よくて」

「いいですね。わたし、こういうお店大好きです！」

「そう言ってもらえてよかった」

高揚《こうよう》する気持ちを抑えきれず破顔するわたしに、松田さんは優しい眼差しを向ける。

わたしたちは店の中ほどにある、窓際のふたり掛けの席に座っていた。奥のソファ席にわたし、手前の椅子に松田さんという形で向かい合っている。

店内のオレンジ色のやわらかい照明が、松田さんの凛々しくも優しげな顔立ちを照らしていた。会社で見る彼の顔とはちょっと違って見えるのが新鮮で、ぎゅっと胸の奥が苦しくなる。

松田さんに誘ってもらって、食事をしている。それも、仕事以外の時間で。

非日常に、わたしは少しはしゃいでいたのだと思う。松田さんは、じっとわたしの顔を見つめた。

「……どうかしました？」

「いや、会社にいるときと少し雰囲気が違うな、と思って」

「そうですか？」

奇しくも、わたしと松田さんは似たようなことを考えていたらしい。そんな偶然にドキッとする。

わたしが訊《たず》ねると、彼がゆっくり頷く。

「会社ではしっかりしてて、落ち着いてる感じなので」

「それって、案外落ち着きがないってことですか？」

ちょっと煩《うるさ》くしすぎてしまっただろうか。

「違いますよ。悪い意味に取らないでください」

松田さんはビールを一口呷《あお》ると、焦って首を横に振る。

「寧《むし》ろ、逆です。年相応な部分が垣間見えて、安心したというか……ほら、俺の二つも下なのに、仕事に対して真面目で、自分の役割をしっかりこなしてくれるから。こういうところもちゃんとあるんだって知って、嬉しくなりました」

そこまで言うと、松田さんはハッと顔色を変えて、それから、きまり悪そうに再度口を開く。

「……あー、嬉しくなるって、ごめん、なんか気持ち悪いですよね」

「そんなことないです」

わたしは即座に否定した。気持ち悪いどころか、嬉しいくらいだ。自然と頬が緩む。

「松田さんがわたしの個人的な部分に目を向けてくれたっていうだけで、ありがたいです」

「ありがたいって」

大げさだという風に松田さんが噴き出す。

「それはそうですよ。松田さんは尊敬する上司ですから、認められたいって気持ちはどうしてもあります」

小皿に取り分けられたベビーリーフのサラダを口に運びながら言った。

美味《おい》しいし、楽しい。この空間にいると、そのつもりがなくてもお酒が進んでしまう。

「もうとっくに認めてますよ。さっきも言いましたけど、谷川さんは俺の信頼する後輩です」

「わたし、それについてはまだ納得してません」

話しながら、頭の中のスクリーンに男性社員がふたり、急に飛び出してきた。そう、松田さんと仲のいい後輩男性社員の、あのふたり。

「わたしも、彼らと同じように接してもらいたいです」

「同じ？」

「女性だからって、気を使わないでください。彼らと立場は変わらないんですから、もっとフランクに接してほしいですよ」

「フランクにですか……」

「わたし、勤務年数で言ったら彼らよりもずっと後輩ですし、仰る通り松田さんの二つも年下ですよ。それでも、ダメですか？」

さっきは核心を突くことはできなかったというのに、今それが叶っているのは、この非現実な空間のせいか。はたまたお酒が入って気が大きくなっているからか。わたしにもわからない。

でも、このチャンスを逃してしまったら、もう永久にそれを追及するきっかけを失ってしまうような気がした。

さっきの、オフィスでの真剣なやり取りがあって。そのあと、こうやってお互いプライベートな時間の中で、構えずに話をしている今だからこそ、訊いても許される気がした。

「俺、そんなに一線引いてる感じしますか？」

「します」

「うーん、そうですかね……」

困惑の表情を浮かべる松田さんに、昨日の別れ際を思い出す。わたしが口を滑らせたときも、彼はこういう顔をしていた。

「二ヶ月この感じだったので、いきなり直すのは難しいんですが」

「そこをなんとか」

暫《しばら》く渋い顔をしていた松田さんだったけれど、あまりにも強固な訴えに、ついに折れたらしい。

「わかりました」

と、心を決めた様子で頷いた。

「――相手に自分の要求を呑んでもらうには、結局、熱心かつストレートに粘るのが一番効くんですね。客先で使わせてもらいますよ」

まるで、普段の営業活動の参考にしようと言わんばかりの言い方に、今度はわたしが噴き出した。

「……谷川さんが望むなら、こういう感じでどう、かな」

言いながら気恥ずかしいのか、少しはにかんで笑う松田さん。

「っ……い、いいと思います。それでお願いします！」

顔が熱くなったのは、お酒を飲んでるからだけじゃないのは明白だった。わたしは左手で火照《ほて》った頬を覆った。

可愛い。彼のその照れた言い方が妙にドキドキする。

普段はキリッとして頼りがいがある松田さんなのに、困ったような、微笑むような――庇護《ひご》欲を掻《か》き立てられる表情を見せてくるなんて、反則だ。

「急に全部直すのは無理かもしれませんが――いや、無理かもしれないけど。そのうち、慣れるよね」

「ありがとうございます、期待してます」

早速いつもの癖が出てしまったのを訂正している彼だけど、定着させようと頑張ってくれる姿が嬉しい。

「――わたしも松田さんが早く慣れてくれるように、いっぱい話しかけますね」

わたしは、彼のその表情を独占している喜びに頬を緩ませ、そう言った。

あまり考え過ぎずに言葉の応酬《おうしゅう》ができるのも、お酒のいいところだ。

とはいえ、多少は残っている冷静な部分が「さすがにこれは馴れ馴れしいかも」と警鐘を鳴らす。友達じゃないんだから、図々しすぎるだろうか、と。

「……じゃあ、ええと、うん」

ところが。予想外にも彼は、少し言い淀《よど》んだあと、小さく笑みを浮かべた。

それから、ほんの少しだけ視線を彷徨《さまよ》わせたあと、わたしの瞳を真摯に見つめる。

「早く慣れるように――話しかけてくれると嬉しい」

一瞬、周囲の雑音が遠のいた。

まるでこの場にわたしと松田さんのふたりだけになったかのように、特別な空気が流れるのを感じる。

わたしはその雰囲気に呑まれながら、微かに震える声で「はい」と返事をするのが精いっぱいだった。

心臓が壊れてしまったんじゃないかと心配になるくらい、早鐘を打っている。その音は、今後わたしと松田さんに訪れる何かに対する期待に満ちていた。

松田さんが「よろしく」と言いながら、手にしていたグラスを前方に差し出したのを見て、わたしもそれに倣《なら》い、慎重にワイングラスを近づける。

ドリンクが到着したときにも一度乾杯を交わしたけれど、そのときとはまったく意味合いが違う。勝手に、彼との距離が縮まったような気がした。

実際、「気がした」だけではなく、その日を境にわたしと松田さんの距離はかなり近くなっていった。仕事の面でも、以前よりも気軽に相談できるようになったし、ふとした拍子に、松田さんも何気ない会話を振ってきてくれるようになった。

仕事の会話の延長とはいえ、メッセージアプリで連絡を取ることも増えた。

松田さんは、マメな性格なのか時間を空《あ》けずに必ず返事をくれるタイプの人なので、やり取りの頻度も自然と多くなる。それがまた嬉しかった。

そして、仕事終わりにふたりで食事をして帰ることも珍しくなくなった。

とはいえ、八割方は仕事の話で、「明日は何処どこの商談だからどういう作戦で臨《のぞ》もうか」とか、「今度の新商品の販促用資料だけど、謳《うた》い文句をどうしようか」とか、そんな内容だけど。

それでも、松田さんと一緒に過ごす時間が増えたのは、わたしにとって飛び跳ねたいくらい喜ばしいことに変わりなかった。

多分ただの自惚《うぬぼ》れじゃなく、客観的に見ても、ただの上司と部下から仲のいい上司と部下にランクアップできたと思う。理由は、わたしが嫉妬《しっと》していた松田さんの直属の部下ふたりと話したときに、「松田さんって、谷川さんのこと頼りにしてますよね」と言われたから。

きっかけは松田さんに丁寧語をやめてもらったことだけど、距離を詰めることができた本当の理由はそこではなく、彼がわたしに何処かしら構えていた部分が上手い具合に崩れたからなのだろうと思う。

松田さん自身が、わたしに辞められないように丁重に対応していたと言っていたから、そういう意味で気を使い過ぎていたのかもしれない。

……欲を言えば、いつか、まったく仕事の話をせずに彼と過ごしたい。

営業戦略だとか、顧客獲得だとか、そういう話を抜きに、彼と何かを共感したり、笑い合ったりできたらいい。

特別な理由がなくても彼の傍にいられる権利が欲しい。近頃は、デスクで彼の横顔を眺めながら、そんなことを夢想している。

「おはようございます」

メッセージをやり取りしているうちに、いつもとなりの席から聞こえてくる声がした。松田さんの声だ。経理の島に朝の挨拶をしたあと、自分のデスクの前までやってきて、営業の面々に同じ言葉を繰り返す。

「おはようございます」

メッセージアプリで先に交わしていた挨拶を、わたしは顔を上げ、彼の姿を視界に映しながら再び繰り返す。

「おはよう」

彼もまた、メッセージアプリのやり取りをなぞるように繰り返した。

もちろん、周囲にそれを悟られないようにではあるけれど、小さな秘密を共有している気持ちになって、わたしはちょっとだけ得意になってしまう。

「おはよう。松田くん、ちょっといいか」

小田課長は松田さんの姿を見つけると、早速声を掛けた。松田さんは「はい」と返事をしながら、彼のデスクの前へと足を向ける。

「一柳部長から伝言だ。二時に会議室で話があるらしいが、予定は問題ないか?」

「取引先から帰ってきている時間なので、大丈夫です」

「そうか。じゃあ、空《あ》けておいてくれ。谷川さんにも同席してもらうそうだ」

「承知しました」

わたしが予《あらかじ》め伝えていたことをそっくりそのまま告げられた形だったので、松田さんは決まっていた台詞《せりふ》を読み上げるみたいにそう返事をしていた。

「じゃ、確かに伝えたからな」

小田課長は最後にそう吐き捨てるように言うと、視線をパソコンの画面に戻した。不機嫌さを隠さない言い方が引っかかる。

松田さんもおそらく同じことを思ったのだろう。小田課長の様子を不思議がって、首を捻《ひね》っていたけれど、その違和感には目を瞑《つむ》ることにしたらしい。程なくして、自分のデスクに戻って来る。

「一柳部長が話って、なんだろう」

席に着いた松田さんが、わたしにだけ聞こえる声で囁《ささや》く。

「そうですね」

わたしも小さな声で返すと、彼は思い出したように目を瞠《みは》ってから、

「ごめん、企画部からまだ今日渡す分のサンプルのパッケージを受け取ってなかった。悪いけど、取りに行ってもらっていい？」

と、すまなそうに訊《たず》ねた。

「はい、もちろん。行ってきますね」

企画部はひとつ上の七階にある。快く言うと、わたしは立ち上がってエレベーター

ホールへと向かった。

◆　◇　◆

社内の会議室は、長机がロの字型に組まれている。一柳部長、そしてわたしと松田さんは、角を挟んで座った。

「悪いな、時間を作ってもらって」

「いえ、とんでもないです」

一柳部長の言葉に、松田さんが答える。

時刻は午後二時過ぎ。サンプルの受け渡しを終えたわたしたちは、一柳部長に呼ばれて、七階の入り口近くにある会議室に移動した。

片肘を立て、軽く握《にぎ》った拳の上に顎《あご》を乗せた一柳部長が、おもむろに口を開く。

「で、肝心の内容なんだが……あ、その前に」

松田さんとわたしを交互に見遣《みや》りつつ、わたしと目を合わせたとき、一柳部長は何かに気が付いた風に言う。

「谷川さんは、レイハンスのクリスマスブーツのことは知ってる？」

「はい」

わたしは小さく頷いた。

レイハンスとは、有名なアニメ制作会社だ。レイハンスの制作するアニメは子どもを中心に人気で、アニメ制作会社といえば真っ先に思い浮かぶ。

「そうか。なら、レイハンスがクリスマスブーツを作っていて、毎年協力メーカーを募集していることも知ってる？」

「はい」

わたしはもう一度頷いた。

詳しいことはわからないけれど、レイハンスは自社で制作したアニメの人気キャラを使って、クリスマスブーツを販売している。その際、二、三の菓子メーカーとコラボしているらしく、どのメーカーかはその年によって異なっている。

「あれは毎年、レイハンスから声の掛かったメーカーがクリスマスブーツの内容を企画提案して、最終的にレイハンス側が気に入った案を選んでるんでしたよね？」

松田さんは経験が長いためか、よく知っているみたいだった。彼の言葉に、一柳部長が大きく頷く。

「そうだ。ようは、菓子メーカー同士のプレゼンになるわけだ。自社商品とレイハンスの商品を使って、より購買意欲をそそられるものを提案したメーカーが選ばれる。レイハンスのクリスマスブーツは毎年確実に売れるから、各メーカーの垂涎《すいぜん》の的だ。ブーツに詰め込んだ自社商品を売り込む絶好の機会だからな」

なるほど。普段の購買層じゃないところに訴求できるいいチャンスということか。

一柳部長は一度咳払いをすると、改めて松田さんとわたしに目をくれる。

「――で、だ。今年、ついにレイハンスからわが社に声が掛かった。クリスマスブーツの企画提案に参加してほしいと。これはなかなか珍しいことだ。そうだろう、松田くん？」

「はい」

松田さんが反射的に頷いたけれど、わたしはいまいちよくわかっていなかった。

青葉製菓はキャンディ類に限定すれば知名度の高いメーカーだ。道行く人を適当に何人かつかまえて、好きな飴のメーカー名を三つ教えてもらう調査でもしてみたら、ほとんど全員がそのうちのひとつに青葉製菓の名前を挙げるだろう。

そういう、菓子の一ジャンルを牽引《けんいん》しているメーカーだからこそ、声を掛けてもらえるのではないか。

「クリスマスブーツにはある程度の量の菓子を詰めなければいけないから、キャンディ類は向いてないんだよ。ほら、飴はどうしてもサイズが小さいものが多くて、パッケージを満たすには結構な量が要《い》るし、そもそも飴ばっかりたくさん入ってても購買層は喜ばないから」

わたしが納得していない表情をしているのを察知したらしい松田さんが、その理由を解説してくれた。

「だからうちみたいなキャンディメーカーは、そういう売り方はしないんだ。だけど、最近『ドルチェガミー』とかが当たってることと、それがきっかけでうちの小田と繋《つな》がりができたことで、今回初めてそういう話を持って来てくれたってわけで」

そこまで話すと、一柳部長は松田さんをじっと見つめた。

「企画は、俺が企画部で当たりを付けてる人間がいて、そいつに任せてある。で、松田くんと谷川さんにお願いしたいのは、そのプレゼン用の資料の作成と、レイハンスでのプレゼンだ」

「えっ、プレゼンですか？」

ビックリし過ぎて、わたしは心の声をつい、言葉にしていた。

「企画は来週末までに完成してもらうことになってる。そこから資料作成とプレゼンまで一週間くらいある。俺としては、君たちふたりに任せるのが一番安心だと思ってるんだが、どうかな。引き受けてはくれないか？」

わたしは思わず松田さんの顔を見た。それに気付いた彼が一瞬わたしに視線を向けたけれど、彼の瞳はすぐに一柳部長の眼差しを捉えた。

「承知しました。では、企画部から内容を詰めたものが届き次第、取り掛かります。谷川さん、ちょっと忙しくなるけどよろしくお願いします」

「あっ、はいっ」

松田さんは、顔色ひとつ変えずに承諾した。わたしが短く返事をすると、一柳部長はホッとした表情を浮かべて立ち上がる。

「じゃあよろしく頼むよ。もしうちが選ばれるようなことがあれば、大手柄だからな。期待してるぞ」

松田さんの肩をぽんと軽く叩いてから、一柳部長は満足げに会議室を出て行った。

もしかしたら、積極的な返事はもらえないかもしれないとでも考えていたのだろうか、一柳部長はわたしたちを呼び出したときよりもいくらかリラックスしている風に見受けられた。

「呼び出された理由はこういうことか」

一柳部長の姿が見えなくなると、松田さんは苦笑して言った。

「あの、多分ですけど、これって結構大きな案件ですよね？」

「そうだね。谷川さんもそうだけど、俺にとっても今までで一番会社の売り上げに影響する仕事であることは確かだと思う」

「えっ」

そんなに。わたしは息を吞んだ。

「それがわかっていて、即答できたんですか？」

「あの状況で断るほうが難しいよね」

　確かにそうか。いや、でももし回答するのがわたしで、その責務の重さも理解していたとしたら、絶句して二の足を踏んでしまうかもしれない。

「少なくとも課長クラスが駆り出されるような仕事だと思うけど、部長が俺たちにって話を持ってきてくれてるなら、それに応えないといけないから」

　課長クラスが駆り出される——という言葉を聞いて、なるほど、そういうことかと納得する。

　今朝の小田課長のあの不満げな様子から察するに、本来であれば一柳部長の直属の部下である彼にその話があるべきだったのだ。

けれど、どういう理由かはわからないにせよ、一柳部長は松田さんを指名した。小田課長は、それを面白く思っていないのだ。それに若くして係長に抜擢《ばってき》された松田さんを、小田課長は自分の立場を脅かす存在として、日頃からやや敵視している節がある。

　松田さんとしては、彼の言うようにこの重責に応えなければいけないと思う反面、小田課長のことを考えると複雑な気持ちにもなるだろうに。

「松田さんはすごいですね」

　頭では思えたとしても、すんなりと行動に移すのは難しい。周りにそれを不服に思っているのならなおさらだ。

「すごくなんてないよ」

松田さんはそれを笑い飛ばすみたいにして言う。

「営業って仕事をしている限り、こういうことは避けられないよ。いろいろ思うところはあっても、経験するのが遅いか早いかなら、早いうちに経験しておいたほうが後々得かもしれないし」

「……やっぱり松田さんはすごいです。本当に」

小田課長のことをはっきり口にしたわけではないけれど、彼は言外に示したそれを汲《く》み取ったみたいだ。彼の返答から、それを感じられた。

こんな風に、すべてをいい方向に捉えられる思考の人が、この仕事には向いているのかもしれないと勉強になる。

「それはそうと、企画から内容が下りてくるのが来週末だとすれば、それまでに今抱えてる仕事をある程度終わらせないといけないな」

「そうですね。にしても、クリスマスブーツってこんなに早く準備するものなんですか？」

まだ七月にも入っていないというのに、もう年末のことを考えないといけないなんて。

季節を先取りして商品開発や売り込みをしなければいけない仕事であるのは重々承知

しているけれど、それもせいぜいワンシーズン程度だ。半年も先の商品についてやり取りするのは、早すぎるような気もする。

「クリスマスブーツ、それもレイハンスのはそれだけ商品が動くんだよ。だから先方も早めに準備に取り掛かるんだ。レイハンスに限らず、クリスマス用の商品を出すところはそんな感じかな」

「へえ、そうなんですね」

青葉製菓はキャンディメーカーだから馴染《なじ》みがないだけで、クリスマス商戦に参入する企業は今の時期、秋の仕事と年末の仕事でバタバタしているのが普通ということなのかもしれない。想像しただけで疲れてきそうだ。

「――今の仕事って、ハロウィンのサンプルの持ち込みと、一緒に持っていく販促資料の作成ですよね」

今は秋のハロウィンに向けて、定番商品をハロウィン仕様のパッケージに変えたもののサンプルを各卸売会社に持ち込んでいるところだ。

ハロウィンのようにお菓子を配るイベントにおいて、キャンディ類は使い勝手がいいのか、売れ行きがいい。だから、スーパーやコンビニも多めに仕入れたがる傾向にある。

「販促資料って言っても、そっちはパッケージの変更がメインだから、そんなに手間はかからなそうだけど」

松田さんは口元に手を当てて考えながら言った。いつも販促用の資料作成は彼の仕事で、わたしはそのチェックをする役割なのだけど――

「あの、わたしにそれをやらせてもらうことはできますか？」

おこがましいのを承知で、少しの勇気とともに訊《たず》ねてみる。

「谷川さんに？」

「はい。販促資料の作成は、松田さんのを何度もチェックさせてもらってるので。パッケージ部分のアピールに限定したものであれば、わたしに任せてもらえませんか」

わたしがハロウィンの販促資料を終わらせられれば、松田さんはその分クリスマスブーツの資料作成に時間を割くことができる。こんな忙しい時期だからこそ、彼の役に立てるチャンスだ。

「そうしてくれると助かるよ。それじゃ、任せてもいいかな」

「はい、ありがとうございます」

松田さんは少しも迷うことなく、その申し出に快くゴーサインをくれた。わたしの意図に気付いてくれたのかもしれない。

「作成途中のデータ、あとで渡すよ。よろしく頼むね」

「わかりました！」

こうやって、不安がらずに仕事を任せてくれるのは、わたしのことを認めてくれている証拠なんだろう。実感すると、たまらなく嬉しい。

わたしは歌いだしそうな気分で、早速件《くだん》の仕事に取り掛かった。

◆　◇　◆

お昼休みは十二時から一時にかけて。それは、社内どの部署でも共通だ。

営業という仕事柄、外に出ているときは近くの飲食店で簡単に済ませてしまうことが多い。けれど、社内で過ごしているときは、比較的席の近い経理部の女性社員とランチをすることがほとんどだ。

営業部は女性が少ないので、親切な彼女たちは気を使って他部署のわたしを輪の中に入れてくれる。これが結構、いい気分転換になっている。

今日は、会社から十メートルと離れていない、ハンバーガーとサンドウィッチが人気のカフェに来ていた。

この店は近いし、注文から提供までが早いのでよく利用する店のひとつ。

わたしのお気に入りは、ＢＬＴサンド。香ばしいベーコンとシャキシャキのレタス、酸味のあるトマトのバランスがたまらなく好きで、それ以外は頼まなくなってしまったほど。もちろん今日も同じメニューだ。

「最近忙しそうだね、谷川さん」

セットのアイスティーに差したストローをかき混ぜながら心配そうに言ったのは、肩までの黒髪を耳の後ろで束ねている栗橋《くりはし》さん。わたしの四つ年上の三十歳。二年前に結婚して、とても仲のいい旦那さんがいる。

「ダー様の松田さんも忙しそうですもんね」

齧《かじ》りかけのサンドウィッチを片手に、ダー様、と語尾を上げげつつわざと強調して楽しげにしているのが、伊東《いとう》さん。彼女は新卒の二十三歳。

童顔でくるくると変化する表情と茶髪のショートカットが、彼女のフレッシュなイメージを助長している。ちなみにダー様というのは、ダーリン、という意味らしい。

「だから、違うんだってば」

「えー本当ですか？　いつも遅くまで一緒に残ってるみたいじゃないですか」

否定するわたしを、マスタードがたっぷり絡んだチキンのサンドウィッチにかぶりつきながら、ニヤニヤして眺める伊東さん。

「仕事なんだから一緒に残るのは当たり前でしょ」

そこへ、栗橋さんが冷静なツッコミを入れると、彼女は「そーでした」なんて言いながら、ころころと可愛く笑う。

このふたりは、姉妹のように仲がいい。

「いや、でも冗談抜きにして、てっきり谷川さんと松田さんって付き合ってるんだと思ってました」

一度納得した様子を見せつつも、やはり物申したいといった風の伊東さんが矢継ぎ早に言う。

「まぁ、経理部の女性陣はそう思ってる人が多そうではあるね」

伊東さんの勢いに引きずられはしないものの、栗橋さんが冷静な意見をくれる。

「そうなんですか」

そうだったらどんなにいいか――なんて言葉はさすがに呑み込んだ。でも、周りからはそう見えているということに驚きだ。

「なんて言うんでしょう、そのー……空気感？　付き合いたての男女って雰囲気があるっていうかー」

「空気感……」

わたしが呟く。空気感って、なんだ。

「実際どうなんですかー？　ここだけの秘密ってことにしますから、教えてくださいよー。松田さんとラブラブなんですか？」

「谷川さん、この子絶対黙ってられないタイプだから、そうだとしても言わないほうがいいよ」

興味津々な態度を隠そうともしない伊東さんを見て、栗橋さんは少し呆れた表情を浮かべながらありがたいアドバイスをくれる。

わたしが苦笑を返すと、伊東さんはキッとこちらを睨んだ。

「そんなことないですよ！　内緒話って決めたら絶対に他の人には言いませんって」

「伊東さん、わかったからちょっと声抑えて」

興奮した伊東さんの声は、普段に増してよく通る。

この店は会社に近いため、同じ会社の人間がいるかもしれない。わたしは、声のボリュームを抑えてもらうように両手のひらを下に向け、ジェスチャーを交えて言った。

「――いや、でも期待を裏切るようで申し訳ないけど、本当に松田さんとは何もないんだ」

「その割に、ふたりでご飯食べに行ったりしてるじゃないですかー」

なんでそれを。ギクリとするわたしに気をよくした伊東さんが、忍び笑いで続ける。

「帰りに見ちゃったんですよね。わざわざ別々に会社を出て、駅の向こう側のお店の前で待ち合わせしてるふたりの姿を♪」

「え、それ本当？」

わたしの表情が変わったことで、栗橋さんの眉がぴくりと跳ね上がる。

「あ……まぁ、それはそうなんですけど。でも別に、深い意味はないっていうか。仕事の進め方の相談とかをしてるだけで」

「それなら隠れるみたいにコソコソしなくたっていいじゃないですか。な～んか、怪しいですよねぇー」

無論、コソコソする必要なんてないのはわかっている。こうやって変に勘繰られないための行動が、裏目に出てしまったというだけなのだ。

伊東さんはわたしがトーンダウンするのを見て、今が突っ込みどきだと思ったらしい。攻めの手を緩めずに続けた。

「相談をもちかけて親密になる男女、って結構ベタな展開ですよね。仕事帰りにしていた相談を休みの日にもするようになったら、そろそろカップル誕生かなって流れですけど、そういうのってあります？」

「……それがカップル誕生だなんて、決めつけすぎなんじゃ」

「心当たりがあるってことですか？」

「ないない、ないから」

わたしは可能性を切り捨てるように強くそう発した。

彼女の悪びれず明るいキャラクターのおかげで、こうやって物を言いやすい空気が生じているのは感謝しなければいけない。けれど、やはり否定するべきところはきちんと否定しておかなければ。松田さんに迷惑が掛かってしまうこともあり得る。

本当のことを言うと、松田さんとは休日に一度だけ会ったことがあった。

でもそれは、別に一緒に遊びに行ったとか、ましてやデートをしたわけでもない。

三連休の初日。その前日に松田さんがおススメする営業向けのビジネス本の話をしていたこともあり、さっそく連休中に読もうと本屋に問い合わせてみると、絶版になっていたことがわかった。

その事実をメッセージアプリで伝えると、なんと「今時間あるなら貸そうか?」という返信が来たのだ。

急な問いかけに戸惑ったものの、休みの日に彼に会えるという貴重なチャンスを放棄するはずもなく、会社の最寄り駅のカフェまで受け取りに行った……という、まったく色気のない話。

当然、本以外の話をするわけでもなく、早々に解散した。だから、これはカウントに入らないだろう。

白状すると、「貸そうか?」と提案されたとき、これは個人的なご飯のお誘いなんだろうか、と期待しなかったわけじゃない。それは認める。

でも悲しいかな、言葉以上の意味はなく、わたしがうっすら抱いた期待に応えてくれるようなアクションは何もなかったのだ。

伊東さんは、わたしの語気の強さを信用してくれたみたいだった。

「えー、そうなんですねー。なーんだ、心底残念です」

と、肩を落として落ち込んでみせる。

「……これから発展しそうな気配もないですか？」

「まったくない。ごめんね、ガッカリさせて」

それでも食い下がる彼女に対して、わたしは手をひらひらと振って言った。

うっかり、わたしはその気満々なのだけど――なんて口を滑らせた日には、面倒なことになりそうだ。

「えー、営業部の王子様と名高い松田さんを捕まえるなんて、谷川さんやるなーって尊敬してたのにー。彼、絶対出世頭ですよ。あの若さで既に係長ですからね」

「尊敬されても……」

わたしは苦笑いで答えた。

とはいえ、経理部から見ても松田さんは一目置かれているのか。

それを知ると、自分のことじゃなくても、鼻が高い。王子様っていうネーミングは微妙だけど、美形で折り目正しい彼がそう形容されるのはわからなくもないし。

「理佐《りさ》さんもそう思いませんかー？　谷川さんって、そういうイケてる男子を惹き付けるモノ持ってる感じですよね？」

伊東さんは姉のように慕う栗橋さんのことを、下の名前で呼んでいる。どうしてもわたしと松田さんに何かがあってほしい伊東さんは、栗橋さんに強引に話を振った。

「うーん……そう、だね」

栗橋さんはわたしの顔を見ると、一瞬困惑した表情を浮かべる。伊東さんたら、栗橋さんが反応に困ってるじゃないか。

「平凡が服着てるみたいなわたしに、そんなのあるわけないじゃない。ですよね、栗橋さん」

申し訳なくて自分で突っ込んで見せると、栗橋さんはちょっと慌てて片手を振った。

「あ、ううん、そういう意味じゃないの、ごめん」

何故か栗橋さんは謝って、わたしの顔を不安そうというか、心細そうに見つめている。

……？　わたしの顔に、何か付いてる？

彼女の言わんとすることが理解できないまま、なんとなくその話は曖昧《あいまい》に終わってしまった。栗橋さんが気を取り直して続ける。

「それより、私は谷川さんの気持ちわかるなあ。仕事でずっと関わってる人に対しては、仕事仲間って意識でしか接せられないから、恋愛感情持つのって難しいんだよね」

自分の場合に置き換えているのか、栗橋さんは頬杖をついて小さくため息を吐く。

「理佐さんと旦那さんって、合コンで知り合ったんでしたっけ」

「合コンっていうか飲み会ね、趣味の集まりの」

合コン、と表現されたのが気に食わなかったのか、栗橋さんは敢《あ》えて言い直してから続けた。

「――私たち経理部の場合、周りはほぼ女の人じゃない。社外の人と交流があるわけじゃないし、プライベートで出会わないと結婚できなかったと思うわ」

「あー、それはありますよね。それこそ、となりの営業部の人とだったら可能性なくはないかなーと思うんですけど、忙しそうで声掛け辛いですしね」

「そうそう。交通費とか交際費の請求の件で話したいときも、結構タイミング選ぶじゃない。今ちょうど社内にいるから声掛けたいけど、今じゃないほうがいいかな、とか」

「わかりますー。で、様子見てるうちに出掛けちゃってたりとか」

営業あるある、で通じ合ったのか、ふたりは楽しそうな笑い声を立てて盛り上がる。

「あ、ごめんね。脱線したけど……仕事キツかったら上司の松田くんか、部長に相談しなね。傍目《はため》から見てても近頃はハードだなって思ってるけど、営業の具体的な仕事内容ってこっちはわからないから、フォローできなくてごめんね」

「忙しい時期は仕方ないのかもしれないですけど、無理しないでくださいね」

本題から大幅に逸れてしまったことに気が付き、それを謝りながら、栗橋さんが真面目なトーンで言うと、伊東さんもそれに同調して優しい言葉を掛けてくれる。

仕事内容がまったく異なるので、お互いがどういう仕事をしているのかわからない。

わたしも、彼女たちが普段どういう職務をこなしているのかはわからないから、当たり前のことだ。それでも、そうやって気に掛けてもらえているのがありがたくて、心強い。

「ありがとうございます。今は仕事がとにかく楽しくて、それがあるから頑張れているので、大丈夫です」

わたしが軽く頭を下げて言うと、やや安堵《あんど》した様子でそれぞれが頷いた。

「ならいいんだけど——あ、そろそろ昼休み終わっちゃうね」

テーブルの端に置いていたスマホの画面を何気なく眺めた栗橋さんが、ちょっと慌てて言った。それから、アイスティーのストローを咥《くわ》えて、まだ三分の一程度残っていた中身を飲み干そうとする。

それに倣《なら》って、伊東さんはオレンジジュースを、わたしはミルク入りのアイスコーヒーを急いで飲み切ると、来るときより早足でお店を出たのだった。

4

七月中旬を過ぎたある日。その日は今年に入って一番の猛暑日になるだろうと予想されており、朝から太陽がギラギラと照り付けていた。

わたしと松田さんにとって特別かつ重要な意味を持つ日の、六時半。

わたしは寝不足のぼんやりした頭でけたたましく鳴る目覚まし時計を止めると、そのまま起き上がり、枕元に置いていた下着や着替えの一式を抱えた。

今日は最も大切な日。遅刻なんて絶対に許されない。

そんなプレッシャーがあったから、いつも洗濯物ハンガーからその日に身に着ける下着やシャツなんかを適当に引っこ抜いていくわたしが、柄にもなく上から下まで準備を済ませていた。とにかく、心配だったのだ。

あくびをひとつしながら浴室の前に移動する。狭い1Kのアパートでは、移動にはさほど時間がかからない。

わたしは部屋着にしている半袖のワンピースを脱ぎ、着替えと一緒に、それらを近くの棚に備え付けているカゴに放り込む。そして、裸になった状態で、浴室の中に入った。

暑さにベタつく肌を、頭からシャワーを浴びて洗い流す。

最初に出てきたのはお湯というより水に近く、冷たかったけれど、寧《むし》ろそれが気持ちいいくらいだった。

だんだん思考がクリアになっていく。

と同時に、昨日の夜、眠る前くらいから徐々に忍び寄ってきた緊張感という魔物が、わかりやすく足音を立てて背後まで迫ってきたのを感じた。

シャワーを浴び終え浴室の扉を開けると、棚に手を伸ばし、畳《たた》んだ状態で積んであるバスタオルを一枚引き抜いた。バスタオルで髪や身体を拭き、浴室を出てから、カゴの中に用意した服に着替える。

服装はいろいろ考えたけれど、結局シンプルな白いブラウスに黒の膝丈のタイトスカートにした。これにベージュのストッキングと、黒のワンストラップのパンプスを合わせるつもりだ。

それから浴室のとなりにある洗面台に移動する。ドライヤーをセットして髪を乾かしてから、スキンケアとメイクを手早く済ませた。

ここまでで、起きてから三十分弱。予定通りだ。

そこからヘアセット。いつもよりきちんと見せたいので、胸までの長い髪を後ろでひとつに纏《まと》めることにする。鏡を見ながら、主張しすぎない程度の飾《かざ》りのついたヘアゴムでポニーテールを作った。

身支度が終わると遅刻の可能性が劇的に減るので少し気が楽になった。

今朝は会社には向かわず、現場に直行する。松田さんとの待ち合わせ場所には、七時半くらいに出れば十分間に合うはずだ。

ベッドの近くにあるローテーブルに置いたメロンパンは、昨日の帰りにコンビニで購入したものだ。朝食用にと思ったのだけど、あまり食欲が湧かなかったので手を付けないことにする。喉が渇《かわ》いたから、飲み物だけにしよう。

冷蔵庫から作り置きの麦茶のポットを取り出し、グラスに麦茶を注いだ。その場で一口飲むと、ソワソワした気持ちがほんの少しだけ落ち着いた気がした。

ポットをしまい、グラスを片手にローテーブルの前に座る。グラスをテーブルに置く替わりに、画面を下にして置かれていたスマホを手に取った。

画面を見ると、メッセージアプリにメッセージが一件、届いていた。スワイプして表示させる。差出人は松田さんだった。

『おはよう。緊張して眠れないかもなんて言ってたけど、ちゃんと寝れた？　確認だけど、今日は8：30に駅の改札。あまり気負い過ぎないで、商品を知らない人へ宣伝しに行くっていうシンプルな気持ちでいこう』

わたしが昨日「緊張する」とか「胃が痛い」とか、あまりにも頼りないことを言っていたからか、心配して送ってくれたみたいだ。気配りの人である松田さんらしい。

一行空《あ》けて、追伸のように続いている文章に目を通す。

『あと、しっかり声を出すために、きちんと朝食を食べてくること』

可笑しくて小さく笑った。まるで、様子を見られていたみたいだ。

わたしは感謝の言葉を返信したあと、一度スマホを置き、メロンパンに手を伸ばす。包みを開け、一口大にちぎって口の中に放り込んだ。

今から一週間ほど前のこと。ハロウィン用の資料は、見込んだ通りそれほど苦戦せずに作り終えることができた。

松田さんから昨年の資料と、途中まで作成していた今年のデータとを併せてもらい、昨年分の構成を参考に、今年用に作り替えるようにして進めた。

松田さんのチェックも無事に通り、そちらのほうは無事完了となったのだけど、松田さんはクリスマスブーツの販促用の資料の作成に頭を悩ませていた。企画部から届いた資料と睨めっこしては、疲れたようなため息を吐いている。

デスクの上の時計を見ると、午後八時すぎ。経理部の面々はもちろん、営業部の社員もみんな帰宅したあとだった。最近は、わたしたちが最後になるのがお決まりのパターンになりつつある。

「ごめん、先帰ってて大丈夫だよ」

となりの席で手持ち無沙汰《ぶさた》にしているわたしを見て、気が付かなくて悪いというニュアンスで松田さんが言った。

「あっ、はい……」

立ち上がって返事はしたものの、まだ帰るつもりはなかった。

クリスマスブーツの販促用資料は、松田さんが作成するということになっていたけれど、一柳部長はこの仕事を松田さんとわたしに任せる、と言っていた。

わたしが直接役に立てることはほとんどないのかもしれないが、だからといってひとりだけ先に帰る気持ちにはなれなかった。

「お疲れ様です」

「お疲れ様」

挨拶だけ交わして、わたしは一度会社の外へ出た。そのままエレベーターで一階のコーヒーチェーン店に向かう。

六十席ほどある店内は、この時間でも半分程度が埋まっていた。

うちの社員はコーヒー党が多いようで、お昼休みや仕事と仕事の合間の気分転換に一階まで下りてきて、ここのコーヒーを好んで購入する人が多い。松田さんもそのうちのひとりで、よくアイスコーヒーを飲んでいる。となりのデスクを見るたびに、この店のプラカップが置かれているから。

会社の入り口前には自販機があり、そこに冷たい缶コーヒーも売っているのだけれど、どうせ差し入れをするなら、より喜んでもらえるものを持っていきたい。

レジ前に客はいなかった。わたしはアイスコーヒーとアイスカフェラテをテイクアウトで注文する。

前者は彼の好みで間違いないだろう。わたしが覚えている限り、彼がミルクの入ったものを飲んでいたことはないし、何かの折に無糖のブラックの苦みが好きだと言っていた記憶がある。後者は、ブラックが飲めない自分の分だ。

ふたつを紙袋に入れてもらって店を出ると、エレベーターにもう一度乗り込んで、松田さんのいる六階のボタンを押した。

「あれ、忘れ物？」

帰ったと思っていたはずのわたしが現れたので、彼は入り口から歩いてくるわたしを見て、意外そうな声で訊《たず》ねた。

「いえ、あの、差し入れです……ブラックお好きでしたよね」

きょとんとしている彼の傍まで歩いていくと、「どうぞ」と添えて、アイスコーヒーのプラカップとストローを差し出した。

ストローの色は、目が覚めるような鮮やかな黄色だ。この店のロゴと同色で、とても目を惹く。

「ありがとう。悪いね」

わたしがコーヒーを買ってきたことにビックリしていたようだけど、松田さんはコーヒーとストローを受け取り、表情を緩めた。喜んでくれたのがわかって嬉しい。

わたしは自分のデスクの椅子に座ると、身体を少し彼のほうへ向ける。それから、紙袋からアイスカフェラテを取り出し、ストローをプラカップの蓋《ふた》の差込口に差した。

「いえ、お礼を言うのはわたしのほうです。クリスマスブーツの書類、任せっきりになってしまって……何かお手伝いできたらいいんですけど」

過去に実績のある仕事であれば、そのときの資料をもとに分担できることがあるかもしれないが、いかんせん松田さんにとっても初めての仕事なので、進めにくいようだ。

「いや、その気持ちだけでありがたいよ。それに、まだプレゼンまで一週間あるからね。大まかな内容を固められれば、そんなに時間が掛からずできるはずなんだけど」

松田さんは椅子を回転させて、わたしと向き合う形になる。

「それに、谷川さんが一緒に考えようとしてくれてる気持ちが嬉しいよ。同じ会社の社員として向き合ってくれる人がいるっていうだけでも、心強い」

ストローをプラカップの蓋《ふた》に通しながら、松田さんが寂《さび》しそうに言う。

「実は、この件で小田課長に相談したんだ。一柳部長が言ってたみたいに、小田課長は最近レイハンスの営業部長と付き合いができたみたいだから、何かヒントになるような情報でも訊けるんじゃないかと思ったんだけど……そしたら、それが逆鱗《げきりん》に触れてしまったみたいで、怒らせてしまってね。『選ばれなかった俺の情報なんて必要ないだろう、自分の力でどうにかしろ』って。確かに、本来は順当にいけば課長が担《にな》う案件だったはずで、そもそも向こうの営業部長は親しくなった小田課長にと持ってきた話だったのに、それを知っていて彼に訊いたのは、俺も無神経だったかなって反省してる」

そこまで一息に言うと、松田さんは視線を手元にあるストローの先に落とした。彼の長いまつげが頬に影を落とす。

以前から松田さんの活躍を面白く思っていない小田課長なら、そう怒るのも無理はないかもしれない。

「でも、俺は個人戦じゃなくてチームプレイだと思ってた。今回うちが、青葉製菓がレイハンスとのクリスマスブーツのコラボを勝ち取れば、それはうちの大きな利益になる。そのためには、企画部と営業部がともに一丸となって挑まなきゃいけないだろうって。そういう俺の考え方って、甘いんだろうか」

再び視線を上げた松田さんは、どこか遠くを見つめていた。

企画部も営業部も、初めてのクリスマスブーツのプレゼンにお互い手探り状態だ。そんな中、小田課長には協力を断られ、途方に暮れているのかもしれない。

その寂《さび》しげな表情を見ていると、わたしも悲しくなってきてしまう。

「こんな話してごめん。愚痴《ぐち》ってても仕方ないのはわかってるんだ。ただ、ちょっとモヤモヤして」

「いえっ、わたしでよければいくらでも聞かせてください」

わたしは食い気味にして言った。

今日ほど、この人の力になりたいと願ったことはなかった。少しでも役に立てることがあるのなら、なんでもしたい。

その思いで、わたしはさらに続ける。

「技術的な面ではお手伝いできないですけど、他のことで役に立てるなら、わたしを頼ってください。わたしは、松田さんの考え方に共感します。プレゼンで、うちの会社を選んでもらえるならこんなに嬉しいことはないですし、もしそうなったときも、会社の中の誰かの手柄ってことではないです。拘《こだわ》るところは、そこではないですよね」

重要なのは、わたしたちの提案をレイハンスがどう受け止めてくれるか。魅力的に感じてもらうことができるかどうかでしかない。

「だから資料作りも、松田さんがいつも大切にしていることをそのまま書いてみたらいいんじゃないでしょうか。企画部の意図を忠実に汲《く》み取って、その素晴らしさがより相手方に伝わるように、最大限応援する、っていう」

そこまで言って、わたしは口を噤《つぐ》んだ。

「ごめんなさい、偉そうなことを」

上司相手に何を言ってるんだろう、わたしってば。胸に込み上げるものがあり、つい口にしてしまったけれど、生意気に映ったかもしれない。

わたしは恥ずかしくなって、小さく俯《うつむ》いた。

「いや、そんなことないよ」

　松田さんは緩く首を横に振った。恐る恐る見上げると、彼の表情は普段通りに穏やかで、不快さは滲《にじ》んでいなかった。

「そうだね。難しく考え過ぎていたのかもしれない。いつもと同じように、純粋に商品のよさが伝わる内容にすれば、資料に目を通す側もわかってくれる」

　おもむろに、松田さんがわたしの顔をじっと見つめる。その瞬間、心臓の跳ねる音が、わたしの中で聞こえた。

「谷川さん、ありがとう。聞いてもらえてスッキリしたよ。あと、これも」

　言いながら、手の中のアイスコーヒーを小さく揺らした。彼はストローに口を付けて、一口飲み込むと、「美味《おい》しい」と小さく呟いて、笑う。

　存在感のある目が細められると、長いまつげがよくわかった。目尻が下がり、形のいい唇が弧《こ》を描《えが》く。

　目が、釘付けになる。まるで星が瞬《またた》いたみたいな微笑みだ、と思った。

「いえ、あの、光栄です」

「光栄って、大げさだな」

　ドギマギしてしまい、そう答えるのが精いっぱいだったわたしを、そうとは知らない松田さんが笑い飛ばした。

「早速、ひとつお願いしていいかな。レイハンスが販売していた過去五年間のクリスマスブーツの情報をプリントアウトして欲しいんだ。この中に全部入ってるから」

すっかり明るい表情になった松田さんは、アイスコーヒーをデスクに置くと、ノートパソコンに挿《さ》さっていたＵＳＢメモリを引き抜いて、わたしに差し出した。

――よかった。わたしも少しは、彼のサポートができているみたいだ。

「はい、わかりました！」

わたしはそれを受け取り、席を立ってフロアの隅にあるコピー機へと向かった。


先日の松田さんとのやり取りを思い出しながら、わたしは麦茶を一口飲んだ。

そろそろ家を出なければ。麦茶の入っていたグラスを台所のシンクに片付けると、ローテーブルの上のスマホと、ベッドの脇に置いていた通勤用のトートバッグを手に取り、玄関に向かった。

あの日、勢い付いたわたしたちは終電近くまで残って、資料の大枠を作成した。そこから期限ギリギリまで時間を掛けて細部に修正を入れ、昨日の夜、ようやく完成の運びとなった。

あれだけふたりで必死になって用意したんだから、きっと今日のプレゼンは上手くいくはず。

「よし、頑張ろう」

わたしは小さく呟き、パンプスを履《は》いた。ロックを解除して扉を開けると、刺すような眩しい日差しが目に飛びこんできたのだった。

◆◇◆

「青葉製菓さん、お願いします」

女性の声とともに部屋の扉が開いた。わたしと松田さんは反射的にそちらを向いてから、お互いに顔を見合わせた。いよいよ時間だ。

レイハンスの本社は意外にも都心から離れた郊外にあった。工場の近くにオフィスを置きたかったから、というのが大きな理由らしい。

駅には八時半に集合し、本社に到着したのは九時十五分過ぎ。プレゼンは九時半からだったので、わたしたちは控室代わりの小会議室に通された。四人から六人程度が入れるその部屋は、ホワイトボードと円卓だけのごくごくシンプルな空間だ。

「行こうか」

「はい」

席を立って荷物を持ち、扉の外に出る。

レイハンスの面々が待つのはすぐとなりの大会議室だった。

扉までの足取りが震える。本社に入ってからずっと速くなっていた鼓動が、さらに速く、激しいものになるのを感じた。

「大丈夫」

横に並んだ松田さんが、優しい声で言う。

「ちゃんとやろうとか、よく見せようと思う必要はないよ。普段通りの谷川さんでいいから」

「……はい」

わたしが慣れない空気に緊張しているのは、松田さんもよくわかっていた。だから、そうやって少しでも気持ちが楽になるような言葉を掛けてくれる。

「失礼いたします」

凛《りん》とした松田さんの声が発せられると、まず彼が扉を開け、室内に入った。わたしも同じように繰り返しながら、そのあとに続く。

細長いドーナツのように真ん中がぽっかりと開いた円卓には、ずらりと八人が着席していた。いずれも男性で、年齢は三十代前半から五十代前半くらいまで様々。

見ただけではどんな立場の人たちなのかはわからないけれど、一様に堂々とした雰囲気を纏《まと》っているのは確かだ。

今日はこの場所で、各社三十分刻みでクリスマスブーツのプレゼンを行う。わたししたちはその一番手だった。

わたしたちのほうから向かって一番左側に座っているのが、最近うちの小田課長と繋《つな》がりができたという営業部長。そのとなりが企画開発部長だ。

この場においてメインで訴えかけるべきは、このふたりで間違いないだろう。

簡単に挨拶を終えると、早速プレゼンの準備に入る。

用意した資料を配布し、わたしと松田さんはレイハンスの面々と向かい合う形で席に着いた。

「今回のお話を頂き、弊社社員一同、大変光栄に存じております。では、弊社からのクリスマスブーツのご提案に入らせて頂きます。まずは、資料の一ページ目をご覧ください」

松田さんはスムーズかつわかりやすく、商品説明を繰り広げていく。

企画部が提案してきたのは、パッケージがブーツの形をしたものではなく、丈夫なビニール系の素材でできたナップザックの形状をしているものだった。

現在テレビで放送中の、男児向けアニメのキャラクターの版権を使用したものと、女児に人気な魔法少女の版権を使用したもの、各ひとつずつ。大きさは、ちょうど子どもが背負えるくらいのサイズだ。

クリスマスブーツは、必ずしもブーツの形をしていなければいけないというわけではない。近年はわざわざブーツの形状にせず、購入後に子どもたちが使えるように、バッグやキャリーケースを模したりすることも多い。

うちの企画部は、このほうが売れると踏んだのだろう。

松田さんもこのアイデアには好意的だった。過去、レイハンスから発売されたクリスマスブーツも、よく売れたのはそういったタイプのものだったようだから。

ナップザックの中身は、我が青葉製菓の定番商品と、今年の新商品とをそれぞれ同じ割合で組み合わせたもの。

新商品を多めに入れることで、新しい購買層を獲得しようという狙いがある。

グラフや写真などを駆使《くし》しながら、それらの内容をわかりやすく、かつ論理的に纏《まと》めた資料を読み上げる松田さん。彼の話を微動だにせず聞いている相手方のレイハンス。

こんなピリついた場でも堂々と自分の役割を果たしている彼に、改めて尊敬の念を覚える。

「――では、同梱《どうこん》する菓子に関するご説明を、谷川からさせて頂きます」

松田さんがその先を促すようにわたしを見た。

そう、今回はわたしも直接的なお手伝いを少しさせてもらえることとなり、いつにも増して緊張していたわけだ。

咳ばらいをひとつして、資料の読み上げに入る。落ち着いて読めばいい、と心の中で自分に言い聞かせながら、一行一行丁寧に音にしていく。

わたしが読むのはトータルで二ページほど。最初のほうこそ声が震えて「真夏なのに寒いの？」とでもツッコミが飛んできそうな感じだったけれど、終わりのほうは普段と変わらないくらいの調子で読むことができた。

再び松田さんにバトンタッチすると、わたしは周囲に悟られないように小さく息を吐いた。無事、役割は果たせたようだ。

持ち時間の三分の二ほどを資料の説明に割いたところで、質疑応答の時間になった。ここから時間いっぱいまで、レイハンス側から商品についての質問を受け付ける。

最初に口火を切ったのは企画開発部長だった。

「失礼ながら、青葉製菓さんはキャンディ専門というイメージなので、クリスマスブーツのようにバラエティに富んだ菓子を売る商品には向かない気がしていますが、そのあたりはどうお考えになっていますか」

彼は淡々と、それでいて鋭い視線をわたしへ向けて来る。

わたしはこのとき、完全に気を抜いていた。何故なら、質問に答えるのは松田さんだから、自分が出る幕はないと思っていたのだ。

けれど、彼の視線はわたしを捉えている。

冷静に考えれば対応できるはずなのに、急に回答を求められて頭の中が真っ白になってしまう。

何か一言でも返さなければ不自然な状況だけれど、一言一句、浮かんでこない。そんな状態にまた焦り、ますます思考が空回《からまわ》る。

「落ち着いて」

そのとき、耳をそばだてていなければ聞き取れないくらいの小さな声で、松田さんが言った。

「問題ないって一言言ってくれたら、あとは俺が引き受けるから」

小さい声だけれど、力強い響きだった。

「その……その点に関しましては、問題はないと考えております」

わたしは必死に言葉を紡《つむ》いだ。

「確かにおっしゃる通り、弊社の商品はキャンディが主流ですが、その中身は飴、のど飴、チューイングキャンディ、グミ、タブレットなど多岐《たき》にわたっておりますし——」

すると彼は宣言通り、後の説明を一手に担《にな》ってくれた。内容にも説得性があり、先方も納得した様子だった。

……一時はどうなることかと思ったけれど、松田さんのお陰で本当に助かった。

「それでは、時間になりますので青葉製菓さん、本日はありがとうございました」

「ありがとうございました」

制限時間がやってきたところで、営業部長がその場を締めた。次のメーカーが控えているのだろう。

わたしと松田さんは深々と頭を下げると、大会議室を後にした。

◆◇◆

「大事なところで失敗しちゃって、すみませんでした」

帰りのバスの中。わたしは申し訳ない気持ちでいっぱいになり、松田さんにそう頭を下げた。

わたしたちは降り口のすぐ傍の、ふたり掛けの席に並んで座っていた。

平日の午前中ではあるけれど、お年寄りや主婦らしき女性を中心に、七割くらい座席が埋まっている。

「別に失敗なんてしてないよ。上手くいってよかったじゃない」

「しましたよ。パニックになって、松田さんに助けてもらったじゃないですか」

失敗を厳しく咎《とが》めないところが松田さんらしいけれど、今は寧《むし》ろ気を使ってもらうほうが心苦しく感じた。

「助けたってほどじゃないよ。ああいうのは場数を踏むのが大事だから。最初は誰でもあんな感じになるよ」

「……甘やかさなくていいんですよ。わたし、最後のほう完全に気を抜いてましたし」

自分にも落ち度があるのはわかっていた。だから悔しいというのもある。

落ち込むわたしを見て、松田さんは何故か笑いを堪《こら》えている。

「なんで笑ってるんですか」

「いや、うん、もうプレゼンが大方終わったと思って安心してたのに、質問が飛んで絶句してたときの谷川さんの顔を思い出して」

「もうっ、松田さん！」

そこまでバッチリ見られていたのかと恥ずかしくなる。

思わず声を荒《あら》らげると、彼は「ごめん、ごめん」と、とてもそうは思っていないような口調で謝ってきた。

「それはそれとして、手前味噌だけどプレゼンは結構いい線いってたと思うよ。相手方の食いつきも悪くなかったと思うし。あとは、他のメーカーがどういうのを持ってくるかだね」

「今回のプレゼンって、何社くらい参加するんですか」

「うちを入れて十五社って聞いてるよ。今日は午前が三社で、午後が四社って」

「十五社も！」

そのうちから選ばれるのは、たった二、三社ということだ。うちの会社はプレゼンでも指摘された通り不利な点もあるし、勝ち取るのはなかなか厳しいのかもしれない。

「最善は尽くしたんだから、それでいいんだよ。多少不安な部分はあっても、選ぶに値する企画なら選んでくれる。彼らもプロだから」

「松田さん、こういうの本当引きずらないですよね。羨《うらや》ましいです」

わたしはああすればよかった、こうすればよかったとくよくよ考えてしまうタイプだけれど、彼は毎回、こんな感じで切り替えが早い。

「気にしても結果は変わらないからね。それより、これからのことを考えるほうがずっと効率がいいでしょ」

「わたしも早くそのメンタリティを身に付けたいです」

どこまでも前向きな姿勢。未熟なわたしはまだまだその領域まで辿り着けないけれど、彼の言っていることが正しいのは理解できる。

「谷川さんならすぐだよ」

「そうですか？」

「うん。言ってるでしょ、俺は谷川さんのこと信頼してるし、期待してるから」

そういうことを、溢れんばかりの笑顔で言わないでほしい。自惚《うぬぼ》れないように自分を戒《いまし》めているのに、また勘違いしそうになってしまう。

松田さんの綺麗な横顔を、息をするのも忘れて眺める。

ダメだ……わたし、やっぱりこの人のことが好きなんだ。

上司である彼に抱いている憧れや尊敬、信頼感は、確実にその領域を超えていて、もう、それ以上の想いがあることを隠せない。

春の日だまりのように、暖かな毛布のように、いつも優しい笑顔を向けてくれる松田さんが好きだ。大好きだ。

「……ありがとうございます」

わたしはなんとか小さくお礼を言った。顔が熱い。きっと、赤い顔をしているだろう。

至近距離の松田さんに気が付かれなければいいなと思いつつ、わたしたちは会社に向かった。

レイハンスからクリスマスブーツの企画が通ったとの通知が届いたのは、それから一週間後のことだった。

5

「改めて、おめでとう」

「おめでとうございます」

いつかと同じように、松田さんはビールの入ったグラスを、わたしは白ワインの入ったワイングラスを軽く掲げると、本日二回目の乾杯をした。

以前、松田さんに連れてきてもらったことのある駅前のイタリアンは、午後十時半を過ぎると、空席が目立つようになっていた。今日は月曜日、週が明けたばかりとなれば明日への英気を養うために、早めに家路につきたい人が多いのだろう。

本日一回目の乾杯は、会社から目と鼻の先にある和風居酒屋で行われた。レイハンスとのクリスマスブーツのコラボが実現されることが決まり、わが青葉製菓は大盛り上がり。急遽、営業部と企画部合同で祝勝会をすることになって、店の一番大きな個室を借り、つい先ほど解散となったばかりだ。

松田さんは企画部の管理職の方々にずっと捕まっていたし、わたしも一柳部長や営業部の諸先輩方から質問攻めに遭っていたので、なかなか彼とゆっくり勝利の美酒を味わう時間がなかった。

なので解散後、松田さんから「少し時間ある?」と誘ってもらえたのはとても嬉しくて、即OKしたのだ。

「やっと落ち着いて座れたって感じ。そっちもでしょ?」

「はい。飲み会中は忙しかったですね」

「それだけ影響力のある仕事をしたってことだよ。年末の売り上げはかなり期待できるね」

「はい！」

わたしは頷いて、大好きなワインを口にする。美味《おい》しい。いつもよりも美味《おい》しく感じるのは、やはり達成感というスパイスが効いているからなんだろうか。

「小田課長はやっぱり面白くなさそうな顔してましたね」

「そうだね。でも、飲み会中に挨拶に行ったら、『よくやった』って言ってくれたよ。喜んではくれてるみたいだった」

「そうなんですね」

それならよかった。小田課長は松田さんの直属の上司だし、部下の功績は彼の功績にもなるのだ。日頃松田さんを敵視していたとしても、上司として嬉しい気持ちもあるのかもしれない。

「でも、まさかうちが選ばれるなんて思ってませんでしたよ」

わたしは、もう一口ワインを飲みながら、喜びを噛み締めて言う。

「――あ、もちろん当日は選ばれるために臨《のぞ》んだんですよ。ただ、本当に選ばれたんだなーっていう驚きと喜びが強すぎて、あんまり現実感がなくて」

はなからその気がないような言い方に聞こえてしまったかもと、慌てて言い直すと、松田さんは声を立てて笑う。

「わかってる。俺も同じような気持ちだよ。信じられないっていうか……うちの会社の人間もみんなそう思ってるから、あんなに盛り上がったんだと思うし」

居酒屋での様子を思い出してみる。どの場面でもお祭りムードだった。

「今日ほど美味《おい》しいビールはないいな」

「本当ですね」

松田さんもわたしと同じように、お酒がよく進むようだ。店に入ったばかりだというのに、既に最初の一杯を飲み切りそうになっている。

「谷川さん、ありがとう」

「どうしたんですか、急に」

優しいトーンで感謝を述べられ、一瞬戸惑ってしまう。

「いや、今回いろいろと谷川さんに助けてもらったなと思って。あの販促用資料を無事に完成させられたのは、谷川さんのお陰だと思ってる。本当にありがとう」

「そんなこと……それは、松田さんの力ですよ」

わたしのお陰なんて、それはさすがに言い過ぎだと思った。次があれば、そう言ってもらえるくらいに貢献したいとは思っているけれど。

わたしの言葉に、松田さんはゆっくりと首を横に振り、やわらかい眼差しをこちらに向ける。

「いや、谷川さんがいなかったら、あれこれ考えすぎて全然違った結果になったかもしれない。だから、谷川さんのお陰なんだよ」

谷川さんがいなかったら――まるで、わたしの存在を必要としているかのような言い回しに、胸が躍《おど》る。

「そう言ってもらえるの、嬉しいです」

好きな人に認めてもらえるのは、幸福なことだ。彼の助けになっているのだということも、この満ち足りた気持ちに作用しているのだと思う。

「クリスマスブーツの販売が近づくころは、また売り込みで忙しくなるね」

「そうですね。営業って、一年中、ずーっと忙しいんですね」

弱音は吐きたくないが、体力的にはもうヘトヘトだ。

何かひとつ終わったと思ったら、また違う何かの準備に入る。これの繰り返し。

季節感のあるものを扱う仕事だから仕方ないのだけれど、たまにはマイペースに、急かされない仕事をする時間があってもいいのではないかと思ったりもする。

「でも、この一ヶ月くらいは少し余裕があると思うよ」

「えっ、そうなんですか？」

「うん。今は八月の頭でしょ。お盆《ぼん》の時期はみんな結構有休取るし。そこで取れなくても、前後で夏休みを取れるくらいのゆとりはできるはずだよ。九月に入ると、またクリスマス商戦に向けて厳しくなってくるけど」

「じゃあ、今、身体を休めておいたほうがいいってことですね」

入社日から起算すると、わたしにも有給休暇が発生している時期だ。たまには実家に帰って、頭を空《から》っぽにしてぼーっとしてくるのもいいのかもしれない。

あとは、温泉もアリか。ひとりで気ままに出掛けて、心ゆくまでお湯に浸かってくるとか。

「温泉、いいですよね」

頭の中で立てていた計画を、思いつくままに口にする。

「温泉か。近場なら手軽に行けるし、確かにいいね」

「でしょう。温泉に入れば、これまで蓄積されてた疲れもすーっと抜けていくんじゃないかって思って」

転職してからというもの、やたら張り切り過ぎていた。それまでの自分とは決別するんだという意思が強すぎて、無理をしていた部分があったように思う。

「また忙しい時期に入る前に、のんびりしたいですね」

「……じゃあ、行く？」

「へっ？」

間抜けな声が漏《も》れ出た。ぽかんとしているわたしを見て、今度は松田さんが「え」と短く発した。

「もしかして、俺に言ってるわけじゃなかった？」

「あ――」

そうか。そういうこと。

わたしが頭の中でなんとなく立てていた計画を、彼は提案されているのだと受け取ったのだ。

「ごめん、勘違いした。そうだよね、急だなとは思ったんだけど」

アルコールの心地よさなのか、少しだけ眠そうにしていた目が大きく見開かれ、まずいという表情をする松田さん。珍しくわかりやすい慌てようだ。

「いえ、あの、謝られるようなことされてないので。寧《むし》ろ、嬉しくて驚いたっていうか」

「え？」

今度は松田さんが目を丸くして訊き返す。

クリハマさんでの商談の直後、「好き」だと口走ってしまったときのことが蘇《よみがえ》った。

わたしったら、一度ならず二度までもしでかすなんて。また余計なことを言ってしまった！

「あっ、えっと……わ、わたし変なこと言ってますよね、すみません」

いくら酔《よ》っているとはいえ、こんな反応じゃ松田さんに気があるのが手に取るようにわかるだろう。わたしは恥ずかしさで俯《うつむ》いた。

穴があったら入りたい。これ以上なんて言って取り繕《つくろ》うかを考える。

「変じゃないよ」

ぐるぐると考えを巡らせていると、彼の優しい声が降って来た。

わたしは、恐る恐る顔を上げる。

お酒のせいでちょっと赤みがかって潤《うる》んでいる彼の瞳は、それでもきちんと覚醒《かくせい》していることを示すように真っ直ぐわたしを見据えている。

「変なことなんて、言ってないよ」

確かめるように同じ言葉をゆっくりと繰り返す松田さん。

言葉と言葉の間は五秒もないくらいなのに、真摯な眼差しを見つめ返す時間は無限にも感じた。

「じゃあ――もし、よければの話なんだけど。谷川さんが迷惑じゃなければ、ふたりでお疲れ様会ってことで、温泉に行かない？」

今この瞬間、とびきりのお誘いを受けているというのに、まったく現実味がなかった。

まるで夢の中にいるみたいなフワフワした感覚なのは、酔《よ》っぱらっているからなのか、嬉しすぎて思考がオーバーヒートしているからなのか。判断がつかない。

でも、これが夢でも現実でも、わたしの答えは決まっている。

「……はい、行きたいです」

わたしが大きく頷いて答えると、松田さんはとても嬉しそうに笑ってくれた。

「――あ、でも酔《よ》っぱらってて覚えてないとか、そういうのダメですからね」

「そっちこそ」

「わたしはちゃんと覚えてるから大丈夫です」

こんな大切なこと、忘れるはずがなかった。わたしが自信満々で言うと、

「俺も覚えてるよ」

と、きっぱりと言い切ってくれる。

わたしと松田さんはお互いの顔を見つめ、視線を交わらせながら微笑み合う。

明らかに仕事の延長線を越えた、特別な空気が流れるのを感じた。

本当の本当に、いいの？　冗談じゃないんだよね？

嬉しい。嬉しい。まさか、松田さんとこんな約束をする日が来るなんて。

レイハンスの件といい、こんなに幸せなことが続いていいんだろうか。

何処の温泉に行こうかなんて話から始まり、あそこがいい、ここはイマイチだとか、
取り留めもなく話をしていると、結局お店を出たのは終電間際になってしまった。

駅のホームまで駆け足で向かいながら、わたしは、これが夢でも幻でもないことを感じていたのだった。

◆◇◆

とはいえ、心のどこかでこんな都合のいい展開があり得るわけがないと、計画が立ち消えてしまう可能性を危ぶんでいたものの、そんな不安に反し、トントン拍子に進んでいった。

デスクがとなり同士のわたしたちは、顔を合わせる機会が多いけれど、さすがに周囲の社員の目もあり、堂々とそんな会話を交わすわけにはいかない。

内容は主にメッセージアプリで詰めていった。

具体的な日程については、ふたり揃《そろ》って有休を取るのは不自然なので、お盆《ぼん》のある週末にしようということになった。そして、どうせ週末に設定するなら日帰りではなくちょっと遠出して宿泊しよう、とも。

そんなメッセージを送り合いながら、わたしの心臓はバクバクしていた。ドキドキを遥かに通り越して、バクバク。

だって松田さんとプライベートで旅行ができるなんて、一ヶ月前のわたしは露《つゆ》ほども思っていなかったのだ。

仕事上、出張は多いけれど今までずっと日帰りだった。お付き合いのある会社との飲み会も、松田さんが朝方まで残ることはあっても、気を使ってくれてわたしだけは終電までには帰してくれた。

あわよくば、地方の展示会とかで泊まりがけの用事ができたら、勤務時間中であれ松田さんと一緒にいる時間が増えるのにな、と妄想した程度だ。

ここまで来たら、どちらかが「お付き合いしましょう」と言い出さないのは逆に不自然じゃないだろうか。というか、付き合っていない男女がふたりきりで温泉旅行だなんて、あまりにも妙だ。

けれど、メッセージアプリで旅行の内容を詰めているときの松田さんの反応は、普段の態度とまったく変わらないように見えた。あくまで仲のいい上司としての振る舞いを越えない。それがどうしても解《げ》せなかった。

第一、松田さんがフリーである確証なんてないのだ。

今まで思いつかなかったことが不思議なくらいだが、彼みたいに優しくて気遣いができて仕事もできる妙齢のイケメンを、周囲の女性が放っておくはずがない。

既に、特定の相手がいる可能性は十分にある。

平日に遅くまで残って仕事をしているため、週末こそ彼女のために時間を使っているのかもしれない。だとしたら、わたしのことは気の許せる仕事仲間、という認識に過ぎないということなのだろう。

ますますわからなくなってきてしまった。

あのとき、松田さんはどういうつもりで、「じゃあ、行く?」なんて言ってくれたんだろう。

そして、わたしのことをどう思っているんだろう。


「わー、着きましたね～」

新千歳《しんちとせ》空港に降り立ち、レンタカーを走らせること一時間半程度。途中の公共駐車場で車を停め、わたしと松田さんは、定山渓《じょうざんけい》という温泉街に到着した。

初めての遠出が飛行機での移動とは思い切ったなぁ、と自分でも思う。おそらく彼も同じことを思っているのではないだろうか。

当初は熱海《あたみ》だとか箱根《はこね》だとか、比較的東京からアクセスのいい温泉地が候補に挙がっていた。

だけど、泊りがけで行こうという流れになったときに、だったらたまには本州を抜け出してみるのもいいかもね、という話に発展したのだ。お互いに行ったことがない場所を擦《す》り合わせ、ここ定山渓に決定した。

北海道は飛行機の便も多く出ていて時間帯が選びやすく、暑さの厳しい夏でも他のエリアより涼しそうだというのも決め手のひとつになった。

午後の、一番太陽が照り付ける時間帯ではあるけれど、湿気が少ないせいか、東京のようにムシムシとした暑さではない。

「んー、心なしか空気が美味《おい》しく感じます」

「本当？」

わざとらしく深呼吸してみせるわたしを見て、松田さんは目を細めて笑っている。

「本当ですよ。都心の空気は淀《よど》んでるじゃないですか」

「そうかな。俺は東京出身だからよくわからないけど」

「あ、わたしもそうでした」

「何それ」

くだらない話で笑い合うのが楽しい。行きの飛行機の中では仕事の話ばかりだったけれど、目的地が近づくにつれ、自然と他愛ない話の割合が増えたように思う。

「運転ありがとうございました。疲れませんでしたか？」

「いや、大丈夫。久々で緊張感あったけど楽しかったよ」

レンタカーの運転は、松田さんが買って出てくれた。

免許は持っていても、普段まったく運転をしないわたしよりも、ちょこちょこと実家に置いてある車を運転するという松田さんに任せたほうが安全だと踏んだのだ。

「緊張感だなんて。安心して乗れましたよ」

松田さんの運転は彼の性格を表すように、穏やかでソツがなかった。それに、助手席から彼の慣れたハンドル捌《さば》きを眺めるのは、妙な優越感があった。

緑が生い茂る長く細い坂道を上った先で、足を止める。

「じゃ、ここで一休みしながら予定を立てましょう」

最初の目的地はここだ。温泉街の中には足湯のある公園が複数あり、ここはそのうちのひとつ。

飛行機の機内でむくんだ足を労わりつつ、次の行き先を決めようと話していた。

温泉街の中心にありながら緑が多く、近くに川が流れるこの公園の足湯は無料で入れるということもあり、既にファミリーやカップルなどが多く利用していた。人気なのだろう。

「面白いね。ガイドブックで見た通りだ」

松田さんはあたりを興味深そうに眺めながらそう言った。

さっきまで乗っていた車の中で、わたしは張り切って買ったガイドブックに載っていたこの公園の写真を松田さんに見せていた。それを思い出したらしい。

「あそこ空《あ》いてますよ。行きましょう」

足湯を囲むように設置されている屋根付きの木製ベンチの一角に、ふたりで座れそうな場所を見つけた。そこを指差して、早足で向かう。

持っていたカゴバッグを傍《かたわ》らに置き、ベンチに座りながら、早速サンダルを脱いだ。

足湯があることは最初からわかっていたし、たくさん歩くだろうと考えて、サンダルは脱ぎ履《は》きしやすい黒色のフラットなものを選んだ。

合わせる服に関しては何度も熟考を重ねた末、白いTシャツと七分丈のデニムに決めた。Tシャツは無地だけど、ボートネックで袖はフリルになっている。さりげなく上品な雰囲気なのがいいな、と思ったのだ。

意識的にメイクも変えた。いつもはオフィス向けに落ち着いた印象のメイクをしている。

けれど、今日はピンクブラウンのアイシャドウを使い普段より色味を出し、チークはピンク系、リップも普段よりビビットに発色するピンクを選んでいる。

もちろん、少しでも可愛いと松田さんが思ってくれたらいいな、という願望のもとにだ。

肝心の彼の反応は――残念ながら、特に何もなかった。

待ち合わせの空港での光景を思い出してもアッサリとしていて、もしかしたらいつもと雰囲気を変えたことにすら気付いていないかもしれない。

まぁ、仕方ないか。わたしたちはカップルではないのだから、「今日の服とメイク、可愛いね」なんて言われる展開は、もとから期待してはいけないのだ。欲張ってはいけない。

わたしを追って、すぐに松田さんがとなりへやってくる。ふわっと漂う彼の香りに、胸が疼《うず》いた。

松田さんの私服は、清潔感と爽《さわ》やかさがある。ネイビーのサマージャケットと、インナーに白Tシャツを合わせて、アンクルパンツは黒。それに白のデッキシューズ。

いつもスーツ姿ばかり見慣れているせいか、違う人がとなりにいるような感覚すらあり、気を抜くと何度も見惚れそうになる。

わたしは片足を、それからもう片方の足をお湯の中に入れた。水位はくるぶしより三センチ上くらいまでだ。温かくて気持ちいい。

「熱い？」

ベンチに腰掛けた松田さんが、靴や靴下を脱ぎながら訊《たず》ねる。

「いえ、温かくて気持ちいい感じです。あー、生き返った気がする」

「まだ早いよ。全身浴してからじゃないと」

松田さんと顔を見合わせて笑う。今日、何回目だろう。

会うのが会社じゃない分、お互いに開放的な気持ちになっているからかもしれない。

実際、今日のわたしはうんとはしゃいでいる。

「もちろん、ホテルの温泉も楽しみですけど」

宿泊するホテルも、この温泉街の中にある。大きな露天風呂が売りのホテルで、ガイドブックによるとツインやダブルの各部屋には温泉が引いてあり、客室露天風呂なるものが存在する。とても人気で、予約の取り辛い場所なのだそうだ。

シングルを二部屋取っているわたしたちには関係のない話だけれど、カップルや夫婦で来ている人たちにとっては、時間を気にせずゆっくり温泉が楽しめる至福の時間だろう。羨《うらや》ましい。

アンクルパンツの裾を捲《まく》り、ゆっくりと両足をお湯に浸けた松田さんが、僅《わず》かに片足を揺らした。

「あんまり経験なかったけど、足湯ってこんなに気持ちいいんだね」

「なんでしょう、落ち着きますよね。この感じ」

言われてみれば、わたしもあまり経験したことがなかった。浸かっているのは足だけなのに、身体全体が温かく癒《いや》されていく心地がする。

夏の公園で足湯だなんて微妙かとも思ったけれど、そんなこともなかった。屋根のお陰で日差しは直接当たらないし、外気の暑さも想像していたよりは気にならない。

わたしはお湯に浸かった自分のつま先を見つめた。昨日の夜、せっかく松田さんと旅行に行くのだからと、セルフで塗《ぬ》った赤いペディキュアは、両手の爪に塗《ぬ》ったマニキュアとお揃《そろ》いだけど、お世辞にも上手に塗《ぬ》れているとは言えない。

慣れないことをするからだ。こんなことなら、普段から目立ちにくいベージュ系のものでも塗《ぬ》って練習しておくんだった。逆に不格好に見えていないか心配だ。

「いいね」

つま先に意識を集中させていたから、一瞬ペディキュアを褒《ほ》められたのかと思った。ハッとして松田さんの顔を見ると、彼の視線は足湯の外に向けられていた。今の言葉は、公園の中に茂る木々だとか、規則的に組まれた石の足場だとか、そういう景色を眺めてのことらしい。

自意識過剰な自分に情けなくなっていると、となりの松田さんが再び口を開いた。

「仕事を忘れて、こういうところでのんびりできるの、いいね」

「そうですね。思いっきり楽しんじゃってます」

旅行自体が久しぶりだったわたしは、大きく頷いて言った。

今の会社に入社してからは、休みの日に遠出する元気もなかったから、その分を纏《まと》めて満喫している。

「そんな感じだよね。谷川さん、いつもよりも活き活きしてる」

言いながら、松田さんはわたしの顔を見て笑った。

「やっぱりわかりますか？」

「わかるわかる。急に走り出したり、かと思えば突然じっと止まって何かに集中したり。まるで、家の中から外の世界に出たばかりの子どもみたいに」

……子ども？　えっ、それってどういう……？

「わたし、ウザくなってます？」

そんなつもりはなかったのだけど、子どもという言葉の響きからはマイナス要素しか連想できない。内心で地味に落ち込みながら訊《たず》ねた。

「あ、いや、そういう意味じゃなくて……天真爛漫《てんしんらんまん》っていうか、純粋に楽しんでくれてるのがわかるっていうか。別に、嫌でそういう表現したわけじゃないよ」

わたしのテンションが少し下がったことを察したのか、松田さんは強めに否定をしてくれる。

「前にも言ったと思うけど、谷川さんってすごくしっかりした女性ってイメージがあるんだよね。少なくとも、会社で接してる俺はそう感じてる」

「全然ですよ。会社ではちゃんとしていようとは思ってますけど、なかなか難しいです。松田さんの下について半年くらい経ったのに、まだわからないことがたくさんあるし」

「まだ半年でしょ、これからだよ。でも今の谷川さんなら、そろそろ俺の手から離れてひとりで営業に行っても大丈夫だと思う」

「ひとりで？」

松田さんが優しげな眼差しをくれてから、頷く。

「盆明けで一柳部長が出勤してきたら、谷川さんはもうひとりでちゃんとやっていけそうですって報告しようと思ってたんだ」

「……」

「谷川さん？」

無言になってしまったわたしの様子を窺《うかが》うように、彼は小さく首を傾げた。

わかっていたはずなのに、頭の片隅では今のこの状態がいつまでも続いていくような気がしていた。

そうだ。松田さんと一緒に仕事をしているのは、彼の仕事の様子を覚えて、自分ひとりでもやり遂げる術《すべ》を身に付けるためなのに。いつの間にか、彼と一緒に仕事をすることそれ自体が、わたしの目的になってしまっていたのかもしれない。

「……寂《さび》しいです」

もしここが東京で、会社のデスクだったなら。なんとか堪《た》えることができただろう。

言葉が勝手に零《こぼ》れ落ちていくのを感じながら、松田さんの目を見て言った。わたしの顔を真っ直ぐ見つめる彼の肩が、小さく跳ねた。

「当たり前のことだってわかってるんです。でも、それでも、松田さんとの接点が減ってしまうと思うと……寂《さび》しいです」

　思考が勝手に声になるような感覚だった。

　普段なら気恥ずかしくて伝えられないようなことでも、ふたりきりでいるこの瞬間なら素直に言葉にできた。

　松田さんの瞳が、微かに揺れる。驚きなのか動揺なのかはわからない。でも、もしかしたらまた困らせてしまっているのかもしれない。

　わたしはハッとして、意識的に笑顔を作った。

「ごめんなさい、早く松田さんの役に立ちたいなんて言ってたくせに、そんな甘いこと言うようじゃダメですよね」

　旅行は始まったばかりだ。なのに、寂《さび》しいとか我儘《わがまま》を言って雰囲気を悪くしたくなかったし、そんな甘えた自分を彼の前で見せるのも違うと思ったから。

「俺も、寂《さび》しいよ」

　すると、彼は真顔でわたしの目を穏やかに見つめ返しつつ、そう呟いた。

「気が付いたら、いつも谷川さんが傍でサポートしてくれてたのが当たり前になってたから。谷川さんが独り立ちするのはいいことだし、会社や君のためではあるけど、俺個人としては……寂《さび》しいと思う気持ちのほうが強い」

「松田さん……」

まさかの答えだった。真面目な彼だから、てっきり「ひとりでやってみるのも経験なんだし」とか、そういう話をしながら諭《さと》されると思っていたのに。

松田さんも、わたしと同じように寂《さび》しいと思ってくれているの？

「こんなこと、会社の人間には言えないけどね」

悪戯《いたずら》っぽくそう言って、松田さんの表情にやわらかな笑みが戻る。彼の笑みを見つめながら、わたしはトクトクと心臓の音が耳の奥で聞こえ始めるのを感じた。

「谷川さんとこうして旅行に来られてよかったよ。きっかけは俺の勘違いからだったけど、行くって決めてから計画を立てたり、行く場所を考えたりするのも面白かったし」

「わたしもです。松田さんと来られてよかったです」

彼の優しい表情が眩しくて、わたしは何故だか泣きたくなった。心の中で、彼を想う気持ちがさらに募っていくのを感じる。

今日のこの日が待ち遠しかった。子どものころ、遠足の準備の時間にワクワクしていたのと一緒で、行き先の選択肢を絞《しぼ》るやり取りや、航空券やホテルを選ぶやり取りとか、そういう細かいことさえ楽しんでいる自分がいた。

松田さんがとなりにいるだけで、こんなにもわたしの心は弾み、そして締め付けられる。

「身体が温かくなってきたね。そろそろ、移動しようか」

「そうですね」

松田さんの提案に、わたしが温泉から足を出そうと、片足を石で組んだ縁《ふち》に乗せた。

そのとき。

「あつっ！」

太陽光を浴びた石は熱を保っていて、その熱さに跳ねた足や身体がバランスを崩し、上半身だけ松田さんの胸に凭《もた》れかかってしまう。

「す、すみません」

「大丈夫？」

視線だけで上を向くと、今までになく近い距離で松田さんの顔があった。下から彼の顔を覗き込んでいるような体勢だ。

え、わたし、わざとではないとはいえ、どさくさに紛《まぎ》れて松田さんにくっついて、その上図々しくも彼のジャケットの袖を掴《つか》んでしまっている？

彼の匂いを強く感じ、息が止まるかと思うほど心臓が早鐘を打ち始める。狙ったわけではないけれど、こんなに彼との距離を物理的に縮めたのは初めてだったからだ。

もともと男性経験が決して多いとはいえないわたしにとって、これだけでも刺激が強すぎる。考えるよりも先にサッと上体を起こすと、ベンチの縁《ふち》に両足を置き、体育座りみたいな体勢をとった。

「あ、あの、足……熱くて、びっくりして、それで」

しどろもどろに言い訳をしながら、恥ずかしさと申し訳なさで松田さんの目を見ることができなかった。絶対、今のわたしの顔、真っ赤だ。

「ああ、この暑さじゃそうだよね」

対する松田さんのほうは、ハプニングなんてなかったかのような反応だった。いつも通りの彼が、わたしの言い訳に同情交じりの笑みを浮かべる。「とんだ災難だったね」とでも言うみたいに。

……意識してるのはわたしだけみたいで、ちょっと空《むな》しい。

「どこ行きましょうか。ホテルに向かうには早すぎますよね」

そんな空《むな》しさを払拭《ふっしょく》するかの如く、傍《かたわ》らのカゴバッグから取り出した大きめのハンドタオルで、足先を拭いた。お湯でややふやけた足から水分がなくなったのを感じてから、サンダルを履《は》く。

「チェックインは三時だっけ。まだ結構時間あるね」

松田さんも温泉から足を出すと、ジャケットのポケットから取り出したハンカチで足を拭いてから、左手を自分の顔の前に寄せて、腕時計を見た。

さっきの移動中思い切って、いつもしているその時計のことを聞いてみたら、気に入っているドイツのブランドのものだと教えてくれた。些細《ささい》なことかもしれないけれど、彼のことをひとつでも多く知れるのは嬉しい。

「夕食の時間までにチェックインできればいいと思うので、それくらいまで観光しちゃうのもアリですよね」

「そうだね。観光もいいけど、ひとまず何か食べたいかな。谷川さんもお腹空《す》いてない？」

ハンカチをポケットに戻して、松田さんがちょっと考える仕草《しぐさ》をしたあとに訊《たず》ねる。

そういえばまだ昼食を食べていなかった。ゲンキンなもので、そう訊かれると途端にお腹が空《す》いてくる。

「食べたいです。このあたりに有名なお蕎麦《そば》屋さんがあるみたいですよ」

「蕎麦《そば》、いいね。北海道の蕎麦《そば》って美味《おい》しいらしいし」

ガイドブックの情報を思い出して得意げに言うわたしに、松田さんは興味を惹かれたように賛同してくれる。

「じゃあ早速行きましょう」

たとえ松田さんがわたしのことを意識していなくても、今日のこの日を楽しめればそれでいいじゃないか。

今ここで、松田さんとふたりでいるのがすべてなんだから。余計なことは考えず、それをフルに楽しまなければ損だ。

わたしは気持ちを切り替えるように努めながら、彼とランチを取る場所を目指して、公園を出た。

◆ ◇ ◆

ガイドブックを頼りに訪れた老舗《しにせ》のお蕎麦屋《そばや》さんは、古民家風の造りで雰囲気がよく、お蕎麦《そば》も香り高くて評判通りのいいお店だった。

お腹を満たしたあとは、景色を楽しもうということで、散策に行くことにした。

自然豊かな公園をスタートして、途中、全長二十数メートルの吊り橋を通り、自然林に抜けるコースは、絶景スポットとして知られていて、紅葉の季節になると毎年観光客がひっきりなしに訪れるという。

夏のこの時期でも緑が美しくて十分楽しむことができた。

特に、吊り橋から見る渓谷《けいこく》や温泉街の風景は素晴らしくて、どちらともなく立ち止まって、しばらく眺めているほどだった。

吊り橋といえば、松田さんってば、歩くと揺れる吊り橋にちょっと怯《おび》えていたわたしを見て、わざと早足に歩いて、さらに揺らしてみせたりしていたっけ。

人のことを子どもみたいなんて言ってたくせに、当の松田さんにも案外やんちゃな一面があるんだな、と思ったりした。普段と違うそんな一面も、やっぱり好きだ。

吊り橋ではもうひとつエピソードがあって、ある若いカップルに、松田さんが写真撮影を頼まれた。人の好《よ》い彼は二つ返事でＯＫして写真を撮ったのだけど、気を利かせてくれたカップルの女性のほうが、わたしたちの写真も撮ってくれると言い出したのだ。

せっかくなのでとお願いすると、

「彼女さん、もう少し彼氏さんとくっついて」

とか、

「彼氏さんも彼女さんも笑顔で」

とか——どうやら、わたしたちを恋人同士だと勘違いしているみたいな口ぶりで、カメラ代わりのわたしのスマホを構えていた。

撮り終わってそのカップルと別れるまで、わたしと松田さんはどちらからも「恋人同士じゃないんです」とは告げなかった。

旅先で一度会っただけの他人に、正しい関係性を伝える必要はないと考えたのもある。けれど、少なくともわたしはその勘違いが心地いいものであり、敢《あ》えて訂正したくはなかった、というのが、正直な気持ちだった。

吊り橋の上で撮った写真は、旅行が終わったあとも何度も見返すことになるだろう。勘違いだとしても、松田さんの彼女として撮ってもらったものなのだから。

散策を終えたわたしたちは車を停めていた場所に戻り、そのまま車で宿泊先のホテルまで移動する。時刻は午後五時半になろうとしていた。

ホテルは和風モダンなイメージで、奥ゆかしさがありながらとても綺麗な建物だ。広々としたロビーに敷《し》かれた赤いじゅうたんが鮮やかで美しい。

「手続きしてくるから、荷物見ててもらっていいかな」

「わかりました、お願いします」

わたしは自分のベージュのキャリーケースの上に松田さんのボストンバッグを載せ、ロビーの一番手前側にあるソファ席に座って待たせてもらうことにした。

ソファはどっしりとした作りで、座るとふかふかで優雅な気持ちになれた。同じタイプのものや、似たデザインのスツールがいくつも配置されているのは、それだけ客室が多いということなのだろう。

そのはずなのに、フロントやロビーの周囲には、チェックインの手続きを待つお客さんの姿はほとんど見当たらなかった。

もしかしたら今日のピークタイムは過ぎてしまったのかもしれない。土曜日だから、みんな早めに到着して、既に客室で一休みしている時間帯なんだろうか。

レンタカーの手配もそうだけど、今回、松田さんは旅行のすべての手続きをしてくれた。普段の出張などでも慣れているとのことだったので、完全におんぶにだっこだ。

滞在の間は同じ部屋にするわけにもいかず、シングルルームを二部屋。部屋は別々だけど、食事は一緒に取れるプランのはずだ。

夕食はどんな料理が提供されるのか、楽しみ。

わたしは松田さんを待っている間に、さっきスマホで撮ってもらった写真を早速見返す。

美しい渓谷《けいこく》を背景に、ピースサインをするわたしと、その傍で寄り添う松田さんの姿が映っている。画面の中のふたりは満面の笑みを浮かべていた。

会社の人――たとえば伊東さんにこの写真を見られたら「やっぱり付き合ってたんじゃないですか！」と騒《さわ》がれそうだ。

わたしがその立場でも、よくあるカップルのツーショット写真だな、と思うに違いない。

本当に付き合っているのならどんなにいいだろう。

この数時間、まさに松田さんの恋人でいるような感覚だった。ずっと今日が続けばいいのに。

ましてやこういう写真を撮ってくれたとなれば、つい期待してしまう。

ひょっとしたら、松田さんの本当の彼女になれるんじゃないか――と。

一通り写真を見終わり、しばらく経っても松田さんは戻ってこなかった。

顔を上げ、フロントのほうを見る。仲居さんらしき着物を着た女性と松田さんが、話をしていた。

こちらからは仲居さんの顔しか見えないけれど、彼女は難しそうな表情をして、松田さんに何度も頭を下げている。

どうしたんだろう。何かトラブルでもあったんだろうか。

わたしはソファから立ち上がると、ボストンバッグごとキャリーケースを引いてふたりのいる場所まで歩いていく。

「どうしたんですか」

斜め後ろからわたしが声を掛けると、松田さんが振り返る。

「あ、谷川さん。実は、ちょっと困ったことになって……」

「困ったこと?」

その言葉の通り、松田さんは困惑した様子で眉を下げ、「実は」と続ける。

「シングルを二部屋予約したはずなんだけど、ホテル側ではダブルを一部屋ってことになってるみたいで……」

「えっ⁉」

「で、今からシングルを二部屋に替えられないか交渉してみたんだけど、あいにくシングルは全部塞《ふさ》がってるらしく、それで……」

松田さんが言い辛そうにしていると、フロントの仲居さんが代わりに口を開いた。

「今こちらでご提供できますお部屋が、ダブルルームのお部屋の一部屋のみとなってしまいます。ただいま繁忙《はんぼう》期でして、なかなかお部屋の空《あ》きがなく……大変申し訳ないのですが」

詳しく話を聞いてみると、松田さんがシングルを二部屋予約したのは確かなようだった。彼がウェブで予約をした際のスクリーンショットなどが残っていたので、それを証明することはできた。

その情報が、どういうわけかホテル側の予約台帳にはダブルを一部屋と記録されていたらしい。

これは、予約情報を処理したスタッフの勘違いである可能性が高いとのことだった。なので、なんとか替わりの部屋を用意しようとしたけれど、今日は予約がいっぱいだから難しい。わたしと松田さんがこのホテルに泊まるには、そのダブルの一部屋に宿泊するしかないという状況のようだ。

わたしに状況を説明をする間、仲居さんはこちらが逆に申し訳なくなるくらい、ずっと平謝りだった。

とはいえ、「わかりました」とはすんなり頷けない内容だ。

「ちょっとすぐには決められないので、相談させてください」

松田さんは丁重にそう言ってわたしをロビーへと促すと、先ほど座っていたソファに横並びで腰掛けた。

「ごめん、面倒なことになっちゃって」

「松田さんのせいじゃないです」

わたしはとんでもないと両手を振った。ホテル側のミスであるのは明らかだし、彼は悪くない。

「そう言ってもらえると助かるよ。でも、どうしようか。近くにホテルは何軒かあるけど、そこを当たってみる？」

「そうですね……うーん、でも今日の今日で部屋が取れるかわからないですよね。繁忙《はんぼう》期ってことは、周りも同じ感じでしょうし」

お盆《ぼん》の前後は夏の行楽シーズンだから、宿泊客が増えるのは仕方ない。

このホテルだけが突出してお客の数が多いわけではないだろうから、飛び込みで泊めてもらえる確率は限りなく低い。

「そうなんだよね。……困ったな」

松田さんは深いため息を吐いた。打つ手がない。わたしもそう思っている。

一か八かの賭《か》けで、近くの宿に赴《おもむ》いて片っ端から問い合わせるという手もあるにはあるけれど、キャンセル待ちの客がいるとかで、できればこの場で宿泊するかどうかを決めてほしいらしい。外に出るにはキャンセルする必要があり、最悪、宿がなくなる可能性だってある。それだけは避けたい。

そんな危険を冒すくらいなら、ここに泊まるのが一番だ。だけど、男性の松田さんからそんな案はとても出せないだろう。

わたしは彼の部下にすぎないし、彼女じゃない。

仕事上でしか繋《つな》がりのないわたしたちふたりが、こうしてプライベートで旅行に来ていること自体、エキセントリックな出来事だ。その上同じ部屋に泊まり同じベッドで寝ようとは、もうただのノリでは済まされない。

わたしもどこまでが常識で許される範囲かは理解しているつもりだ。ここから先は、百パーセントアウト。何も言い訳できない領域だろう。

でも、だからこそ、わたしは後戻りのできない提案をしようとしていた。

「……あの」

言おうか言うまいか、口に出す直前まで考えた。だからか、わたしの声は恐る恐るというか、絞《しぼ》り出すような掠《かす》れた響きになる。

その呼びかけに、軽く腕を組んで考え込んでいた松田さんが、視線だけでわたしの顔を見た。

「もし、もし松田さんがよければ、の話ですけど……松田さんが気にならないのであれば、ダブルの部屋で、大丈夫です」

ホテルのロビーはクーラーが効きすぎているくらいなのに、緊張からか首筋を汗が伝った。

こんなことを自分から言うなんて、奔放《ほんぽう》な女だと思われるかもしれない。でも、これより他にベストな解決策はないだろうし、何より先輩との楽しい旅行なのに、宿泊先のことで煩《わずら》わされたくないという気持ちが強かった。

「今日、初めて松田さんと会社以外の場所で一日一緒にいられて、すごく楽しかったです。想像してたよりも、ずっと。それはきっと、仕事のときとは違う松田さんを知ることができたからなんだと思います」

会社での彼は周囲からも一目置かれていて、仕事はできるし、顔はカッコいいしで完璧に近い人。

プライベートでの彼のリラックスした振る舞いも、同じくらい素敵だと感じたし、わたしにはそういう表情を見せてくれるんだという嬉しさもあった。

彼のどんな一面も素敵で、好きだなと思える。

わたしにとって彼はそういう存在だ。

「だから……松田さんとだったら、同じ部屋で構いません」

松田さんとだったら嫌じゃない。ううん、寧《むし》ろ、もっと近くにいたい。

言葉を紡《つむ》いでいる間は、どんなリアクションが返って来るのか想像すると怖くて、しっかり目を見て話すことができないでいた。

けれど、言いたいことを言い終えたわたしは、意を決して彼の目を見つめた。

彼の目は大きく見開かれていて、衝撃を受けた様子でこちらを見据えている。その瞳には、驚きのほかに、困惑や微かな恐れのようなものが浮かんでいる気がした。

どこかで見覚えがあると記憶を辿るより先に、松田さんと初めて出会ったときのことだと思い当たった。

あのときも彼は、わたしをこんな瞳で見つめていたのだ。

「……松田さん？」

何も言わない彼を不安に思いつつ、そっと彼の名前を呼ぶ。

掛かっていた魔法が解けたみたいに、ぱっと彼の瞳から恐れのような何かが消えた。そして、わたしを見つめる瞳に、春の陽だまりを思わせる優しい温もりが灯った。

「ごめんね、谷川さん」

松田さんの発した言葉に、胸が騒《ざわ》めいた。けど、次に彼が重ねた言葉は、そんなわたしの憂慮《ゆうりょ》を払拭《ふっしょく》するものだった。

「女性にそんなことを言わせるなんて、ずるいよね。本当なら、俺のほうからちゃんと言わなきゃいけなかったのに」

そう言うと、彼は一瞬だけ照れくさそうに視線を彷徨《さまよ》わせたものの、心を決めた様子で再度わたしに真摯な眼差しを向ける。

「俺も今日一日、谷川さんと一緒にいられてすごく楽しかったよ。今日だけじゃない。会社でも、客先でも、君と一緒にいるとすごく明るい気持ちでいられるんだ」

ソファの上に軽く乗せていた指先に温かい感触がした。すぐにそれが、となりに座る彼の手のひらの温もりであると気が付いた。

「これだけは、先に言わせて。……谷川さんのことが好きだよ。だから、今夜は同じ部屋で過ごしてもいいかな？」

夢にまで見た告白をされているのだと理解するのに、少し時間を要した。

ひょっとしたらという期待が高まっていたのは事実だけど、頭の中の冷静な部分では、そんなにすんなりと思い通りにいくはずがないと考えていたから。

でも現実の彼は、わたしのことを好きだと言ってくれている。

これは幻なんかじゃない。

「……はい。よろしくお願いしますっ」

理想と現実が頭の中で繫《つな》がると、目頭がじわっと熱くなる。

泣きそうになりながら、わたしは頭を下げて返事をした。指先に感じていた温もりが、下げた頭に移ったのは、松田さんが優しく撫でてくれているからだ。

——信じられない。松田さんがわたしを好きだと言ってくれたなんて。

彼の、壊れ物を扱うかのように大事そうに触れる手の感触を覚えながら、わたしは幸福の絶頂を味わっていた。

6

ホテルでの夕食は、予約時に確認したものより一段階も二段階も豪勢だった。

というのも、スタッフのミスで希望通りの部屋とはならなかった関係で、ホテル側が気を利かせて、本来のプランよりも上等なコースを特別に用意してくれたというのだ。

「予想外のハプニングはあったにせよ、結果的に得したね」と、松田さんと笑って話した。地元で獲《と》れた新鮮な海の幸を中心に、美味《おい》しいお酒や旬の味覚をたくさん味わうことができ、大満足だった。

夕食の会場である食事処からそれぞれ大浴場へ向かい、部屋に戻ると、午後十時を過ぎていた。楽しい時間は経つのが早いと改めて思う。

「ゆっくりできた？」

先に戻っていたらしい松田さんは、和座椅子に座ってミネラルウォーターを飲んでいた。風呂上がりの彼の姿に心臓が煩《うるさ》くなるのを感じながら、はにかみつつ、「はい」と答える。

「温泉旅行のことを命の洗濯って言ったりするじゃないですか。まさにその表現がピッタリでした」

「わかる。普段の生活の中で、これだけじっくり風呂に入れる時間ってあんまりないからね」

わたしの言葉に松田さんが愉快そうに笑った。

大浴場は檜《ひのき》の香りが漂い歴史を感じさせる重厚な造りで、泉質の異なる様々な温泉を楽しむことができたし、緑に囲まれた岩露天風呂も趣《おもむき》があってとても居心地がよかった。

わたしたちが泊まっているこの部屋は和洋室で、入り口側にある八畳ほどの和室と、その奥に同じく八畳ほどのベッドルームが連なっている変わった造りの客室だ。

わたしは一度入浴の際に持って行った荷物を置きに、奥のベッドルームに向かった。

部屋の中央には、存在感のある木製のダブルベッドが鎮座《ちんざ》している。

チェックインのときにも目にしたけれど、今夜はここでふたりきりで眠るのか——なんて考えると、あらぬ妄想をしてしまったりして。心中、穏やかではいられなくなる。

とはいえ、わたしも松田さんも、二十代後半の男女なわけで。

お互いに好意を寄せ合っていると確認したあとなんだから、何かが起こってもまったくおかしくないし、寧《むし》ろそうならないほうが不思議であるような気さえする。

いや、でも、松田さんは品行方正な紳士だ。その辺の男性とは違う。

つい数時間前に気持ちを確かめ合ったばかりだというのに、いきなり大胆な行動には踏み切らないだろう。

下心だけで動かない誠実な人という安心感はあるものの、それはそれで寂《さび》しい……あぁ、わたしってなんて我儘《わがまま》なんだろう。

自分勝手な妄想を振り払い、ベッドサイドに置いたキャリーケースを開いて軽く荷物整理を終えると、和室に移動して松田さんの向かい側にある和座椅子に座った。

「谷川さんも飲む？」

松田さんは、手元にあるミネラルウォーターのペットボトルを軽く揺らして示して見せる。

「いただきます」

わたしが答えると彼は立ち上がり、冷蔵庫まで二本目のペットボトルを取りに行ってくれた。

「どうぞ」

そして、固く締まったキャップを緩めてから、それを手渡してくれる。

「ありがとうございます」

今日、散策をしている途中にお茶を買ったとき、一度同じことがあった。

今までそんな風に男性から気を使ってもらったことがなくて、思わず「優しいんですね」と呟くと、彼は「綺麗な爪してるのに、欠けたらもったいないし」と事も無げに言った。

塗《ぬ》りムラのある下手くそなマニキュアなのに、そう言ってもらえるのが嬉しかった。

ちらりと松田さんを盗み見る。薄いブルー地に紺色の細帯。ホテル備え付けの浴衣《ゆかた》姿の松田さんは、私服以上に新鮮だ。いつも整髪料で整えている髪は、まっさらな状態だと少し幼く見える。きっと彼のこんな姿を見られるのは、社内でもわたしくらいだろう。

入浴後のわたしは、彼の目にはどう映っているだろうか。

ドキドキしながら、ミネラルウォーターに口を付ける。松田さんはそんなわたしをやわらかい眼差しで眺め、口を開いた。

「俺、温泉って本当久しぶりだったよ」

「最後に来たのって、いつですか？」

「……多分、四年くらい前だと思う。うちの会社の社員旅行で、熱海に」

松田さんは少しの間のあと、思い出したとばかりに言った。

「社員旅行で温泉、いいですね」

「何年かに一度、総務の気が向いたときに企画するんだって。俺もまだ一度しか経験ないけど」

「へえ、それは楽しみです」

その話が本当なら、また松田さんと温泉旅行に行ける日が来るかもしれないのだ。

「そういえば、部屋にも温泉がついてたんだよね」

彼の後ろ側にある、客室露天風呂に続く扉を示しながら、松田さんが訊《たず》ねる。

「そうでしたね。大浴場があるって聞いて、そっちに行っちゃいましたけど、あんまりそういうホテルってないから興味湧いちゃいますよね」

「せっかくだから、明日入りなよ。チェックアウト十二時にしてもらったし」

彼の言う通り、ホテル側の配慮は夕食だけに留まらず、チェックアウトの時間延長にも及んだ。これだけしてもらうと、逆に悪いような気さえする。

「はい。松田さんも――」

入りますよね、と訊こうとして、口を噤《つぐ》んだ。この流れで訊《たず》ねると、「一緒に入りますよね？」という意味にも聞こえてしまうかもしれない。

意識しすぎだろうか。

でも、もし一緒に入ることになったら、心の準備が……！

「大丈夫だよ」

どぎまぎしているわたしの顔を見て、松田さんが笑い声とともに言った。

「そんなに警戒しないで。俺、そんなに強引そうに見えるかな」

「そ、そんなつもりじゃ」

「わかってるよ」

松田さんはゆっくり頷いて、包み込むような優しい表情で続ける。

「谷川さんの嫌がることはしないから、安心して」

彼は言い終えると同時に、その場を立ち上がった。

「そろそろ寝ようか。今日結構歩き回ったから疲れたよね。せっかくのんびりするために来てるんだから、明日のためにも早めに休もう」

「あっ、はい——あのっ」

慌てて彼を引き留めるみたいに、わたしも立ち上がる。

「わかってる」とは言ってくれたものの、わたしが口から滑らせてしまった言葉のせいで、彼に悪い風に誤解されている気がして、居ても立ってもいられなくなったのだ。

「違うんです、別に警戒してるとかそういうわけじゃなくて……寧《むし》ろ、松田さんだったら別に何かあっても大丈夫っていうか、あの、それは、びっくりはしますけど大歓迎ですし」

逸《はや》る気持ちのせいで早口で捲《まく》し立てる。

あとから考えると、何を言ってるんだろうと恥ずかしくなる内容だけど、このときは訂正するのにとにかく必死だった。

「谷川さんって、面白いね」

松田さんは小さく笑ったあと、不意に――わたしの顔を覗き込んだ。と同時に、わたしの背中を抱き寄せて、鼻先を近づけてくる。

えっ？　えっ？　何が起きてるの？

「自覚ないかもしれないけど、そうやって煽《あお》るようなこと言われると、俺だってその気になっちゃうよ」

「あっ……煽《あお》る？」

近い。昼間の足湯のときよりもずっと。松田さんの綺麗な顔が、近くにある。

「好きな人と一晩一緒で、こんなに近くにいるのに、自制するって結構大変なことなんだよ。これって、男だけの悩みなのかもしれないけど」

松田さんがわたしを見下ろす瞳には、そこに常に存在する優しさと穏やかさ以外の、情動的な何かが見えた。普段の彼とは違うのだということを知る。

「それって、ドキドキしてくれてるってこと、ですか？」

気持ちを伝えてもらったものの、いまいち実感が持てないでいた。だから、確かめたくて訊《たず》ねる。

自信がないせいか、おずおずとした問いかけになってしまったかもしれない。

「そうだね。谷川さんとふたりでいると、すごくドキドキするよ。今だって」

松田さんは言いながら、わたしの左手を取ると、彼の浴衣《ゆかた》の胸元にそっと導いた。指先から、浴衣《ゆかた》の襟越しに彼の急《せ》いた鼓動が伝わってくる。

「これで、伝わった？」

「つ、伝わりましたっ……」

うわ、うわわ──これ、どういうこと……？

依然として、彼の顔は唇が触れてしまいそうなほどの距離にある。わたしは、羞恥《しゅうち》と歓喜と興奮とで頭が変になりそうだった。思考がぼうっとしてくる。

「松田さん、わたし……ダメです。わたしのほうが、もっとドキドキしてて、心臓壊れちゃいそうです」

たまらず目をぎゅっと瞑《つむ》った。

「松田さんがわたしに振り向いてくれたらって、ずっと思ってました。こうやって、恋人として触れ合うことができたらって……だから、それが現実になってると思うと嬉しすぎて、どうしていいかわからなくて──」

言葉を全部言い終えないうちに、唇に温かくやわらかなものが触れて、それを遮《さえぎ》った。

彼の唇だというのはすぐにわかった。

一度触れて、少し離れて。でも名残《なごり》を惜しむようにもう一度重なり合う唇は、ちゅっ、と粘着質な音を立ててからまた離れた。

「ごめん。谷川さんが可愛いこと言うから……我慢できなくなりそう」

松田さんの声が甘く掠《かす》れる。

左手の指先から伝わる彼の鼓動が、一層速まったように思えた。

わたしはそっと目を開けて、照れながらも松田さんを見つめた。彼の瞳に棲《す》んでいた情動的な何かが、じわじわと膨れ上がっているのを感じ取れる。

彼は胸元に触れさせていたわたしの手をそっと放すと、そちらの手も背中に回してわたしを抱きしめる。そして、耳元でこう囁《ささや》いた。

「嫌なら嫌って、今教えて。今なら止められるから」

引き返すことができる最後のタイミングであることを示す言葉。その響きには堪《こら》えるような揺れがあり、彼がどうにか理性を保っている状態であることが窺《うかが》えた。

嫌なんかじゃなかった。

会社で接する松田さんは、理性の塊《かたまり》みたいな人。そんな彼が今、平常心でいられないくらいの衝動に突き動かされている。

その要因が自分にあるという悦《よろこ》びが大きいし、もっとシンプルな表現に言い換えれば、好きな人に求められているならば、その気持ちに応えたいという願望がある。

「……やめなくて、いいです」

蚊《か》の鳴くような小さな声でわたしが言う。

「嫌じゃないです……松田さんなら、わたしっ……」

必死で紡《つむ》いだ言葉の続きを、彼の熱い唇がまた塞《ふさ》いだ。

◆
◇
◆

今までお付き合いをした男性はふたりだけ。

そのうち、身体の関係を持ったのはひとりだけだ。

年齢の割に男性経験が少ないことが自分でも引っかかってはいた。決して引っ込み思案なタイプではないし、寧《むし》ろ初対面の人とでも比較的打ち解けて話すことができるタイプの人間だと思っている。

けれど、こと恋愛となるとなかなか上手くいかない。

一度相手を好きだと自覚してしまうと、必要以上に意識してしまい、空回りしてしまう。社会人になってからはまだマシになったけれど、クリハマさんでの初めての商談の帰りにやらかしてしまったように、自爆してしまう傾向にある。

そんなわたしが、今、松田さんに抱かれているのが信じられなかった。

同じ会社のみならず、他社の女性社員からも熱視線を浴びている彼が、わたしを好きでいてくれているなんて。

目が覚めて、やっぱり夢だったのか——なんて展開になっても、わたしはさほど驚かないだろう。彼の心を射止めるのは、それくらい難しいことなのだと覚悟していたから。

でももし夢ならば、彼と触れ合っているこの瞬間を少しでも多く記憶しておきたい。

彼の表情も、温もりも、感触も、全部。

奥の洋間のダブルベッドに押し倒されたわたしは、再度松田さんにキスをされた。

何度目か唇が触れたとき、唇の間から、やわらかなものが割って入ってきた。それはわたしの唇や舌を掬《すく》うように動き、官能的な感触を残していく。

「もっとキスしたい」

吐息交じりの彼の声に、わたしは頷いた。言葉を紡《つむ》ぐために離れた唇が、またわたしのそれに触れ、今度はこじ開けるように強引に舌を差し込んでくる。

「んっ……ん、はぁっ……」

唇が少し離れた瞬間に必死に呼吸をしながら、されるがまま彼からの口づけを受け入れる。

「可愛いよ、谷川さん……」

彼は左手でわたしの頬を包み込むと、右手で流れたわたしの髪を梳《す》くように撫でた。

ベッドの上の仄《ほの》明るい間接照明に照らされてわたしを見下ろす瞳は、となりの部屋で触れ合っていたときよりも興奮に濡れている。

「今日一日、結構我慢できてたつもりだったんだけど……」

「我慢……?」

「谷川さん、会社で会うときと雰囲気が違ってたから。待ち合わせのときから可愛いなって思ってて……平気なふりをするのが大変だったよ」

予想外にも、知らないところでわたしの努力は報《むく》われていたらしい。松田さんがそんな風に意識してくれているなんて気付かなかった。

「だけど、湯上がりの上気した肌に浴衣《ゆかた》を着た姿がすごく綺麗で……そんな君に『恋人として触れ合いたい』だなんて言われたら、抱きしめたくてたまらなくなって」

頬に添えられていた手が、首筋を撫でて鎖骨に下りる。

「――谷川さんのことが、欲しくなった」

浴衣《ゆかた》の合わせ目からその手が内側へと潜り込み、わたしのブラのカップの縁《ふち》に辿り着いた。

クリーム色のレースのブラセットは、万が一、この旅行中に松田さんと何かがあってもいいようにと選んだものだ。その万が一に当たって、わたしが一番びっくりしている。

「谷川さんも心臓の音、すごいよ」

「谷川さん『も』」と言ったのは、彼自身がそうであることを、わたしに思い起こさせるためだ。

松田さんが意地悪っぽく囁《ささや》く。彼の右手が、わたしの左胸が早鐘を打っているのを感じ取ったのだろう。

わざとわたしの羞恥心《しゅうちしん》を煽《あお》る、からかうみたいな言い方は、普段の彼とは違った。

「だ、からっ……言ったじゃないですか、心臓壊れちゃいますって……」

「本当だね。壊れちゃいそうなくらいドキドキしてる。嬉しい」

「んっ……！」

カップの下から、松田さんの指先が潜り込んでくる。膨らみの部分を、優しく丸く捏《こ》ねるような手つきで愛撫される。

自分以外が触れることのない場所に、松田さんが触れている。その事実が、熱を帯び始めたわたしの身体をさらに火照《ほて》らせる。

暫《しば》くやわらかな膨らみの感触を味わったあと、松田さんは頂《いただき》にそっと触れる。

「あっ……！」

意図せず鼻に掛かった、媚《こ》びた声が唇から零《こぼ》れる。恥ずかしくて、咄嗟《とっさ》にきゅっと口を結んだ。

「可愛い声出すんだね」

その一瞬の出来事を、松田さんは見逃さなかった。彼はわたしの耳元に唇を寄せて、低い声で小さく言う。

「もっと聞かせて。谷川さんの甘い声……すごく可愛い」

「あっ、やっ……」

カップの下に滑り込ませた指先が胸の頂《いただき》を摘《つま》むと、否応なしにまた声を上げてしまう。優しく指の間で転がすような動きで、胸の先に微弱な電気が走った錯覚《さっかく》がした。

「硬くなってきたね。感じてくれて嬉しい」

硬くなるとか、感じるとか。松田さんの口から飛び出してくる性的なフレーズが、わたしの中での彼自身と上手く繋《つな》がらない。

先ほどから耳に届くのは、紛《まご》うことなき松田さんの声であるのに、本人が発しているのではないような違和感を覚えてしまう。

そうやって戸惑っている間に、彼は右手を浴衣《ゆかた》の隙間からわたしの背中に滑り込ませ、いとも簡単にブラのホックを外してしまった。外した弾みでブラのカップが少しずれると、カップをずり上げて胸の頂《いただき》を露出させる。

「もっと気持ちよくしてあげたい」

「んんっ……！」

熱を帯びた声で呟くと、松田さんは胸の頂《いただき》にキスをした。それから、舌先で撫でるみたいにその場所を舐め、唇で優しく吸い立てる。

指で弄《いじ》られるよりもずっと切ない痺《しび》れが生じる。わたしは背中を撓《しな》らせながら、その快感によがった。

「こっちだけじゃ、物足りないよね」

わたしの浴衣《ゆかた》の合わせ目を引っ張り、さらに緩める。片方の胸を唇や舌で愛撫しながら、もう片方の胸を指先で弄《いじ》り、頂《いただき》を摘《つま》む。その頂《いただき》が刺激で頭をもたげると、今度はそちら側を口に含んで、また舌先で転がした。

松田さんは声を聞かせてと言ったけれど、そうしてしまうとはしたないような気がして、奥歯を噛み、極力声が漏《も》れないように努めた。

しかし、与え続けられる刺激に抗《あらが》えるはずもなく、次第に、また喘《あえ》ぎとも吐息ともつかない響きが漏《も》れ始める。

松田さんの片手がさらに下へと下りていく。彼は、わたしの両脚を挟むような形で両膝をついているから、その隙間から易々《やすやす》と浴衣《ゆかた》の下に手を差し入れることができる。

触れるか触れないかくらいの微妙なタッチで、わたしの太腿《ふともも》をそっと撫で、段々と脚の内側に位置をずらしてくる。

わたしの好きな、松田さんの長い指。いつも綺麗だなと見つめていた指。

その指先がどこを目指しているのか、何を捕らえようとしているのか理解できている。

薄布一枚に守られた場所の輪郭《りんかく》を、彼の指が辿る。布地の上を滑る指の感触が、期待感を連れて来る。

「あっ……！」

松田さんの指先が、頼りない布の中心部分を小さく弾《はじ》いた。それは想像よりもずっと強い衝撃で、一際甲高い声を上げてしまう。

「ここ、好き？」

訊《たず》ねながら、同じ場所を指先で擦《こす》り上げる松田さん。

「ぁ、あんっ……！　やぁっ……」

彼の指が下着越しに秘裂を撫でるたびに、じわじわと身震いするほどの快感が背中に走る。時折、秘裂の上部にある敏感な突起を掠《かす》めると、身体の芯にズンと響くような強い感覚が襲った。

「濡れてきたね。気持ちよくなってくれてるみたいで、よかった」

彼が言葉で示す通り、秘裂と接している下着の中心部分が水気を帯びてきた。温かさとぬるぬるした感触とで、それが自分の内側から溢れてきたものであると自覚せざるを得ない。

気持ちいい。松田さんが触れる場所、愛撫してくれる場所、すべてが。どうしていいかわからなくなるくらいに。

「俺の目を見て」

また松田さんが意地悪く囁《ささや》く。わたしが羞恥心《しゅうちしん》でまともに彼の顔を見られないでいるのをわかって、そう言っているのだ。

「今は、ダメですっ……」

「どうして?」

「どうしてって、恥ずかしい」

「大事な場所、弄《いじ》られてるから?」

「っ!」

核心を突かれて、何も言えなくなる。

本当にもう――松田さんにこんな意地悪な顔があるなんて、知らなかった。いつもは優しくて穏やかで、軽口を叩いたりすることも少ないのに。

「もっと気持ちよくなっちゃえば、恥ずかしさも薄れると思うよ」

松田さんは余裕ありげに口元に笑みを湛《たた》え、両手を掛けて下着を下ろした。

わたしの両脚からレースのショーツを取り払ってベッドの下に落としてしまうと、いよいよ防壁がなくなったその場所を直接弄《いじ》る。

「……痛かったら、言って?」

わたしのリアクションからして、あまりこういうことに慣れてないと気付いたのだろう。

松田さんは気遣うように言ったあと、人差し指と中指で、溢れた蜜を纏《まと》いながら入り口の縁《ふち》をそっとなぞった。

もっと抵抗感があるかと思ったのだけれど、予想に反し彼が軽く二本の指を滑らせるだけで、その場所は容易《たやす》くそれらを受け入れてしまう。痛みもほぼ感じない。

暫《しばら》く男性の感触を忘れていたはずなのに、こんなにも身体がすぐに順応できるのが不思議だ。いや、想い焦がれるほど好きな相手だからこそなのだろうか。

わたしの身体は、彼の愛撫に従順に反応を示していた。

――松田さんの指が、わたしの膣内《なか》に挿入《はい》ってる。こんな段階になってもなお、現状を信じられないでいる。

「谷川さんのここ、熱いよ」

ここ、と言いながら、松田さんはわたしの膣内《なか》で二本の指を揃《そろ》えて、小刻みに動かしている。

「あっ、そこ、擦《こす》れて……！」

内壁を指の腹で擦《こす》られると、むず痒《がゆ》いような切ないような、なんとも言えない感覚が下肢《かし》に広がった。

「もっとしてあげる」

「あっ、ぁあっ」

切羽詰まったわたしの声を聞いて、松田さんは膣内《なか》の指を前後に動かした。下肢《かし》に甘く響く感覚が、水面に生じる波紋のように広がっていく。

「すごい、とろとろだよ」

彼は下肢《かし》に差し込んでいた二本の指を一度引き抜くと、蜜に濡れたそれを、わたしの顔の傍でちらつかせる。

揃《そろ》えられていた人差し指と中指を軽く開くと、粘性のある液体が緩く糸を引いた。

「やぁっ、いじわるっ……」

思わず非難が口を吐《つ》いた。こんなに反応してしまって、恥ずかしい。貪欲でいやらしい女だと思われてないだろうかと気を揉《も》んでしまう。

「谷川さん、反応が素直で可愛いから、苛《いじ》めたくなっちゃうんだよね。ごめんね」

松田さんはまったく悪びれず、寧《むし》ろちょっと愉《たの》しんでいる様子で、またわたしの入り口に二本の指を宛てがい、一気に根本まで挿し入れる。

膣内《なか》でバラバラに動く指先が、それぞれ違ったタイミングで内壁に当たるのが気持ちいい。わたしの快感を示すかのように、入り口から滑りのある蜜が滴《したた》り落ちては、彼の指やベッドのシーツを濡らしていく。

「本当、可愛いよ。その泣きそうな顔も……たまらない」

松田さんは愛撫を続けながら、上からわたしの顔を覗き込んでいる。彼に指摘されて初めて、自分はそんな顔をしているのだとわかった。

正直なところ、恥ずかしすぎてどんな表情でいるのが正解なのか、判断がつかない。好きな人に自分の痴態《ちたい》を余すことなく晒《さら》しているというのに、涼しい顔をキープするのは難しい。

「っ……!!」

どう言葉を返すべきか考えていると、いきなり強烈な感覚が下半身を貫いた。

松田さんが、膣内《なか》に挿れた指を動かしながら、親指を使って、入り口の傍にひっそりと姿を隠す敏感な粒を転がしたのだ。

快感に直結するその場所を弄《いじ》られ、わたしは身を捩《よじ》って、甘美な刺激から逃れようとする。

「ダメだよ。今、気持ちよくしようとしてるんだから」

松田さんは空《あ》いている片手でわたしの片膝を立て、わたしの両脚の間に自分の身体が入るようにして抵抗できなくしてしまう。

浴衣《ゆかた》の帯から下が完全にはだけ、結果的にさっきよりも脚の間が大きく開くようになり、より羞恥《しゅうち》を感じるようになった。いやいやと首を振るわたしに構うことなく、彼は愛撫を続行する。

「でもっ……ぁ、あんっ！　やぁんっ……！」

強制的に与えられる激しい快楽に、わたしは眩暈《めまい》を覚えた。

花火でも落ちてきたみたいに、視界がチカチカした。下肢《かし》を覆う貫くような快感だけが感覚の全てで、余計なことはなにも考えられない。気持ちいい！

「まつだ、さんっ……わたしっ……！」

せり上がって来る圧倒的な悦楽。振り落とされないように何かに縋《すが》りたくて、彼の名前を呼んだ。

今だけは羞恥《しゅうち》よりも、身体の中で起きている激しい悦《よろこ》びのほうが勝っていた。

「いいよ。思いきり気持ちよくなって」

彼はわたしの身体が達しようとしているのだといち早く理解した。人差し指と中指の動きを速め、親指は敏感な粒を軽く押しつぶす動きに変える。

――そんなにされると、もうっ……！

「ああああっ……‼」

わたしはこれまでになく甘い声で啼《な》くと、一瞬だけ身体が緊張した。そのあと、まるで雲の上に放り出されたようなふわふわとした感覚に陥る。

それから、ゆっくりと時間を掛けて、身体が重くなっていく。

身体に力が入らない。下半身がびりびりと痺《しび》れている感覚だけが残る。

「ちゃんとイけたね」

松田さんの声がしたあと、唇にやわらかな感触を覚えた。いつの間にか目を閉じていたらしい。

再び目を開けると、松田さんの整った顔がすぐ目の前にあった。

◆◇◆

それからしばらくベッドの上で触れ合っていると、慣れない浴衣《ゆかた》はどんどん着崩れてきた。

わたしは既に両方の肩が出てしまっている状態で、ブラもホックが外《はず》れてずれてしまっている。帯は辛《かろ》うじて締まっているものの、その下は大きくはだけており、最早着ている意味がないくらいだ。

松田さんのほうも、襟の合わせ目が大きく撓《たわ》み、上半身がほぼ露《あら》わになっている。まじまじ見てはいけないとは思いつつ、つい視線がそちらへと行ってしまう。

彼の右の脇腹には、小さな黒子《ほくろ》がふたつあるみたいだった。

そのことを知っている人間は、おそらくかなり少ない。きっと、彼と密接に関わってきた人たちだけだ。

わたしもその中にカウントされる日が来るなんて。彼の秘められた部分を知れるのは、何よりも嬉しく、特別感がある。

松田さんの手で高みに導かれ、ぼーっとしていた頭が次第にはっきりとしてきた。朝靄《あさもや》が晴れて視界が開けるみたいに、思考がクリアになっていく。

「大丈夫？」

わたしを組み敷《し》いている松田さんが、少し心配そうに訊《たず》ねる。わたしは頷いた。

「……ごめんなさい、わたし」

平静を取り戻して、つい数分前の出来事を思い出し、赤面する。

松田さんのひとつひとつの所作に翻弄《ほんろう》され、乱れ、醜態《しゅうたい》を晒《さら》してしまったかもしれない。

彼に呆れられてはいないだろうか。こんな女だと思わなかった、なんて残念に思われてないだろうか。

「なんで謝るの」

松田さんは目を細めて優しく笑った。

「俺のほうこそごめん。俺の知らない谷川さんを知ることができて嬉しくなったから、少し暴走しちゃったかも」

松田さんは苦笑してそう言うと、右手でわたしの左手を取り、ベッドシーツの上で重ね合わせる。

「谷川さんが欲しい。俺のものにしてもいい？」

松田さんの真っ直ぐな瞳が、わたしに問いかける。

指と指が絡まる感覚に、彼の真剣な双眸《そうぼう》に。そして、独占欲を感じさせる熱っぽい言葉に、胸が切なく疼《うず》いた。

「はい……松田さんのものにしてください」

わたしがそう告げると、松田さんはわたしにキスをした。

舌先を絡め合うキスに、頭の奥が痺《しび》れる。

松田さんの触れる場所はどこもかしこも気持ちいい。うっかり油断していると、身体の芯まで蕩《とろ》けてしまうのではないかと思うくらいに。

彼は繋《つな》いでいるのとは逆の手で、胸の膨らみに触れた。

熱い手のひらに膨らみをやわやわと揉《も》みしだかれると、一度遠のいていたあの感覚が再度戻って来る。身体の中心に湧き上がる、切なくて甘い疼《うず》き。

訪れる期待感で、握《にぎ》った手に自然と力が籠《こも》った。

わたしは彼の顔を仰ぎ見た。間接照明が照らし出す曖昧《あいまい》な光の下でも、松田さんの整った顔はずっと眺めていたくなるほど素敵だ。

クーラーを効かせた涼しい室内だというのに、わたしも彼もうっすらと汗をかいている。彼のこめかみから、一筋、汗が流れた。その姿にすら胸の高鳴りを覚え、ぎゅっと喉の奥が苦しくなる。

彼の手がわたしの胸の上から脇腹に移り、ゆっくりとした動作で撫で擦《さす》る。乾いた感触に軽く身を震わせた。

「綺麗だよ」

また同じことを考えていたみたいだ。わたしよりも、松田さんのほうがずっと綺麗で、素敵なのに。

わたしは、彼が時折見せる寂《さび》しげな眼差しや表情に気付いている。

それが一体、何に所以《ゆえん》するものなのかを知りたい。もし、彼との距離が今よりもっと近づいたなら、わたしがその影を少しでも取り払うことができるんだろうか。

松田さんは握《にぎ》っていた手をそっと放し、辛《かろ》うじてわたしの浴衣《ゆかた》の合わせ目を繋《つな》いでいた細帯を解く。そして、わたしの両膝を外側に向けて大きく折った。

「っ……！」

局部を晒《さら》すような格好になり、あまりの恥ずかしさにかあっと全身が熱くなる。脚を閉じようとするが、猛禽《もうきん》類にも似た松田さんの鋭く真剣な眼差しがそれを許さない。

彼は浴衣《ゆかた》の前を寛《くつろ》げた。すると、ダークグレーのボクサーパンツが覗く。

よく見るとうっすら、下腹部の一部にワントーン濃い染みができていた。松田さんはもどかしそうにボクサーパンツを脱いだ。

すると、屹立した彼自身がぶるんと零《こぼ》れ落ちてきた。充血したそれは腹に付きそうなほど上を向いていて、先端から彼の高ぶりを示すように露《つゆ》が滲《にじ》んでいる。

彼は余裕のない表情で、それを秘裂に押し当てた。

「んっ……！」

火傷《やけど》しそうなくらい熱い彼自身が、彼の吐き出した快感の証とわたしの愛蜜を潤滑《じゅんかつ》油にして、前後にゆっくりと動く。

「あっ、あっ！」

先ほどまでとは違った快感に、たまらず嬌声《きょうせい》が上がる。

割れ目の部分を、彼の丸みを帯びた先端が抉《えぐ》るように擦《こす》っていくのが、たまらなく気持ちいい。

「気持ちいいよ、谷川さん……」

「わ、わたしも、ですっ……！」

息を乱しながら告げる松田さんに、わたしも吐息混じりに返事をする。

触れ合い、擦《こす》れ合う場所が熱くて痺《しび》れる。刺激を求めて勝手に揺れる腰を、止められなかった。

「聞こえる？　いやらしい音してる」

ぐちゅぐちゅ、と、凹凸《おうとつ》が擦《こす》れるたびに水音が響く。それは彼の身体から迸《ほとばし》るものかもしれないし、わたしの身体から溢れたものかもしれない。それらが混じり合い、互いの恥ずかしい場所を塗《ぬ》り潰していく。

「もう、挿れたいっ……谷川さんの膣内《なか》に、挿れるよ」

苦しげに呟いた彼は、懇願《こんがん》するような目線で訴えかけてくる。

わたしも、松田さんが欲しい。頭の中でそう返事をしながら、必死に頷いた。

「っ――……！」

彼が大きく腰を引いた次の瞬間、圧倒的な質量が侵入してきた。身体の中心を激しく貫かれると、その衝撃で僅《わず》かな間、呼吸ができなくなる。

「……っ、苦しくない、平気？」

「はいっ……！」

本当は、下肢《かし》の圧迫感を受け止めるのに精いっぱいだ。でも、それよりも松田さんとの距離を狭めたい一心で答える。

憧れの上司の松田さんと、こうしてひとつになっている。それだけで、どんな苦痛にも耐えられそうだった。

「少しずつ動くよ。辛かったら言ってね」

優しい彼は、わたしの様子を気遣ってくれながら、少しずつ律動を始める。

最初のうちは、膣内《なか》を出たり入ったりする違和感と、質量の大きさに戸惑っていたけれど、何度か繰り返すうちに、少しずつ身体が馴染《なじ》んでいく。

「んっ……あっ、はぁっ……」

彼の先端が奥を突くたびに、無意識に声が漏《も》れた。

「そういえばさ、谷川さん」

「っ……？」

何かを思い出したように動きを止め、松田さんが切なげな声でわたしに呼びかける。

「俺まだ、谷川さんの気持ち、直接聞いてなかった」

彼に言われて、わたしは大切なことを思い出した。

松田さんに気持ちを伝えてもらったのに、わたしは一番肝心なことを直接言葉にしていなかったのだ。

「こんなことしておいて、今さらだけど……谷川さんの口から聞きたい。ダメかな？」

こんなこと、という音に自嘲《じちょう》めいた響きがあった。確かに、もう身体を重ねる段階に来て今さら告白だなんて、順序がちぐはぐだ。

でも、だからこそ今、わたしの想いをきちんと彼に伝えたい。

「松田さん……松田さんが好きです。大好きです。仕事で一緒に組ませてもらってから、ずっと……」

真っ直ぐにわたしを見下ろす彼の情熱的な瞳を見つめ返し、思いのままに伝えた。当たり前ながら、彼の瞳にはわたしの照れた顔が映り込んでいる。

するとほんの一瞬だけ、松田さんの目が悲しく揺れた。ような気がした。

不思議に思うと同時に、まただ、と思う。晴れ間に唐突に現れる雲によって日が翳《かげ》るみたいに、彼の表情に薄く影が差す。

「ありがとう。俺も大好きだよ」

けれど、わたしが何か言うよりも先に、彼は普段通りの穏やかで温かな笑みを浮かべて、小さくキスをくれた。そして抽送を再開する。

「あっ……！」

それまでよりも力強い律動に、思考が霧散する。

松田さんが好き。松田さんにもっと抱きしめられたいし、もっと求められたい。それに、もっと身体の奥まで突いてほしい。

乾いた肌のぶつかり合う音と部屋に響く水音が、わたしの身体の熱を追い立ててくる。

「谷川さん」

「ま、松田さんっ、んんっ……！」

興奮に任せて、彼は前傾してわたしの唇を求めてくる。噛みつくようなキスは、今日彼としたキスの中で一番本能的で、一番激しいものだった。

上下の口を松田さんに満たされながら、熱を帯びた身体は絶頂に向かって一気に駆け上がっていく。わたしの中がさらに彼を貪欲に求め、蠢《うごめ》いた。

おそらく彼の身体も性急に達しようとしているのか、膣内《なか》に感じる質量が増した気がした。それまでとは違った場所が擦《こす》れて、より甘美な悦《よろこ》びを運んでくる。

「谷川さん、俺、もうっ……」

彼は艶のある掠《かす》れ声でそう訴え、限界が訪れそうなことを示す。わたしは強烈な快感で頭の中がぐちゃぐちゃのまま、必死に頷いた。彼の頭を両腕で掻《か》き抱くと、身体を穿《うが》つリズムが速くなる。

「あぁあああああっ……！」

程なくして、松田さんが最奥を深く突いたとき、わたしは二度目の絶頂を迎えた。もう声を抑える余裕なんてまったくなかった。

同じタイミングで、彼は膣内《なか》から自身を引き抜いた。その切っ先から腹部に温かな液体が滴《したた》り落ちるのを感じる。

強烈な快楽を与えられたあとの脱力感で、しばらくの間動けなかった。呼吸を整えていると、ぼんやりとした視界に松田さんの顔が現れる。

「可愛かった。すごく」

挨拶のような軽いキスをしたあと、わたしを抱きしめた彼が囁《ささや》く。

汗ばんだ彼の身体が熱くて、愛おしい。力の入らない腕で彼を抱き留めながら、わたしは幸福の余韻《よいん》を味わっていたのだった。

7

ベッドで寝返りを打ったときの、身体に走る痛みで目が覚めた。

——脚が痛い。重怠《おもだる》い。なんで？

寝ぼけた頭で考えていると、

「おはよう」

「っ⁉」

二十センチもない距離で、和やかな微笑みを浮かべている松田さんのどアップが目に飛び込んできた。

「おっ……おはようございますっ」

習慣というのは根強いもので、どんなに驚いた状況でも挨拶をされれば自然と挨拶をし返してしまう。たとえそれが、目覚めたばかりのベッドの上でも、だ。

「ぐっすり寝てたね。もう九時半だよ」

彼は寝そべったまま、自分のスマホのロック画面をわたしに向けた。そこにはデジタル時計が表示されていて、『9：32』とある。

「九時半——あ、すみませんっ、朝ごはんの時間過ぎちゃいましたよね……」

時刻を知らされ、昨夜朝食の会場には九時半までに来るようにと言われたことを思い出した。あぁ、やってしまった。

「いや、食事のことは全然構わないんだ」

松田さんは言葉通り、まったく気にしていない様子だったけれど、「ただ」と前置きしてから、ちょっと申し訳なさそうに眉根を寄せる。

「それだけ疲れさせちゃったのかなって少し心配になって」

「あ、いえ……」

イエスともノーとも答えられない。口ごもってしまいつつ、昨日の夜、眠りにつく前のことが蘇《よみがえ》り、顔が熱くなる。

あのあと、身体を清めてもらいながらふたりで抱き合っているうちに、再度火がついてしまい……余計に体力を消耗《しょうもう》することとなってしまったのだ。

「疲れを癒《いや》すために来てるのに、ごめん」

「あ、謝らないでください。大丈夫ですから」

松田さんが悪いわけじゃないのに。すまなそうにする彼に、わたしは慌てて否定した。

「それに、十分癒《いや》されてます。……松田さんと一緒にいられることがそうですし、昨日もその、いっぱい求めてもらえて……嬉しかったので」

いつもわたしばかりが彼を追いかけていると思っていた。だから、昨夜のように一途な愛情表現をされることで、松田さんに必要とされているのだと安心できる。

「谷川さんはずるいな。そういう可愛いことを無意識で言えるんだから」

「えっ？」

訊《たず》ね返したのとほぼ同じ瞬間に、松田さんが傍に近づき、わたしの額にキスをした。

「……そうだ、客室露天風呂試してみようか。気になってたんでしょ？」

「あ、そうですね」

疲れてすぐ眠ってしまったこともあり、ちょうど汗を流したいと思っていた。気になっていたからちょうどいい。

「一緒に入る？」

「えっ⁉」

かなりオーバーなリアクションをしていたのだろう。わたしの形相《ぎょうそう》を見て、松田さんが声を立てて笑う。

「そんな顔しなくても。……嘘だよ、ゆっくり入ってきて。俺、そのあとに入らせてもらうから」

誤解だ。嫌がっているわけではないのだけど――と焦りつつ、そういえば昨日、同じようなシチュエーションがあり、それがきっかけで思わぬ展開に転がったことをすっかり忘れていた。

「あの、昨日も言いましたけど、嫌とかそういうんじゃないですからね。心の準備的な問題で」

今度はちゃんと落ち着いて言えた。心の準備なんて宣《のたま》いつつ、もう昨夜のうちに身体の恥ずかしい場所はあらかた晒《さら》してしまっているのだから、あまり説得力はない。

「大丈夫、わかってるよ。それに」

彼はひとつ頷いてから、表情を変えずに続ける。

「――露天風呂で無防備な谷川さんの姿見たら、また襲っちゃうかもしれないから」

嘘とも本当ともつかない口調だ。……そんなことを言われたら、また意識してしまう。

「っ……じゃ、じゃあ、お先に失礼しますっ」

想像して、わたしのほうが恥ずかしくなり、あたふたとベッドから飛び起きる。それから逃げるように和室へ向かい、客室露天風呂に続く扉を潜《くぐ》った。

◆◇◆

部屋備え付けの露天風呂はプライベート感満載で、とてものんびりお湯に浸かることができた。あとから入った松田さんも気に入った様子で「また来たいね」と言っていた。温泉で汗を流したあとは、十二時のチェックアウトまで部屋でゆっくりとリラックスして過ごした。

ホテルを出たあとは、夕方の飛行機の時刻まで結構間が空《あ》いていた。しかし、わたしも松田さんもゆとりを持って過ごすことが旅の目的だったこともあり、あまり予定を詰めず、パンが美味《おい》しいと噂のカフェや地元のお土産《みやげ》屋さんを回るくらいにした。

一泊二日の弾丸ツアーではあったけれど、すごく楽しめたし、わたしと松田さんにとって忘れられない、思い出深い二日間となった。

かくしてわたしと松田さんは、お付き合いを始めた。

仕事上、あまりに密接に関わっていることもあり、わたしと彼とのことは周囲にはなるべく伏せよう、という話になった。

松田さんは周囲の女性から関心を持たれやすい人だから少し心配だけど、そのせいでお互い仕事がし辛くなるような環境ができてしまうのは嫌だ。それに、「他の女性なんて興味ないよ」と涼しい顔でハッキリ言ってのける彼を信じよう、と決めた。

本格的に彼氏、彼女となってからも、松田さんはそれまでと変わらず穏やかで優しく、誠実な男性であり続けていた。

あの旅行から、彼は常にわたしを大切にしてくれている。

もっとも、付き合ってすぐというのはまだお互い完全に自分の素を曝《さら》け出すことができない期間だということは、わたしも理解している。

こんな時間も彼となら愛おしいと思えるのだ。

そんな折、彼自身がそれまで秘めていたある事実を、わたしに打ち明けてくれた。


それは旅行後初めての週末の出来事だった。

蝉の声がまだ忙《せわ》しく聞こえる八月下旬の土曜日、わたしは見たかった恋愛映画を松田さんに付き合ってもらい、その後昼食を取るためにカフェに入った。

お互いに普段の行動圏外である副都心の繁華《はんか》街。大学や専門学校の多い賑《にぎ》やかなこのエリアで彼と会うのは、とても新鮮だった。敢《あ》えてふたりが土地勘のないこの場所をチョイスしたのは、おそらく会社の人間とは遭遇しないだろうと踏んだからだ。

今日の松田さんは、黒とダークグレーで配色された綺麗目なポロシャツにストレートジーンズ、それに白いスニーカーという、ラフでありつつも好感の持てる装いだった。爽《さわ》やかなイメージの彼によく似合っている。

対するわたしは、ネイビーのミモレ丈の半袖ワンピースに、白い小ぶりのハンドバッグと、五センチヒールの同じく白いサンダルを合わせた。ワンピースは形こそシンプルだけれど、肩から袖にかけての素材が同色のレースになっている。

松田さんも気に入ってくれたみたいで、映画館に向かう道のりで褒《ほ》めてくれたのが嬉しかった。

映画館と同じ建物の、ちょうど下の階に入っているこのお店の雰囲気は、栗橋さんや伊東さんとよく利用するカフェに似ていた。

「こういうお店、会社でも結構行くよ。栗橋さんたちと」

ふたり掛けのテーブル席に案内され、勧められた奥の椅子に腰かけながら、わたしが言う。

松田さんに対してフランクに接するのには、まだちょっとだけ違和感が残っている。たまに今まで通りの丁寧な口調で喋《しゃべ》りかけそうになる。けれど、付き合って対等な関係になったのだし、できたらそれはやめて、と彼にお願いされているから、頑張ってプライベートでの習慣にしようとしているところだ。

「ああ、栗橋さんね。経理部の」

「うん。あと、伊東さんも一緒かな。仲良くしてもらってる」

「そうなんだ。営業は男ばっかりだから、女性と話せる機会があるといいよね」

彼は目を細めて笑い、頷いた。

本当はお昼も松田さんと一緒に取りたいところだけど、周囲の目があるし、会社での人付き合いも大切にしたい。

別の同僚と食事を取っている彼は、お昼休みのわたしの様子をほとんど知らないので、周囲に溶け込んでいることを知り安心してくれている様子だった。

わたしたちが座った席の左右には先客がいて、右どなりは大学生っぽいカップルで、左どなりは女性同士。どちらのテーブルにもふたつずつサンドウィッチが載っていた。

ふたりで「サンドウィッチが推しなのかな？」なんて話しながら、メニューを眺める。松田さんはハニーマスタードのチキンサンドとアイスコーヒーを、わたしはＢＬＴサンドとアイスカフェラテをオーダーした。程なくして、それぞれのサンドウィッチが運ばれてきた。

「美味《おい》しそう」

「そうだね」

わたしのお皿に載った二切れのＢＬＴサンドは、やはりいつもお昼を食べに行くあのお店のものによく似ていた。まぁ、同じメニューなのだから似ていて当たり前なのかもしれない。

口々に「いただきます」と小さく宣言しながら、表面をこんがり焼いたサンドウィッチにかぶりつく。

美味《おい》しい。お店の雰囲気もサンドウィッチの見た目もよく似ているけれど、味は普段よりも格別に美味《おい》しく感じる。

わたしは正面の松田さんの顔を見た。彼も美味《おい》しそうにサンドウィッチを頬張っている。

温泉旅行に行ったときも同じ感覚を味わったことを思い出した。好きな人と一緒に食べるご飯は無条件に美味《おい》しいのだ。

「映画、どうだった？」

満ち足りた気持ちをカリカリのパンと一緒に噛み締めながら、彼に訊《たず》ねる。

「うん、面白かったよ」

普段、恋愛映画はほとんど観ないという彼に、少しだけドキドキしながら訊いてみたけれど、口調からして気を使って言っているわけではなさそうで、ホッとする。

「よかった、無理やり誘っちゃったから」

「ううん、アクションとかコメディのほうが個人的には好きだけど、話がしっかりしてたから楽しめたよ。……あ、ただ」

「ただ？」

「話の筋書き上仕方がないんだろうけど、ヒーローがヒロインに気持ちを打ち明けるのが遅すぎるかなって。話の冒頭からヒロインのこと好きなんだったら、もっとタイミングがいくらでもあるじゃない？」

「あー、そうかもしれないね」

「もちろんストーリーとして整うほうがいいに決まってるから、こんなこと言っても野暮《やぼ》なんだけど。……恋愛映画って全般的に、そういうツッコミどころがあるなと思って」

なるほど。真面目な松田さんとしては、もっと早くヒロインに気持ちを伝える機会があっただろうと言いたいみたいだ。

確かに、映画の中のヒーローは見ているほうがじれったくなるほど、ヒロインへの愛の告白を引っ張った印象がある。すれ違いにすれ違いを重ねた末に気持ちが通じるというシナリオは、恋愛ものの醍醐味《だいごみ》ではあるのだけど。そういう部分が過剰だと、彼のように感情移入できなくなる人もいるだろう。

「松田さんがヒーローの立場だったら、もっと早く伝えてる？」

「少なくともあのヒーローよりは、と思うけど」

「でも、好きだって言ってくれた旅行より前から、わたしのことといいなと思ってくれてたわけだよね？　なのに、告白されませんでしたけど」

ちょっとだけ悪戯《いたずら》心が働いて、冗談っぽく言ってみた。

すると、松田さんは動揺したのか急に咳き込んで、ストロー伝いに飲んでいるアイスコーヒーを吐き出しそうになっていた。

「あー……それを言われると」

そして、バツが悪そうに眉を下げ、前髪を撫でつけるような仕草《しぐさ》をしている。

こんな風に弱る松田さんの姿は珍しいが、また違う彼の一面が垣間見え、宝物を拾い上げた気分だ。

「なんて、ちょっと意地悪言いたくなっちゃった。だってわたし、ずっと松田さんのこと好きだったけど、松田さんはわたしのことなんて全然って雰囲気だったから、諦めてて」

「ごめん」

「冗談だよ。そんな本気にならないで」

神妙な面持ちになってしまう彼に、わたしは責めるつもりはなかったと片手を振って笑った。

……けれど、松田さんのほうは少し思いつめたように、サンドウィッチのお皿を見つめていた。彼の瞳は、一切れ残ったサンドウィッチに向けられているけれど、決してそれ自体に意識を注いでいるわけではなさそうだった。

「ごめんね、わたし変なこと言ったかも」

黙り込んでしまった様子に、今度はわたしが謝る。やらかしてしまう癖があるわたしのことだから、彼の気に障《さわ》ることを言ってしまったのかもしれない。

「いや、違うんだ。谷川さんは何もしてないよ」

「……本当？」

「うん。……でも、いい機会だから、聞いてもらいたいことがあるんだ」

松田さんは意を決したように、お皿に向けていた視線をわたしに移した。彼のトレードマークである大きな二重の目が、わたしを真摯に見つめている。

彼が何か重要なことを告げようとしているのは、その目を見ればすぐに理解できた。

「お願いします」

改まった口調になってしまうのは、何を話されても受け入れようという気持ちがあったからだ。

わたしは彼の真っ直ぐな目を見つめ返しながら、彼の唇が再度動くのを待った。

松田さんは自身を落ち着けるみたいに、一度深呼吸をした。胸元がゆっくりと上下する。

「本当は、こうやって誰かと付き合うつもりなんてなかったんだ。そもそも、もう誰かを好きになることもないだろうと思ってた」

第一声は、わたしが想像していたよりもかなり重い内容だった。

「この会社に入って、付き合い始めた彼女がいたんだ。……最初は、紹介してくれた先輩を立てるために会ってたんだけど、いつの間にか将来のことも考えるくらいの間柄にはなってた」

将来のこと――つまり、結婚、ということだろう。わたしは小さく頷いて、先を促した。

「だけど付き合って二年が経とうとしたとき、彼女は突然亡くなった。交通事故だった。彼女に一切落ち度はなくて、暴走車に突っ込まれたんだ」

気丈に話しながらも、彼の声は少し震えていた。わたしにただ淡々と事実を伝えようとしているけれど、言葉の端々にそのときの悲しさや悔しさが見えた気がした。

「もちろんすぐ病院に駆け付けたよ。でも緊急手術の甲斐《かい》なく、彼女はこの世からいなくなってしまった。……それから一、二ヶ月は本当に辛かったな。仕事をしているときだけは他のことを忘れられたのもあって、ひたすら仕事に打ち込んでた気がする。正直、あまり記憶にないくらいにね」

触れたら壊れてしまいそうなほど頼りない表情を浮かべている松田さんに、胸が締め付けられる。

わたしはようやく、彼が纏《まと》っていた影の正体に気付いた気がした。

そのころの彼の気持ちを想像するに、如何《いか》ばかりの絶望だっただろう。

大好きな人が突然亡くなって、それでも自分は相手のいない世界で生き続けなければならないなんて。そんな拷問《ごうもん》に、彼は耐えてきたのだ。

「それからあっという間に二年経って、彼女がいない日々にも慣れた。以前のように生活の中でも積極的に楽しみを見つけることができて、事故のことを知ってる友達からは、そろそろ新しい彼女を作ってもいいんじゃないかって言われたりもしたんだけど……どうしても、その気にはなれなかったんだ。大切な人を一瞬で奪われたショックと理不尽さを、もう二度と味わいたくないって気持ちのほうが強くて」

松田さんはそこまで話すと、わたしの顔を窺《うかが》い見た。

「でも、谷川さんと接していくうちにその気持ちが揺らぎ始めた。君のことを可愛くて素敵な人だと意識していくうちに、もう一度人を好きになってもいいんじゃないかって思って……ごめん。こんなこと、谷川さんに話すべきじゃないってわかってる。今の話を聞いて、嫌な思いをしていたら本当に申し訳ない」

「嫌な思いなんて」

わたしは即座に首を横に振った。

「話してくれてありがとう」

「谷川さんのこと、すごく大切に思ってる。君さえよければ、これからもずっと一緒にいたいって……俺は、そう思ってるよ」

松田さんの言葉は、偽《いつわ》りのない真実を告げているように思われた。

わたしを見つめる瞳は普段と同様に、優しくて穏やかだ。でもその中には、わたしの反応に対する僅《わず》かな怯《おび》えがある気がした。

「わたし、松田さんにそう言ってもらえて、本当に嬉しい」

心からそう思った。

「安心して。わたしは松田さんの前から急にいなくなったりしないよ。だから……わたしのほうからお願いします。わたしと、ずっと一緒にいてください」

わたしは微かに震える松田さんの手に自分の手を重ねて言った。

これって、逆プロポーズみたいな状況を作り出してしまったのかもしれないし、そういう意味ではまたやらかしてしまっているのかもしれない。

やらかしていると言えば、現に両どなりに座るカップルや女性たちから、わたしたちが奇異《きい》な目で見られているのは薄々感付いていたし、女性ふたりが「あの人たち何してるんだろ？」とヒソヒソ会話する声が聞こえてもいる。

でも、彼の気持ちに寄り添えるなら他のことなんて一切気にならなかった。

松田さんと本当の意味での恋人同士になりたい。彼が昔の彼女を失った心の傷をわたしが癒《いや》すことができるなら、そうしてあげたい。傍で、ずっと支えていきたい。

「……嬉しいよ、とても」

わたしの言葉に松田さんが笑みを浮かべた。

言葉とは裏腹に、その笑顔は脆《もろ》く、とても悲しそうに映った。

わたしが思っているよりもずっと、彼が負った心の傷は深いのかもしれない。でもそれを知ったからと言って彼に対する愛情が薄れたり、怯《ひる》んだりはしなかった。

このときのわたしは、彼の抱えたもののすべてを理解したつもりでいたのだと思う。

けれど、残酷な真実を知らされるのに、そう時間は掛からなかった。

◆
◇
◆

午後六時、終業時刻が訪れた。わたしは立ち上がると、周囲のデスクに座る面々に頭を下げて、エントランスのほうへ歩き出す。

「お疲れ様です」

「お疲れ様ですー」

途中、経理部のエリアを通った際に、伊東さんから声を掛けられて足を止める。

「今日は早く上がれてよかったですね」

「たまにはそういう日もないとね」

彼女の言う通り、年末に向け忙しくなってくる時期に差し掛かっており、ここのところは残業が多かった。

昨日と一昨日も取引先で商談を終えてからの直帰だったので、家に帰り着くころには結構な時間になってしまった。一日の最後を内勤で締め括《くく》れる日くらいは、早めに帰宅したいところだ。

「そんなに急いで、デートでもあるんですか？」

「まさか。家に帰ってご飯作るくらいだよ」

「なーんだ。音符《おんぷ》マークが見えそうなくらい軽やかな足取りだったので、期待しちゃったのにな」

「えっ、そうかな？」

音符《おんぷ》マーク。わたし、そんなに浮かれているように見えたのだろうか？

確かに、あまり嘘を吐《つ》けるタイプではないのは自覚している。それでもデートの予定はないし、自分の発言に嘘偽《いつわ》りはない。詳細を話していないだけで。

「定時で上がれるのが久々だからかも。じゃあ、お先に失礼します」

「はーい、ではでは」

ボロが出ないうちに立ち去ることを決めたわたしは、努めて自然な口調でそう言うと、再度挨拶を交わして会社を出た。

エレベーターに乗り込んで、『1』のボタンを押す。下降の間、スマホを取り出してメッセージアプリを開いた。宛先は、松田さんだ。

『今日は久々に早く帰れることだし、家で食事の支度をして待ってるね。気を付けて帰ってきてね』

送信を終え、一階に到着する。建物の外に出ると夜風が気持ちいい。日中よりも大分涼しくなってきている。

もう十月も中旬に入った。身に着けているベージュのトレンチコートは今の時期にちょうどいいけれど、そのうちすぐに頼りなく感じるだろう。季節が過ぎるのは、本当に早い。

駅へと急ぎながら、自宅までの道のりを頭の中でシミュレーションする。

自宅の最寄り駅に降りたら、まずは駅前のスーパーに寄って夕食の買い物を済ませる。それから、住宅街に延びる横断歩道を渡ってすぐのところにあるパン屋さんで、明日の朝食用のパンを、二軒先の八百屋《やおや》さんで季節の果物でも買おう。すべてこなして、概《おおむ》ね三十分程度だろうか。

本当はスーパーの青果売り場で纏《まと》めて購入すれば時間の短縮になるのだけど、あの店はフルーツの品揃《ぞろ》えがイマイチなのだ。

今の時期なら、蒲萄《ぶどう》か梨あたりかな——なんて思考を巡らせると気持ちが高揚《こうよう》して、楽しくなってくる。

九月の最後の週から、わたしと松田さんは一緒に暮らし始めていた。

「これからも一緒にいたい」なんて話から、同棲《どうせい》へと進むまで随分と急展開に思われるかもしれないけれど、これにはちゃんと理由がある。

ひとつは、わたしと松田さんの仕事上で関わる機会がぐんと減ったこと。

松田さんがわたしに告げたように、温泉旅行のあとすぐ、わたしはもう営業見習いの立場ではなく、一営業マンとして彼が担当していた取引先の卸売会社さんの一部を受け持つこととなった。

もちろん、独り立ちするに当たり松田さんとの引継ぎはしっかり行い、今のところ相手方からのクレームもなく、順調に運んでいる。けれど、コンビを解消したことにより、仕事上ではほとんどといっていいほど接することはなくなっていた。

今までは常に行動を共にしていた分、寂《さび》しさはひとしおだった。彼と顔を合わせるのが日常であり、当たり前だったはずなのに、と。

休日、待ち合わせたカフェで松田さんとの時間を過ごしながら、今までわたしが如何《いか》に特別な環境にいたかを思い知った。好きな人と一緒に過ごせることの尊さを口にしながら、「だとしてもやっぱり寂《さび》しい」と愚痴《ぐち》を零《こぼ》すと、彼が一言、

「なら、一緒に暮らそうか？」

と訊《たず》ねてきた。

最初はもちろんビックリしたし、いくらなんでも付き合い始めたばかりでそんなの早すぎるんじゃないかとうろたえたけれど、すぐに「でも」と考え直した。

今後、仕事で再びこれまでのように彼との時間を捻出《ねんしゅつ》するのは難しいだろう。であれば、プライベートのほうで彼との時間を作る努力をしていかなくてはならない。

そうは言っても、一日の半分近くは通勤時間や仕事の時間に取られてしまう。一緒に暮らすという選択肢は、忙しい日々の中でお互いの仲をより深めていく上で最良であるように思われた。

同棲《どうせい》を決断してから実行に移すまでの期間は、二週間程度とスピーディーだった。

当初、新しく物件を探す予定だったけれど、松田さんの部屋が広めの１ＬＤＫであったし、慣れない同居生活に疲れが出るようであれば、たまにお互い一人の空間に戻れるように、とわたしの部屋は解約しないまま維持することにした。そのため、わたしが松田さんの部屋に当面の荷物を運んで同居するという形に収まった。

松田さんは会社の最寄り駅の三駅先から、徒歩五分のマンションに住んでいる。駅の近くにはショッピングモールやスーパーマーケットがあり、治安もいい。暮らすには申し分のない便利な街だ。

改札を通りホームに向かい、電車に乗り込んだ。

よほど運が悪くない限りは、常に席に座れる余裕がある。行きも同じ感じで快適だ。彼の家で暮らし始めて、一番感動したのはこの通勤の時間かもしれない。

一日の仕事の内容を振り返りつつ一息吐《つ》いたころ、電車は自宅の最寄り駅に到着した。

電車を降り、シミュレーション通りに買い物を済ませて、マンションへ向かう。

曲線的なデザインの洒落《しゃれ》た街灯が並んだ石畳の道を、ひたすら真っ直ぐ進む途中に、目指すマンションが現れる。都会的でスタイリッシュな十階建てのマンション。わたしたちは、その五階に暮らしている。

エントランスは白と黒のシックな配色で、シンプルで落ち着いた雰囲気だ。

セキュリティを通過し、ポストを確認しに向かう。ホールの手前にはポストがずらりと並んでいるスペースがあり、『５０２』と書かれたポストのロックを解除する。

松田さんがもともとひとりで住んでいた部屋ということもあり、ポストのダイヤルを教えてもらうのは気が引けたのだけど、同棲《どうせい》にあたりわたし宛ての郵便や荷物もここに届くように手続きしたことで、普通に使わせてもらっている。

今日は公共料金に関する通知が一通あっただけだ。わたしはそれを手にしてポストを閉めると、エレベーターに乗り込み五階へ上昇する。

五階に到着し、再度エレベーターの扉が開いたので、ホールに一歩踏み出す。

このマンションは内廊下になっているため、常に明かりが点いている。ベージュとグレーのフロアタイルが交互に敷《し》き詰められた細長い通路を奥に向かって歩いていく。

一番奥からひとつ手前の５０２号室の前に立ち止まり、トレンチコートのポケットから鍵を出した。

扉の上下にあるロックを解除し、扉を開ける。一歩中に入ると、センサーが反応して自動的に明かりが点いた。

玄関に脱いだパンプスを揃《そろ》えて置いてから、たった今解錠《かいじょう》した扉をもう一度ロックする。それから、白系のオーク材が貼られた廊下から一番奥の部屋へ進んだ。扉を開けて照明を点ける。

LEDで一気に明るくなった室内にまず照らし出されたのはキッチン。冷蔵庫やレンジ・トースターなどが収められた棚の向かいに、天板にオーク材を使った白いカウンターがある。

その向こう側はダイニングスペースとリビングスペースだ。

ダイニングテーブルとチェアはカウンターのオーク材に合わせ、同じ素材でシンプルな形のものを置いた。

リビングには、淡いベージュの毛足が長いラグに、ライトグレーのラブソファとローテーブル。壁際には、テレビボードと、六十インチくらいの液晶テレビが配置されている。

ダイニングとリビングで合わせて十五畳程度の空間があり、ふたりで過ごすには十分すぎるくらいゆとりのある広さだ。

わたしが住む前はあまりリビングを使わず寝室で過ごしていたようで、今挙げたほとんどのものは最近買い揃《そろ》えてくれたらしい。

買い物袋とポストから取ってきた郵便物をキッチンのカウンターに置くと、早速夕食作りに取り掛かり始める。

シンクの前で手を洗いながら、まだ会社で残業しているだろう松田さんのことを思う。本当は彼も今日は早く帰れそうだったみたいだけど、時間をずらして退社したほうがいいと考えて、キリのいいところまで書類作成を進めてから帰る、とメッセージがあった。

とはいえ、一時間も二時間も居残るわけではないだろうから、なるべく手早く作れるメニューにしよう。夕食はパスタとサラダ、スープ、それに果物と、時間の掛からない簡単なものに決めた。

本当なら、気合を入れて和食とか、男性好みのガッツリ系なお肉料理だとか、わかりやすく喜ばれそうなものに挑戦してみたいところだけど、そういうのは手間が掛かるので休日じゃないと難しい。

今日のところは、疲れて帰ってきたらすぐにお腹を満たしてもらえるように、という目標で頑張ろう。

まずは買ってきたものを冷蔵庫に入れようとしたところで、ポストに入っていた公共料金の通知の封筒が目に入った。

そうだ、これをしまってこなければいけない。

わたしは手に取った食材を買い物袋に戻して、代わりに封筒を手に取った。それから、リビングのローテーブルの傍へ移動して、テーブルの下に隠すようにして置かれている、A4サイズくらいのプラスチックでできたバスケットを取り出した。

忙しい松田さんは、届いた郵便物をきちんと見る習慣がないらしい。だから、こうして自分宛ての郵便物を決まった場所に置いて、ちゃんと目を通すように努力しているのだという。今日届いた封筒も、この中にしまっておこう。

バスケットの中には、既に何通もの手紙が溜まっている状態だった。

会社のデスクは常にきちんと整頓《せいとん》されていて、几帳面なイメージがある松田さんだけど、バスケットの中はそこそこ荒れている。

封筒の中身が出たままになっているものもあれば、同封の広告などが広げられた状態になっているものまである。人の目に付かない場所に関しては、意外とおおざっぱなのかもしれない。

あまりちゃんとし過ぎているよりは、そういう抜けたところがあるくらいのほうがいいかもなんて思いつつ、わたしは深い意味などなくバスケットの中の整理を始めた。

普段、わたしはこのバスケットを弄《いじ》ることはないし、当然中を見ることもない。松田さんからはこういうものが置いてあることを教えてもらっていたし、中身を見ないでほしいと言われたこともないけれど、あくまでここは彼の領域で、わたしが触れるべき場所ではないという考えを持っていたからだ。

今夜に限って整理しようと思ったのに、特別な理由なんてなかった。ましてや、彼のプライベートな情報を盗み見ようとか、詮索《せんさく》しようなんて意思は誓ってない。

ただそこを片付けておこうという単純な思いに過ぎなかった。

郵便物は近隣にできたジムの入会案内や、クレジットカード作成の案内、購入した商品のアンケート依頼など多岐《たき》にわたっていて、特別重要そうなものは存在しないような印象だった。

これはおそらく、すべて処分することになるのだろうな、なんて考えていたとき、薄いグレーの封筒に『松田尚宏様』と手書きで宛名が書かれた封筒を発見した。

消印は一昨日になっているので、昨日届いたものなのだろう。

少し丸みを帯びた文字は、送り主が女性であることを想像させる。それも、字の雰囲気からいって若い女性である可能性が高い。

気になって封筒を裏返し、差出人の名前を確認してみる。

『狭山和佳奈《さやまわかな》』――やはり、差出人は女性の名前だった。

彼女の住所は岩手《いわて》県、と書かれている。そんな遠方の地に住んでいる女性と、どういう関係があるのだろう。

……もしかして、ふたりは親しい間柄なのだろうか。

その封筒はすでに開封されていた。つまり、中身を確認しようと思えばできる状態にあった。

わたしは揺れた。どうしよう、さすがに中身を見るのはやり過ぎだろうか。

他人の手紙を勝手に見るなんてマナー違反だ。それはわかっている。けれど、わたしの中の厄介《やっかい》な好奇心が、この女性と松田さんとの関係を確かめたいと訴える。

見てはいけない。でも、見たい。その鬩《せめ》ぎ合いだった。

葛藤《かっとう》していると、不意に「本当に見られたくないものなら、松田さんだってわたしが目にしないような場所に隠しておくのではないだろうか?」なんて都合のいい解釈が頭を過《よぎ》ったりする。

まさか、真面目な松田さんに限って浮気なんてあり得ない。別にこの手紙は疚《やま》しいものではないだろう。

それを確認することくらいなら、許されるのではないだろうか?

勝手な理由をつけて、わたしは封筒の中に手を差し入れた。

入っていたのは、三つ折りの手紙が一枚。それと——

「……写真?」

写真が五枚入っていた。一番上にあったのは、宴会場のような場所で浴衣《ゆかた》姿の松田さんと一柳部長が写っているもの。ふたりとも顔が少し赤くなっているのは、彼らの手元にあるビールのグラスのせいだろうか。

松田さんは酔《よ》ってはいても相変わらず整った顔立ちをしているけれど、会社で見る彼よりも少し若いというか、幼い印象を受ける。

その理由は、写真の左下に表示されている日付にあった。

この写真は、四年前の夏に撮られたものらしい。豪快に笑う一柳部長の横で、初々《ういうい》しい微笑みを浮かべている彼は、ひょっとすると緊張しているのかもしれない。

――四年も経つと人の印象って変わるんだなぁ。

四年前の松田さんももちろんカッコいいけれど、今の松田さんのほうが落ち着いていて頼りがいがあるイメージだ。わたしは断然、今の彼のほうが素敵だと感じる。

写真を一枚捲《めく》ると、今度は観光バスの前で撮ったらしいものが現れる。写っているのは、四人の男女。松田さん、それに栗橋さん。あとの女性ふたりはまったく知らない人だ。

栗橋さん、昔は茶髪だったんだ。黒髪のイメージが強かったから、ちょっと驚いた。毛先のほうにパーマのかかったロングヘアが似合っている。

観光バスのフロント部分に見える表示ステッカーには、『株式会社青葉製菓御一行様』とある。

『俺、温泉って本当久しぶりだったよ』

『最後に来たのって、いつですか？』

『……多分、四年くらい前だと思う。うちの会社の社員旅行で、熱海に』

それを見て、ふたりで旅行したときに松田さんが話していた、社員旅行の話を思い出した。これはそのときの写真なんだろうか。四年前という日付とも整合性が取れている。

でも四年前の写真が今何故？　と不思議に思いながら、写真をもう一枚捲《めく》ったところで、

「えっ？」

信じられない思いで声が漏《も》れる。これは、どういう意味？

三枚目の写真は、一枚目と同様に宴会場で撮られたものだった。浴衣《ゆかた》を着た松田さんははにかんだような微笑みを浮かべている。その横で、同じように浴衣《ゆかた》を着て、満面の笑みでピースサインをしている女性は――

「……わた、し？」

声が震えた。その女性は、普段鏡越しに向かい合うわたしと同じ顔をしていた。

髪型こそ、写真の女性は黒髪のボブスタイルだったけれど、身体のシルエットやメイクの雰囲気なども本当によく似ている。

そんなはずはない。四年前のわたしはまだ大学生だ。青葉製菓との関わりもなければ、社員旅行に参加した覚えもない。そもそも、松田さんともこのときはまだ出会っていな

いはず。

じゃあ……この写真はどういうことなの？

四枚目の写真も、五枚目の写真も、ほぼ同じシチュエーションで撮られており、松田さんの横にはやはりにっこりと笑うわたしの姿があった。

手がかりを求めて、三つ折りの手紙を開いた。

封筒に書かれていた丸みのある文字が、横書きの便箋《びんせん》に並んでいる。

『松田 尚宏　様
お元気ですか？　忙しさで体調を崩したりしていませんか。社内でご活躍されていること、理佐から聞きました。レイハンスのクリスマスブーツの件は、さすが松田くんと感心してます。

私が退職してからもう二年も経つなんて、あっという間だなぁと驚いています。引っ越して落ち着いたら残りを渡すねと約束したまま、熱海旅行のときの写真をずっと手元に置いたままにしていました。あんなに悲しい事故があったあとだったから、改めて写真を送るのもどうなのかな……と私なりに考えてのことだったのですが、今さらながら、やっぱり送ることに決めました。

彩奈《あやな》ちゃんのことは、無理に忘れなくてもいいと思います。もちろん、松田くんに別の素敵なパートナーができたなら、私もこんなに嬉しいことはないけれど、とても仲の良かったふたりだから、なかったことにしようなんて思わなくていいんじゃないかな。外野の私が無責任なことを言ってごめんね。けど、松田くんも彩奈ちゃんも、いつまでも私の大切な後輩です。ふたりのことが大好きなので、この写真は松田くんが持っておくべきだと思い、勝手ながら送らせてもらいました。もし、迷惑だったならごめんなさい。

もし岩手に来る機会があったら、気軽に連絡ください。また会える日があれば、とても嬉しく思います』

最後に、『狭山和佳奈』との署名で手紙は締め括《くく》られている。わたしは、写真と手紙を手にしたまま動くことができなかった。

手紙には、事故死したという松田さんの彼女の存在が示されている。狭山さんはふたりを撮った写真を送った、と。そう読み取れる。

松田さんとツーショットで写っている女性が、元彼女の彩奈さんだというなら——彼女はわたしと瓜《うり》二つの顔をしていることになる。

スーッと血の気が引いていく気分だった。カタカタと手が震え、目の前が真っ暗になる。

彩奈さんとわたしが、そっくり？

そのとき、玄関のほうから、扉のロックが解かれる音が聞こえた。

いけない。松田さんが帰ってきてしまった。

硬直していたわたしは、ハッとして手紙と写真を封筒に入れ、バスケットの中に戻した。その上を、いくつかの郵便物で覆ってから、ローテーブルの下の定位置に置いて立ち上がる。

そのままキッチンに戻ると、パスタを茹《ゆ》でるためのお湯を沸かすために、鍋を手に取り水を注ぐ。

「ただいま」

その間に靴を脱ぎ、短い廊下を抜けてキッチンに到着した松田さんは、扉を閉めながら言った。ちょうど位置的に扉に対して背中を向けているわたしを、背後から抱きしめてくれる。

「おかえりなさい」

平静を装って返答しながら、想定よりも早く帰ってきた彼に動揺していた。

普段なら、こういう愛情表現は純粋に嬉しいものだけど、わたしの鼓動が異常に速くなっていることに気が付かれやしないかと戦慄《せんりつ》する。

「──ごめんね、買い物してから帰ったばっかりで、まだ全然できてないの」

意識的に笑みを作りながら、松田さんのスーツの腕の部分に触れ、そっと振り返る。

「ううん。気にしないで。寧《むし》ろせっかく久しぶりに早く帰ってこれたのに、夕食作ってもらっちゃって悪い気がするよ」

優しい松田さんは、わたしだけに負担がかからないようにと常に気を使ってくれる。今だってそうだ。申し訳なさそうな表情で、わたしを見つめている。

「そんなことないよ。いつも外食じゃ身体にもよくないし。できるときくらいやらせて？」

松田さんには公私ともに助けてもらっている状態だ。わたしにも彼のためにできることがあるなら積極的にやってあげたいし、好きな人に喜んでもらえるなら、わたし自身も嬉しいと思える。

「ありがとう。……着替えてくるけど、手伝えることがあったら言ってね」

「大丈夫。ゆっくり待ってて」

わたしが言うと、彼はもう一度「ありがとう」と口にしてから扉を開け、部屋着に着替えるため寝室に向かった。

彼の足音が遠ざかると、わたしは小さくため息を吐いた。

よかった。気が付かれなかったみたいだ。

わたしはまだいやにドキドキしている左胸を軽く押さえながら、さっき目にした写真のことを思い浮かべた。

あの写真と手紙は幻だったのでは、と考えてみる。でも次の瞬間に、自分自身でその思考を打ち消した。

わたしは確かに見た。写真に写っていたかつての彼の恋人は、わたしにそっくりな顔をしていた。

名前だって見た。彩奈さんという名は、わたしの妄想でもなんでもなく、以前青葉製菓で働いていたという狭山さんが松田さんに送った手紙に書かれていたのだ。

わたしと付き合い始めたのは、恋人だった彩奈さんと似ているから？

自《おの》ずとそんな思考が湧き上がってくる。瞬間的に、松田さんと出会ったときの反応や、ときどきわたしに向ける眼差しに落ちていた影の本当の意味を理解することができた。

松田さんは心底驚いたことだろう。

亡くなったはずの最愛の人にそっくりな顔をしたわたしが、新入社員として自分の下に配属されたのだから。

同時に、なんて残酷な仕打ちなのだろうとも思ったはずだ。写真で見た彩奈さんの顔は、自分自身でも見間違うくらいに似すぎていた。せっかく時が経ち、当時の悲しみが薄れてきたというのに、こんなにも似ているわたしと強制的に多くの時間を過ごさなくてはいけなくなったなんて――

「どうしたの、じっと固まっちゃって」

背後から急に声がして、わたしは慌てて振り返った。そこには、少し心配そうに首を傾げてこちらの様子を窺《うかが》う松田さんの姿があった。

「あ――ううん、なんでもないの。ちょっと、買い忘れたものがあったかもしれなくて」

わたしは再び向き直ると、咄嗟《とっさ》に、近くにあった買い物袋に視線を落として言った。

「え、そうなの？　俺買ってこようか？」

「平気だよ。別のもので代用するし」

「そう？」

「うん。ありがとうね」

わたしが一度振り返って笑顔で言うと、彼はホッとした様子でリビングのソファに移動して、腰を下ろした。カウンター越しにその様子を見つめながら、ローテーブルの下のバスケットの中身をチェックし始めたりしないかと、変に気を揉《も》む。しかし、彼はそこには興味を示さずに、ローテーブルの上にあったテレビのリモコンを操作し始める。

よかった、彼は何も勘付いていないみたいだ。わたしもこれ以上余計なことは考えず、今は夕食作りに専念することにしよう。

本当は、彩奈さんのことを尋ねてみたい気持ちはある。

でも、どんな風に訊いたらいい？

わたしのことを好きになってくれたのは、彩奈さんと顔がそっくりだから？　って？

訊けるわけない。もしそれを彼が否定しなかったら、わたしはそれをどう受け止めたらいいの？

わからない。わたし自身が混乱しているのに、冷静に話し合いなんてできる気がしなかった。

8

デスクの上の置き時計を見ると、もうお昼休憩に入ろうというところだった。

相変わらず、会社にいると時間の流れが速い。商談に使う資料のチェックをいくつかこなしているうちに、一日の半分が過ぎてしまっているなんてことはザラだ。

まあ、資料はそれぞれの商品ごとにあるわけだから、時間が掛かってしまうのは当たり前なのだけど。

「谷川さん、今日はお昼出れそう？」

頭上から、女性の声が降って来る。顔を上げて半身を向けると、黒いレザーの長財布を持った栗橋さんがいた。

「あ、はい。行きます」

彼女が「今日は」と言ったのは、ここのところお昼は出先だったり、資料のチェックが追い付かなくてコンビニで買ってきたお弁当類を社内で食べたりしていたからだ。今日は外出の予定はないし、大急ぎでチェックを入れなければならないものもない。

だから、外に出てリフレッシュしたかった——いろんな意味で。

「伊東さんは一緒じゃないんですか？」

「あぁ、彼女は今、うちの会社の社労士さんのところに書類届けてもらってるのよ。帰りに外で済ませてくるって言ってたから」

「そうなんですね」

じゃあ今日は栗橋さんとふたりか。いつも伊東さんを交えた三人だったから、新鮮な感じがする。

「もう行ける？」

「はい、大丈夫です」

わたしは頷くと、脇に置いていたトートバッグからお財布を取り出し、席を立った。

◆　◇　◆

会社を出たときは件《くだん》のハンバーガーとサンドウィッチのカフェに行こうと話してい

たものの、お昼どきということもあり満席で入れなかった。

行きつけのお店は他にもあるのだけど、二、三軒ほど回ってどこもそんな感じだったので、「こんな日もあるんですね」なんて言葉を交わしながら、大通りから一本中に入った場所にある、古き良きといった雰囲気の喫茶店に入ってみることにした。

あくまで『カフェ』ではなくて『喫茶店』という呼び方がしっくりくるこのお店は、高齢のご夫婦がふたりで回しているお店らしかった。一度も来たことがないのに、なんとなく懐かしい感じがするのが不思議だ。

「最近はひとりで営業先回ってるんでしょ？　やっぱり大変？」

栗橋さんはオーダーしたナポリタンをフォークの先でくるくると巻き付けながらそう訊《たず》ねる。

「そうですね。以前より気を張るようにはなりました」

対するわたしは、たまごとツナのミックスサンドとアイスカフェオレを注文した。ふわふわしたパンとマヨネーズがたっぷり和《あ》えてあるたまごはホッとする味だ。

「松田くんの取引先をいくつか引き継いだって言ってたよね。彼、仕事に抜かりなさそうだから、やっぱり構えちゃうよね」

「はい……」

松田さんと一緒に行動していたときは、そもそも何をしたらいいのかわからなかった時期もあるし、ただ彼に言われたことを忠実に守り、指示されたものを準備していればそれでよかった。

けれど、ひとりになってからはそうはいかなくなる。自分が主体となって取引先へ連絡をし、コミュニケーションを綿密に取り、商品説明や提案などをしていかなければならない。これがかなり、神経を使う仕事だ。

もちろん面倒見のいい松田さんのことだから、担当を変更したからと言って、じゃあ自分の役目は終わった、というようなことはなかった。逐一、何か困ってることはないか、わからないことはないか、と気に掛けてくれる。それがあって、どうにかやれている状況だったりする。

わたしとしては、彼の手を離れてからも彼を煩《わずら》わせているようで悔しいのだけど、その松田さんは「一年目は仕方ないよ」と繰り返しているから、来年にはもっと自分で解決する力が身に付けられるようになっていたいものだ。

「ここ二、三日、会社で暗い顔しているのはそのせい？」

綺麗に巻いたパスタを口に運び、咀嚼《そしゃく》して飲み込んだ栗橋さんは、ちょっとだけ声を潜めてさらに訊《たず》ねてくる。

「わたし、暗かったですか？」

「うん、急に。それまでは寧《むし》ろ忙しいのに元気いっぱいって感じだったけど……だから、仕事で何か躓《つまず》いているのかなって」

三日前というと、わたしが家で彩奈さんの写真を見てしまった日だ。確かに、何かに集中しているとき以外は彼女や松田さんのことを考えてしまっていることが多い。

「いえ、あの……」

どう答えるべきか悩んで、結果、曖昧《あいまい》に濁《にご》してしまう。

会社ではわたしと松田さんの関係は伏せてあるが、恋愛に関する悩みだと告白して失言するのは避けたい。

「……まぁ、とにかく無理しないで。前も言ったけど、困ったことがあったら上司の松田くんに相談するのがいいと思う。彼はそういうとき、力になってくれる人だと思うし」

「はい。ありがとうございます」

栗橋さんのほうも、わたしがハッキリ理由を述べないことに、何か理由があるのではと思い至っているようだった。

けれど彼女は大人なので、わたしが進んで言おうとしないことを無理やり聞き出そうとはしない。あくまでも、距離感は保ったままのアドバイスをくれるだけに止めてくれている。

とはいえ――松田さんに相談しようにも、これぱっかりは言い出し辛いのだ。とても本人には打ち明けられない。

あの写真を見てしまってから、わたしは家で松田さんと顔を合わせ辛くなっていた。勝手に手紙を見た罪悪感もそのひとつの要因だけれど、やはり写真を見たことによって、彼が彩奈さんに対してまだ未練《みれん》があるのではという思いが湧き上がってきてしまったからだ。

幸い、お互い仕事が忙しく、理由を付けて会社に残るのは容易《たやす》かった。だから、この三日間は仕事の準備が終わらないことを理由に、食事を済ませてから帰宅し、極力一緒にいる時間を減らすようにしていた。

こんなこと、わたしだってしたくない。それに、すれ違いの生活をいつまでも続けられないこともわかっている。けどこうでもしないと、何かの瞬間に直接、彼に問いただしてしまいそうで怖かったのだ。

少量ずつナポリタンを巻いては口に運ぶ栗橋さんの顔を見つめながら、送られてきた手紙に彼女の名前が入っていたことを思い出した。

理佐、というのは栗橋さんの下の名前だ。

そのときは、写真に写った彩奈さんのことばかりに気を取られていたけれど……栗橋さんは手紙の送り主である狭山さんと、今も親交がありそうだ。

そして、おそらく彩奈さんのことも知っている……？

「どうしたの？　え、ケチャップ付いてる？」

わたしがあまりにも彼女の顔を見つめていたからだろう。栗橋さんは困惑したように唇の周りを紙ナプキンで拭っている。

「いえ、違うんです」

わたしは慌てて首を横に振った。そして、考えるよりも先に訊《たず》ねた。

「栗橋さん、あの……狭山和佳奈さんって知り合いですか？」

何故わたしが彼女の名前を知っているのか、どうしてそれを栗橋さんに訊いたのか。栗橋さんからしてみたら、逆に確認したいこともあるだろう。そうなれば、わたしはその情報の出所を話さなければいけない。

そういうリスクを回避する言い訳を用意した上で訊《たず》ねなければいけなかったのに、我慢できなかった。こんな風に栗橋さんとふたりきりになるチャンスなんて、次はいつ来るかわからない。

そういう思いもあって、どうしても確かめたいという気持ちを抑えることができなかったのだ。

「和佳奈？　うん。経理部の同期で、もう結婚して引っ越したから辞めちゃったけど、たまに連絡取ってるよ」

栗橋さんは特にわたしを訝《いぶか》しがる様子もなく、明るく答えてくれた。

「旦那さんは岩手で農家やってる人で、本人は仕事続けたかったみたいなんだけどね」

お互い下の名前で呼び合い、今も連絡を取り合うくらいであれば、かなり深い仲なのかもしれない。

「そうなんですね。ごめんなさい、変なこと聞くかもしれないんですけど……えっと、うちの会社に彩奈さんって名前の人、いたことありました？」

わたしはあまり感情が出ないように、ゆっくりかつ淡々とした口調で訊《たず》ねるように努めた。

狭山さんの質問には明朗に答えていた栗橋さんだけど、彩奈さんという名前を聞いた途端、彼女の顔色が変わった。

「それ、誰から聞いたの？」

険しい表情だった。普段の彼女は、いい意味で喜怒哀楽をあまり感じさせない、クールな雰囲気を保っているのに。

「――もしかして、経理部の誰かに吹き込まれたのかな」

「いえ、あの……わたしと彩奈さんの顔って、似てるんですよね？」

彼女の問いには答えず核心を突くと、栗橋さんは少し迷ったあと、小さく頷いた。

「彩奈ちゃん……大嶋《おおしま》彩奈ちゃんも、経理部の社員だったの。和佳奈が指導社員で付いててね」

彼女の話はこうだ。わたしが入社したとき、経理部の一部の社員は「大嶋彩奈によく似た社員が新しく入ってきた」とザワついていたらしい。

とはいえ、彼女が亡くなってから二年経っていたこともあり、女性の多い経理部は社員の大半が入れ替わっていた。おかげで、彩奈さんの顔を記憶していた人はほんの僅《わず》かだったようだ。

双子や姉妹でもない限り、顔が酷似《こくじ》している人間はそうそういない。だから、実はわたしが彩奈さんの親族なのでは、と勘繰られていたみたいだけど、栗橋さんと仲良くするようになってからは、そうではないことを彼女の口から周囲に伝えてくれていたらしい。

「だいたい、そういうこと言ってきそうな人は心当たりがあるから、はっきり言っていいよ。度が過ぎるようなら、上に報告するし」

栗橋さんは、わたしが経理部の一握《ひとにぎ》りの人から面白半分にそういった内容を伝えられたのでは、と心配してくれていた。と同時に、よほど腹を立ててくれているのか、彼女の声は怒気《どき》に満ちている。

「大丈夫です。別に、嫌がらせでそういう話をされたわけじゃないので」

「そうなの？」

わたしが否定すると、彼女は半信半疑といった風だった。そうでなければ、彩奈さんの名前なんて出るはずがないだろうとでも言いたげに。

「はい。それより……わたしと大嶋彩奈さんってそこまで似てるんでしょうか?」

どうしてそんなことを訊いたのか、自分でもよくわからなかった。もしかしたら手紙を通して知った内容を、彼女を知る第三者に判断してほしかったのかもしれない。だから、訊き方にも必死さが滲《にじ》んでしまう。

栗橋さんは、わたしのただならぬ様子を見て、少し考える間を置いてからおもむろに口を開いた。

「……正直、すごく似てると思った。谷川さんを一目見て、本人じゃないかって一瞬思ったくらい。もちろん、そんなのあり得ないってわかってたけど……でも、そう思わずにはいられないほど」

「そうですか」

ほぼ予想通りの答えだったけれど、客観的にもそう見えるのだという確証は得られたので、目的は果たせたのかもしれない。

「私よりも松田くんのほうが驚いたと思うな」

神妙な面持ちで栗橋さんが呟く。

「松田さんが? どうしてですか?」

わたしは、わざと知らないふりをして訊《たず》ねる。

「和佳奈ってね、松田くんと彩奈ちゃんの仲を取り持った恋のキューピッドなのよ。あのふたり、付き合ってたの。自分の部下の彩奈ちゃんを、松田くんとなら気が合うんじゃないって紹介して」

そういえば、松田さんもそんなことを言ってた気がする。先輩が紹介してくれたって。

「松田くんからしてみたら、やっぱり亡くなった彼女とよく似た女性が直属の部下になるっていうのは、複雑なんじゃないかな。もちろん、松田くん自身も谷川さんが彩奈ちゃんと無関係だっていうのはすぐにわかったと思う。でも、頭でわかっってても感情がついていかないって場合もあるだろうし。……そういう点では、大丈夫？」

大丈夫、というのは、松田さんから彩奈さんに関するアクションがあったかどうか、という意味だろうか。わたしはすぐに頷いた。

「そう、よかった。ほら、伊東ちゃんがやたら松田くんと谷川さんがいい感じだってひとりで騒《さわ》いでた時期があったじゃない。あのとき、実は少し心配でね。伊東ちゃんは最近入社してきた子だから、彩奈ちゃんのことを知らないけど、万が一、変な感じに松田くんを焚《た》き付けたりしたら、彼を傷つけてしまうかもしれないでしょう」

彼女の話を聞きながら、いつかカフェで伊東さんと三人で話した日のことを思い出していた。

あのとき、テンション高くわたしと松田さんが恋愛関係に発展する可能性を語る伊東さんに対して、栗橋さんが言葉を詰まらせる場面があった。彼女は松田さんの事情を知っていたから、伊東さんと一緒に盛り上がることはできなかったのだろう。

「彩奈ちゃんが亡くなった直後の松田くんは、本当に可哀想で、見ていられなかった。周りがなんて声を掛けていいかわからないくらい憔悴《しょうすい》していて……どうやら、病院で彼女の最期《さいご》に立ち会ったみたいなんだけど、それがすごく辛かったんでしょうね」

栗橋さんの声のトーンが、なお悲しげなものになる。

そのときの松田さんの悔しさや悲しさ、やり場のない気持ちを想像すると、心臓をぎゅっと掴《つか》まれるような苦しさが湧いた。

「もう二年も経ってるから、彼も立ち直ってるとは思うのよ。和佳奈が気にして訊いてくることもあって、様子を見てたりするんだけど、最近は笑顔も増えたなって思うし。だから余計に、無闇《むやみ》に刺激することにならないといいんだけど」

彼女の話を聞きながら、わたしと一緒にいることは、彼にとって悪い意味での刺激になっていたりしないのだろうか、と考える。

彩奈さんとよく似たわたしといることで、彼は彼女と一緒にいるような錯覚《さっかく》を起こしているのかもしれない。他人から見てもそっくりだというのであれば、その可能性は高い。

じゃあ……松田さんは、最初からわたしのことなんて見ていなかったということになってしまう。

彼は、わたし越しに彩奈さんを見ていた。もう二度と会うことも、触れることもできない最愛の彼女を。

——わたしは、彼女の身代わりなの？

喉のずっと奥のほうに、重たく苦いものが広がっていく。すべての音が遠ざかり、耳の奥でキーンと耳鳴りが聞こえる。

大好きな松田さんと想いが通じ合ったと思っていたのは、わたしの勘違いだったのだろうか。好きだと優しく微笑んでくれたのも、偽《いつわ》りだったのだろうか。

彼の言葉も温もりも、全部わたしに向けられたものでなかったとしたら、それを受け取って泣きたいくらいに喜んでいた自分は、なんて愚《おろ》かで滑稽《こっけい》なのだろう。

幸せだと感じていた時間が、記憶が、波に攫《さら》われた砂の城のように、跡形もなく崩れ落ちていく。

「谷川さん？」

栗橋さんに声を掛けられて、呆然としたまま、ゆっくりと彼女のほうに目を向ける。気遣わしげな彼女の視線に、わたしはハッとして必死で平静を装い、口元に笑みを作った。

「ありがとうございます。言いにくいことを訊いてしまって、すみませんでした。……

この件で誰かに何か言われることがあっても、聞かなかったことにしますね」

「うん、それがいいと思う。内容が内容だし」

栗橋さんの話を聞いたら、松田さんとの関係や悩みなんてなおのこと話せなくなってしまった。無理やり会話をそこで区切ってしまうと、食べかけのたまごサンドを手に取って、頬張る。

食べている気がしなかった。何度咀嚼《そしゃく》したところで味が感じられない。

手のひらの中の鮮やかな黄色は、いつか松田さんに差し入れで持っていったコーヒーに刺さったストローの色を思い出させた。あのときはただただ彼に憧れ、少しでも距離が縮まればいいと願うだけだった。

まさかわたしの見えない部分にこんな事情があっただなんて、これっぽっちも予想していなかったから。

そのあと、栗橋さんとどんな話をしたかは覚えていない。わたしはただひたすらに、味のしないたまごサンドを甘みの感じないアイスカフェオレで胃の中へ流し込むことに専念した。

◆
◇
◆

「お帰り。遅かったね」

午後十時半過ぎ。マンションへ帰宅しキッチンへと続く扉を開けると、既に部屋着に着替えていた松田さんが出迎えてくれる。

上下ネイビーのスウェット姿の彼からは、シャボンの香りがする。少し髪が濡れているから、もうお風呂を済ませたのだろう。いつもの優しい笑顔に癒《いや》される反面、ほんの少しだけ胸が痛くなる。

「ご飯は？」

「うん、もう済ませてきちゃった」

「お疲れ様。仕事、大変？」

「大変だけど、楽しいから大丈夫。バッグ置いてきちゃうね」

わたしはそれだけ言うと、足早に寝室へと向かった。

彼とどんな風に接していいのかわからない。避けてはいけないと思えば思うほど、彼から逃げるように行動してしまう。

その割に、彼に不審に思われていないかどうかが心配になってしまったりして、自分でも何がしたいのか図りかねている状態だ。

玄関の左手にある奥の部屋は寝室になっている。備え付けのクローゼットの横には、ふたりの荷物をそれぞれ置くためのチェストがふたつ。反対側の隅に松田さんが使っているパソコンデスクが、その手前にはセミダブルのベッドが置かれている。

ベッドはもともと松田さんが使っていたもので、ダブルに買い替えようかという提案をわたしが断った。セミダブルであればふたりでも十分横になれるし、適度に狭いほうが彼の体温を感じながら眠ることができると思ったからだ。

けれどこうなってしまっては、寧《むし》ろ彼を近くに感じることが辛い。いくら日常生活では距離を保つことができても、寝床は一ヶ所しかないわけだから、必然的に傍にいることになる。

一緒に暮らす前は、いかに松田さんとの距離を詰めるかということばかり考えていたのに、正反対の悩みが生じてしまうなんて思いもしなかった。

わたしはバッグをチェストの上に置いてから、トレンチコートを脱いでクローゼットの中のハンガーに掛けた。

このまま入浴を済ませ、明日早く出勤することを理由に寝てしまおう。それがいい。

腰を屈《かが》め、クローゼットの下段から畳《たた》んでしまってある替えの下着を取り出そうとしたところで、

「谷川さん」

彼のソフトな声がわたしを呼んだ。

衣類に伸ばしていた手を引っ込めて、低い姿勢のまま振り返る。

「調子悪いの？」

寝室の扉に手を掛け、そう心配そうにわたしに訊《たず》ねる松田さん。

どうやら彼は、わたしの態度がいつもと違うのを察したらしく、様子を見に来てくれたらしい。その違和感は、体調不良のせいだと思っているみたいだけれど。

「ううん、そんなことないよ」

「元気がない気がして」

松田さんがこちらへゆっくりと近づいてくる。フローリングの床を素足で蹴るひたひたという音がやけに耳に響いた。

「無理はしたらダメだよ」

彼はわたしと同じように、膝を床について身を屈《かが》めると、わたしの頬に触れ、いとおしげに見つめる。

今、彼の瞳に映っているのは、本当にわたしなんだろうか？

そんなこと考えたくないのに、つい嫌な疑念が頭を過《よぎ》ってしまう。

「無理はしてないよ。心配してくれてありがとう」

「頑張り屋なのが谷川さんのいいところだけど、何かあったら俺を頼ってくれていいんだからね？」

松田さんはそのままわたしの顎《あご》に指先を滑らせながら、引き寄せて軽くキスをする。

温かな唇が触れた瞬間、バスルームにあるシャンプーの香りがした。

「いつも頼らせてもらってるよ。申し訳ないくらいに」

「もっと頼ってほしいくらいだけど」

「でもあんまり頼り過ぎて、松田さんを煩《わずら》わせるのは嫌だもん」

「大事な人に頼ってもらえるのって、嬉しいものだけどな」

もう一度唇を突き出せば触れられそうな、僅《わず》かな距離。こんなに彼と近くで言葉を交わすのは、とても久しぶりだった。

わたしの言葉に、松田さんが悪戯《いたずら》っぽい笑みを浮かべる。そして、

「――好きだよ」

小さく囁《ささや》いたあと、もう一度唇を重ねてきた。今度は、もっと深く。

「んっ……」

わたしは小さく喘《あえ》ぎながら、彼の唇を再び受け止める。その唇は、さっきよりも熱を帯びていて、情熱的で、何処か攻撃的ですらあった。

彼の舌先がわたしの唇を割ると、歯列をなぞり、口蓋《こうがい》を撫でる。その感触にゾクゾクと官能的な震えが走った。

松田さんはキスが上手だと思う。こうして唇を重ねているだけで、身体の内側から少しずつ蕩《とろ》けていきそうな心地になる。

そう、まるで、飴玉をゆっくりと舐め溶かすときのように、ほどよい熱で砂糖の層をじわじわ解《ほど》いていくみたいな。

わたしの口腔《こうこう》を余すことなく舌で検《あらた》めたあと、松田さんの唇がそっと離れていく。

「……いい？」

今のキスで、スイッチが入ってしまったらしい彼は、片手でわたしのブラウスの胸元を弄《いじ》りながらそう訊《たず》ねる。

「わたし、シャワー浴びてないから」

「気にならないよ」

「わたしは気になるっ」

好きな人に求められて、嬉しくないわけではない。

でも、気持ちが沈んでいることと、一日過ごしたあとの身体で彼と触れ合うことに抵抗があった。言葉で抵抗してみるけれど、彼が訊《たず》ねたのは許可を得るのではなく、この先に進む宣言という意味合いだったようだ。

ブラウスの上から、左の胸を優しく撫でながら、顎《あご》を軽く掴《つか》んでいた手を下降させてブラウスのボタンをひとつ、ふたつ、みっつ。順番に外していく。

「ダメだって言ってるのに」

「本当に嫌？」

口元に緩い笑みを湛《たた》え、松田さんが訊《たず》ねる。

「本当に嫌だったら教えて。我慢するから」

おもむろに、ボタンを外す手を止めた。その訊き方は、まるでわたしが嫌だとは言わないと想定しているようだった。

見透かされている。それほど嫌だったら、わたしももっと強い言葉で止めているだろう。

恥ずかしいし、抵抗感が消えたわけではないけど、彼にあと何度こうして求めてもらえるのだろうと考える。

いや、もしかしたらわたしが何も知らないふりをし続けることができるのなら、そんな心配は不要なのかもしれない。

でもきっと、わたしは遠くない未来、松田さんの前で彩奈さんの名前を出してしまうだろう。そうなれば、自《おの》ずとわたしの顔が彼女と酷似《こくじ》している話にも触れるはずだ。

わたしを恋人として選んでくれた理由が、彩奈さんに似ているから——なんて言われたら、立ち直れる自信がない。そうかもしれないという可能性が浮上している状態と、彼から直接そうなのだと断言されるのとでは、重みがまったく違う。

今、松田さんの恋人はわたしだ。彩奈さんじゃない。

だから、彼から最後通告されるまでは、彼の彼女であるという実感に浸りたいのだ。

好きな人に触れたいと願う気持ちは、当然、わたしにも存在する。なら、彼の問いに対する答えは決まっている。

「……わたしも松田さんに触れてほしいし、触れたい」

至近距離で見つめる彼の目は、やっぱり優しくて、ちょっとだけ意地悪だった。

もっとずっと、この距離感で見つめられる関係でいられたらいい。

「俺もだよ。……そっちに行こう」

松田さんはわたしの手を取って立たせると、傍にあるベッドへとわたしを促した。


白いシーツの上に横たわったわたしたちは、再びどちらからともなくキスを交わす。お互いが上になり、下になり、飽きることなく互いの唇を求め合った。

「可愛い」

未だにキスのときの正しい呼吸の仕方がわからないわたしに、彼は低音で囁《ささや》いた。会社で聞くのとはまったく違う音色に、否応なしにドキドキする。稚拙《ちせつ》な口付けでも、彼が興奮してくれているのが嬉《し》しい。

松田さんはわたしを組み敷いたあとブラウスのボタンに再度手を伸ばし、四段目までを外すと、タイトスカートのホックにも手を掛ける。

そうして、スカートを剥《は》いで傍《かたわ》らに置き、ブラウスの残りのボタンをまた外し、スカートと同じように脱がせてしまう。

身に着けているものは、上下の下着とキャミソールのみとなる。けれど、すぐにキャミソールも脱がされて、あっという間に頼りない姿にされてしまった。

「あのっ、電気、消さない？」

着替えるために点けた部屋の明かりが、点けっぱなしであるのが気になっていた。彼の視線を気にして、さりげなく胸や脚の間を手で隠しながら訊《たず》ねた。

「電気？」

「このままじゃ見えちゃうから、全部」

「見えたらダメ？」

わかっているくせに、わざとそういう訊き方をする。こういうときの松田さんは本当に別人みたいだ。普段の聖人ぶりは何処へやら、急に意地悪になってしまうんだから。

「だって……恥ずかしいし」

いつもこの部屋で彼に抱かれるときは、完全に明かりを消してもらうか、点いていることがあっても保安灯程度の薄ぼんやりした照明があるくらいだ。こんな、煌々《こうこう》としている照明の下でなんて躊躇《ちゅうちょ》してしまう。

「お互い様だよ。それに」

松田さんはそこで言葉を区切ると、急にわたしの耳元に顔を埋《うず》め、軽く耳朶《じだ》を噛んだ。

「んっ……！」

背中にゾクゾクとした感覚が駆け上がる。耳の輪郭《りんかく》を確かめるように、彼の舌がじっくりとそのラインを這《は》い、終点までなぞり終えると、今度はその場所にちゅっと吸い付いた。

彼に触れられるまでは、耳を愛撫されて快感が得られるだなんて知らなかった。

「――谷川さんの綺麗な身体、ちゃんと見せてほしいな」

吸い込まれそうなほど真剣な目だ。ずるい。そんな目で見下ろされたら、拒否できなくなってしまう。

わたしは無言でいることで、肯定を示した。彼はすぐにそれを察したようで、小さく「ありがとう」と囁《ささや》いて、また唇や舌を使って耳朶《じだ》を愛撫する。

「んっ、はぁっ……」

わたしは身を捩《よじ》り、愛撫されている耳とは反対の側頭部を強くベッドマットに押し付ける。

こういうときに声を出すのは、恥ずかしいと思っている。

だから、極力我慢しようとするのだけど、耳朶《じだ》に受ける快感が強すぎて、どうしても唇から吐息や喘《あえ》ぎが漏《も》れてしまう。

耳朶《じだ》だけではなく、耳の穴の中にも舌が差し込まれ、その甘美な刺激に早くも思考がショートしそうだった。頭の中に火花が散る。

ふと、このベッドに彩奈さんが横になったことはあるのだろうかという疑問が湧いてきた。

松田さんはこのベッドを、独り暮らしを始めたときに購入したと言っていた。具体的な時期は聞いていないけれど、十分にあり得る話だ。

彩奈さんを抱いたこのベッドで、わたしは抱かれているのだろうか。

ベッドだけじゃない。この部屋だって、わたしが知らないだけで彩奈さんの痕跡《こんせき》がたくさん残っているのかもしれない。付き合って二年近くにもなっていたのなら、家にだって出入りしていたはず。家具や調理道具、生活雑貨、洋服、小物に至るまで、彼女が選んだものが数多く存在していたとしたら。

小物と連想して、いつも松田さんが愛用している腕時計が頭に浮かんできた。ドイツのブランドだという、彼好みのシンプルな配色だけどオシャレなあの腕時計。話題に上《のぼ》ったときに、彼はあまりそれについて積極的に話してくれなかったような気がする。ひょっとすると、彩奈さんとの思い出の品だったりするんじゃないだろうか。

嫌だ――もう、考えたくないのに。

誰かに操られているみたいに、思考が勝手に彩奈さんのことを思い起こさせる。

彼のキスが上手なのは、それだけたくさんのキスを交わしたからだろうか、とか。女性の身体に慣れている風なのは、それだけたくさん愛し合ったからなんだろうか、とか。

次から次へと、ふたりが付き合っていたころに纏《まつ》わる疑念がたくさん浮かんできて、わたしの頭の中を埋め尽くしてしまうのだ。

思考とは裏腹に、身体は彼の止め処《ど》ない愛撫を受け続けて熱を保ち始めている。耳の中を優しく蹂躙《じゅうりん》されながら、松田さんはわたしの膨らみに手を伸ばした。

黒いレースに縁《ふち》どられた同色のブラは、少しでも大人っぽい印象を持ってもらえたらと購入したもので、彼と交際する以前なら選ばない色だった。

外耳《がいじ》を舐め上げ、耳朶《じだ》を吸い上げる音が生々しい。彼は並行して、ブラに包まれた膨らみの片方を捏《こ》ねる。指先がやわらかなその部分を捕らえると、感触を確かめるみたいに下から持ち上げたり、揉《も》んだりする。

やがて指先は、わたしの期待を煽《あお》るように先端を摘《つま》み、その窪《くぼ》みを刺激する。指の腹同士をくっ付けて先端を擦《こす》ると、所作に応えて勃《た》ち上がっていく。

「っ、ふぅっ……んんっ……」

敏感な場所を二ヶ所も同時に弄《いじ》られてしまうと、だんだん我慢が利かなくなってくる。すすり泣きに近い声を発しながら、それでも堪《こら》えることに必死になった。

「谷川さんのそういうシャイなところ、すごく可愛いと思う」

やっと耳元から顔を上げると、松田さんは小さく笑って言った。

「でも、気持ちいいって思ってくれてるなら、素直に表現してもらったほうが俺も頑張りがいがあるかな。好きな子が感じてくれてる姿って、すごく嬉しいものだよ」

好きな子、というフレーズに、妙な安心感があった。

松田さんはわたしのことを『好きな子』だと認識してくれている。同棲《どうせい》までしておきながら、今さらそんな言葉に安心するのは変なのかもしれないけれど、彼にとって自分が必要な存在であることの裏付けと受け取ることができる。

けれど次の瞬間に、その安心感は不安に塗《ぬ》り替えられてしまう。『好きな子』だと認識しているのは、本当にわたしなのだろうか？

……わたしによく似た彩奈さんを指しているのではないだろうか。

繰り返される不穏な思考に囚われていると、彼の両手がわたしの背中に回った。そして、抱き起こすようにマットレスとの間に隙間を作り、器用にブラを脱がせてしまう。

「隠さないで。綺麗だよ」

そうは言われても、明かりの下でバッチリと晒《さら》されるのはやはり恥ずかしい。わたしは両手を交差して胸元を隠したまま、微かに首を横に振る。

「どうせこっちも脱がせちゃうんだから。そうしたら、手が足りないよ」

朗《ほが》らかな口調でそう言いながら、彼はわたしのショーツをずり下ろす。両脚から抜き取り、あっという間にわたしを生まれたままの姿にさせてしまうと、ブラと一緒にベッドの端に置いた。

「っ……松田さんっ……」

恥ずかしい、と目で訴えてみるけれど、わたしを見下ろす彼の瞳は、満足そうに細められているだけだ。

片腕と手のひらを使って胸を、もう片方の手で下半身を隠して、羞恥心《しゅうちしん》に耐えようとする。でも、隠れドSの松田さんがそれを許すはずがない。

「ちゃんと見せて。谷川さんの身体」

ソフトな言い方なのに、有無を言わさない強引さを感じる。彼は、下半身を隠すわたしの手を取り捕らえ、身体側に押し付けて動きを封じてしまう。

そして、もう片方の手でわたしの片脚の膝を掴《つか》むと、少しだけ後退する。

「恥ずかしさなんて吹き飛ぶくらい、気持ちいいことしてあげるね」

にっこりと微笑みながら宣言すると、彼はあろうことか、わたしの下腹部に顔を埋《うず》めた。

「っ⁉」

下肢《かし》の粘膜に、彼の温かい吐息が吹き掛けられる。

えっ、これって……⁉

状況を把握するより先に、熱くてやわらかいものが敏感な粘膜に触れた。

熱くて、やわらかくて、表面がざらざらするもの——

「やあっ、松田さん止めてっ……！」

逃れようと腰を突き上げ、枕の方向にずり上がろうとするけれど、がっちりと膝を押さえられてしまっていて叶わなかった。

寧《むし》ろ動いて脚の付け根のほうが開いたことで、舌や唇が触れる面積が増えたようだ。より身体の内側で、彼の舌の熱さや舌の凹凸《おうとつ》の感触を知れるようになってしまった。直接的すぎる刺激に、思わず叫びだしそうになってしまう。

「どうして、気持ちよくない？」

愛撫を中断することなく、彼が訊《たず》ねた。

「そうじゃなくてっ……汚いよ、だってシャワーっ」

「汚くないよ。言ったよね、谷川さんの身体は綺麗だって」

そう思ってくれるのはありがたいけれど、いくらそう言われても羞恥心《しゅうちしん》が消えるわけではない。

それに、この明るい部屋でそんな場所を舐められるなんて……恥ずかし過ぎて死んでしまいそうだ。自分自身でさえも、まじまじと見たことのない部分なのに。

「んっ、やぁっ……も、大丈夫ですっ……！」

「大丈夫って何」

わたしのリアクションが面白かったらしく、松田さんが口の端を上げて笑う。

「もう、しなくて大丈夫ですっ……それ以上されると、本当に恥ずかしくてっ……頭が変になりそうだからっ……」

「だーめ。まだ谷川さんのこと気持ちよくできてないから」

わたしが狼狽《ろうばい》しているのを知ると、彼は楽しそうに言ってから、膝を大きく折り曲げ、より秘部を露出させる。

そうして、入り口の襞《ひだ》の部分をなぞるように、舌先を上下に動かした。

「ぁあああっ！」

身体の芯に響く強烈な感覚だった。わたしは、襲ってくる凄《すさ》まじい快感から逃げるため上半身をしならせる。

徐々に反応が大きくなっていくわたしの官能を煽《あお》ろうと、彼は今度は入り口の襞《ひだ》とその上部から顔を覗かせる突起を舐め上げる。

気持ちいい。気持ちいい！

腰から下が痺《しび》れ、どうにかして逃れようと強張っていたはずの身体から、力が抜けていくのを感じる。

「いっぱい溢れてきたよ」

下肢《かし》が熱くなるのと同時に、彼の指摘通りその部分を舐め上げる音の質が変わったことに気が付いた。

ぴちゃぴちゃという水音は、わたしが快感を覚えていることの証明だ。松田さんもそれを十分にわかっているらしく、さらに追い立てようと感じやすい場所を繰り返し刺激してくる。

「恥ずかしいのに感じるんだ。えっちだね、谷川さんは」

「言わないでっ……んんっ……！」

彼が喋《しゃべ》ると、その場所に吐息が掛かってそれすら快感に変換してしまう。

「気持ちいいって言ってごらん。素直になるのは悪いことじゃないんだし、認めればもっと気持ちよくなれるよ」

「ぁっ……でもっ……」

自分から求めたり、快感を認めたりするのは、はしたないことなのではないかという漠然とした思いがあった。それは、わたしの男性経験が乏《とぼ》しいからなのだろうか。

彼の言うように、貪欲に求めてもいいのだろうか。

葛藤《かっとう》していると、彼は突起に狙いを定めて、ここぞとばかりに吸い付いてきた。

「っ⁉」

びくん、と身体全体が大きく跳ねた。鮮烈な悦《よろこ》びが頭のてっぺんからつま先までを駆け抜けていく。

「ここ、イイよね」

吸い付く力が緩んだのは、そう呟く僅《わず》かな時間だけだった。彼は再び突起を舌先で掬《すく》ってから、唇を使ってちゅっと吸い上げる。

「ぁあああっ……‼」

ダメ。こんなのおかしくなっちゃう！

いきなり最高潮の衝撃が、身体のど真ん中を容赦《ようしゃ》なく襲ってくる。恥ずかしいとか、声を抑えなきゃとか、そんなことに思考を割く余裕なんてとてもなかった。弛緩《しかん》していた身体に、また緊張が走る。

「気持ちいいって言ってごらん。もっとよくなれるから」

松田さんの言葉が、思考の上辺を通り抜ける。

もっとよくなれる？　これ以上気持ちよくなってしまうなんて、わたしの身体はどうなってしまうのだろうか。

興味と恐怖心がちょうど半々で競り合っていたけれど、

「き、もちいいっ……」

無意識のうちに呟いていた。きっと彼には聞こえないくらいの小さな小さな声で。

頭の中に自分の掠《かす》れ声が響くと、身体中の毛穴が一気に開いて、体温が瞬《また》く間に上昇するような錯覚《さっかく》に陥る。

「気持ちいいっ……ぁあっ……！」

知らない誰かに促されるみたいに、わたしはもう一度、今度は下肢《かし》に顔を埋《うず》める松田さんにも明瞭に聞こえる声で、そう発した。

ぶるりと身体を震わせながら叫ぶわたしを見て、松田さんは嗜虐《しぎゃく》的な笑みを深める。

「気持ちいい？　ここ」

「気持ちいいっ……そこ、吸われるとっ……何も考えられないっ……！」

わたしを煽《あお》るための意地悪な質問にも、わたしは馬鹿正直に答えていた。身体の急激な興奮に戸惑っている今、言葉通りに受けとって答えを返すのが精いっぱいなのだ。

「じゃあもっと何も考えられなくしてあげるね」

彼はそう呟くと、舌の表面を突起に押し付け、その場所を細かく刺激しながら唇で愛撫してくる。

「っ……ゃ、やっ、それ、すごいっ……！」

僅《わず》かに残されていた理性が弾け飛んだ。気持ちいいのと切ないのが交互にやってきては、目まぐるしく入れ替わる。

わたしは全身を大きく震わせると、一気に絶頂まで上《のぼ》り詰めた。彼が顔を埋《うず》めた下肢《かし》がじわっと熱くなり、とろとろと蜜が溢れてくるのを感じる。

松田さんはそれを啜《すす》って綺麗にすると、押さえつけていたわたしの手をやっと解放してくれる。空《あ》いた手の指先で、唇を拭ってわたしの顔を覗き込んだ。

「いっぱい気持ちよくなれた？」

「っ……はいっ……とっても」

達したことで少しクールダウンした頭は、羞恥《しゅうち》という感覚を思い出していた。わたしは、顔から火が出るのではというくらいに恥じ入って答えた。


松田さんは、手早く避妊具を装着すると、わたしの左右の膝を外側に開かせ、両手で腰を掴《つか》みながら、切っ先をわたしの入り口に宛がった。

こんなことを言ったら軽蔑されそうで決して口には出せないのだけど、個人的にはその0・0数ミリの距離を疎《うと》ましく感じていた。

彼の温もりを感じると、心地よくて安心する。もちろん、普通に抱き合ったり、キスをしているときもだけど、身体の奥深くで繋《つな》がるときはなおさらそう思える。

初めて松田さんとセックスをしたときは、彼の熱を直に感じることができたけれど、付き合ってからは必ず薄い壁越しの行為だ。真面目できっちりしている彼らしいといえばらしいし、無責任に振舞われるよりはずっと信頼できる。だけど、ちょっぴり寂《さび》しいような、物足りないような気持ちになるときもあったりして。

「……谷川さん」

「あっ……！」

切羽詰まった声でわたしを呼ぶと、彼は腰を突き出し、自身を膣内《なか》に埋《うず》めていく。はしたないほど潤《うるお》った膣内《なか》は、スムーズに部外者を迎え入れた。興奮を帯びて硬くなった先端部分が、入り口を、内側の壁を、少しずつ広げて内部に押し入ってくる。根元までを完全に埋《うず》めてしまうと、彼は小さく息を吐いて、欲望に濡れた瞳でわたしを見下ろした。

「すごい。挿れただけで絡みついてくるよ。待ち遠しかった？」

「っ……」

言葉にはせず、わたしは頷きを返した。

彼の言う通り、待ち遠しかったしじれったかった。松田さんが欲しい。もっと、彼を身体の中で感じたい。

そんなわたしを見て、彼は頬を緩めて深い口付けをくれた。

「俺も、谷川さんと早く繋《つな》がりたいって思ってたよ」

言葉の途中から、彼は軽く腰を揺すって、律動を始める。自分の身体の中で彼の身体の一部が動いていると感じるのは、何度経験しても不思議で、慣れない。

「——よく考えると『谷川さん』って、すごくよそよそしいよね。今さらだけど」

名前を口にしてふと思ったのか、松田さんは動きの合間に小さく笑って言う。

会社では上司と部下ということもあり、この呼び方をキープしているせいか、あまり違和感を覚えたことはなかった。社内でうっかり別の呼び方をしようものなら、どんなに鈍い同僚でもわたしたちの関係に気付いてしまう。

でも、彼の言う通りかもしれない。

もう生活を共にする間柄なのに、お互いが苗字呼びというのは、それこそ一線引いているような感じがする。付き合う前は、わたしのほうがそれを気にしていたはずなのに。

「ふたりのときは、裕梨って、名前で呼びたい。構わない？」

「うん、呼んでほしい」

わたしは即答した。

親や友人から呼ばれる響きとは、また違うと思った。彼が発した裕梨という音は、今まで聞いたどの響きよりも甘くて切ない。

「好きだよ、裕梨」

名前を呼ばれているだけなのに、身体の奥のほうがじわじわと火照《ほて》ってくる。彼の腰使いも、内壁を擦《こす》る小刻みな動きから、先端のほうまで引き抜いてからまた奥まで押し入れるといった大きな動きに変わっていく。

「ま、つださんっ――奥、当たってっ……！」

彼の切っ先が、わたしの最奥を何度もノックする。そのたびに甘くて鈍い疼《うず》きが下半身を支配して、鎮《しず》まっていた興奮に再び火がつき始めた。

「俺のことも、名前で呼んで」

奥を穿《うが》つ力強さはそのままに、松田さんは懇願《こんがん》するような声音で言う。

「……なおひろさんっ」

呼びなれない名を発声するのは、少しだけ勇気が要った。言葉尻は照れを誤魔化す言い方になってしまったけれど、ちゃんと彼の名前を呼ぶことができた。

「よくできました」

「ぁあっ！」

松田さん――尚宏さんはそれを聞き届けると、律動のスピードを速めた。彼が掴《つか》んだ腰を引き寄せると、わたしと彼とが擦《こす》れ合う角度が変わる。接合部からそれまでとは違う快感が広がっていった。

「尚宏さんっ、尚宏さんっ……！」

自分の身体が、自分の身体でなくなる感じがして怖かった。尚宏さんに抱かれていると、それまで知らなかった嵐のような感覚が、身体の中に吹き荒れる。

「ここ擦《こす》ると、裕梨のナカがぎゅって締まる……こうされるの、好きなんだ？」

「んっ、好きっ……！」

膣内《なか》のある一点を重点的に抉《えぐ》られながら、なりふり構わずただ頷いた。理性と思考を手放し、尚宏さんがくれる快感に飲み込まれてゆく。

「その表情、いやらしいね。たまらないよ」

おそらく興奮と愉悦《ゆえつ》で歪《ゆが》んでいるであろうわたしの顔を見下ろしながら、彼が熱っぽい吐息とともに零《こぼ》した。

「――でも多分、本当は俺のほうが興奮してるのかも」

わたしよりも余裕がある風に見える彼がそう言うのは意外な気がした。けれど、彼自身に纏《まと》わり付く媚肉《びにく》から、熱塊がびくんびくんと大きく脈を打っているのが伝わってきた。

「裕梨、好きだよっ……！」

「ああっ、尚宏さんっ……！」

尚宏さんは、最奥を突くと腰を強く押し付けたまま、絶頂を迎えた。膣内《なか》に留まる彼自身が大きく震える。それを合図に、わたしも再び高みに導かれる。

息を切らせて尚宏さんを見上げると、彼の額やこめかみからは汗が幾筋も伝っていた。

わたしも今になってやっと、身体全体がじっとりと汗ばんでいるのを自覚する。

互いに呼吸を整えると、尚宏さんはわたしにキスをしてくれた。そして、普段の優しく穏やかな瞳と微笑みとで、わたしを愛おしげに見つめる。

「君と出会えて幸せだよ。ずっと一緒にいよう」

これ以上ない、喜ばしい言葉だった。一週間前のわたしなら、有頂天になっていたところだろう。

けれど今のわたしにとっては、寧《むし》ろ神経を尖《とが》らせる悲観的なフレーズに思えて仕方がなかった。先ほどまでの熱がさっと引き、腹の奥に冷たいものが広がっていくのを感じる。

その言葉は、誰に向けて言っているの？

その微笑みは、誰に向けているものなの？

彩奈さんの存在を意識するあまり、彼が放つ言葉さえも疑ってしまう自分が、とことん嫌になった。

だけど、どうにもできない。怖いのだ。わたしに笑いかけてくれるその穏やかな表情も、優しい言葉も、温もりも、すべてわたしではなく、彩奈さんに向けられているのだとしたら。

これから先、彩奈さんの代わりとしか見てもらえないのだとしたら。

こんなに苦しい恋愛には耐えられそうにない。好きなのに。気持ちが通じ合って、恋人同士となったはずだったのに。彼の視線はわたしをすり抜け、思い出の中の彩奈さんを見ている。

「……わたしも、尚宏さんと一緒にいたい」

泣きそうな気持ちをどうにか押し込めて、小さく呟く。

こんなに傍にいるのに、心の距離は遠く感じる。ただの上司と部下だったときよりも、ずっと遠くに追いやられてしまったとさえ思えた。

彼の名を呼ぶ自分の声が、耳に残った。まだぎこちない『尚宏さん』という響き。

「ありがとう」

嬉しそうに目を細める彼を眺めながら、ぼんやりと、彩奈さんはこの人を何と呼んでいたのだろうか、と考える。

知りたいようで、絶対に知りたくなかった。

9

「谷川さん。谷川さん！」

何度も呼びかける声にハッとした。反射的に顔を上げると、そこには伊東さんの困惑した表情があった。

「お昼になりましたけど、ご飯行きませんか？　それとも今日、忙しいですか？」

「あ……」

周囲を見回してみると、七割くらいのデスクは主《あるじ》の姿がなくなっている。みんな、各々昼食を取りに出掛けたのだろう。

わたしもそれに倣《なら》って席を立とうと思ったけれど、どうにも腰が重かった。朝から食欲がなく、とても何か食べられそうな気分ではない。

「ごめんね、今日はやめておく」

「そうですか、残念。あ、手が離せないようなら、何か買ってきます？」

「ううん、大丈夫。気を使ってくれてありがとう」

わたしの反応の鈍さを、仕事疲れだと思っているのだろう。伊東さんは奔放《ほんぽう》でいて、こういう風に気を回してくれるところがある。感謝しつつ、わたしは緩く首を横に振った。

「それじゃあ、行ってきますね。頑張ってください」

「本当、ありがとう」

伊東さんは軽く会釈《えしゃく》をすると、エントランスへと小走りで向かう。おそらく、エレベーターホールに栗橋さんを待たせているのだろう。わたしはデスクの上の置き時計を見た。

いつの間にか、休憩時間に差し掛かっていた。午前中に何をしていたかの記憶がなくて、内心で苦笑する。

慌ただしくて時間の感覚がなくなるのはいつものことだけど、仕事に集中できずにそうなってしまうことは珍しかった。何も手につかない状況っていうのは、こういうことを言うのだと身をもって理解した。自分で自分の感覚がわからなくなるのは初めてで、ほとほと困り果ててしまう。

わたしは、となりのデスクを見遣《みや》った。いつ見ても綺麗に整理整頓《せいとん》されているそのデスクの主は、関西に出張中で、今日の最終便で帰って来る予定だ。

一昨日から大阪で関西最大規模の菓子の展示会があり、尚宏さんは我が青葉製菓のブースの応援に行っている。

展示会では、メーカー側は主に来春に向けての商品を紹介したり、そのための売り場を提案したりする。そこにクリハマさんはじめ大手の卸売会社の営業さんたちが、自分の得意先の上層部やバイヤーをアテンドし、各ブースに連れてくる。

そのときに、上手く自社商品をアピールして受注量を増やそうというのが狙いだ。各メーカーは展示会の開催期間である三日間、そのアピールに躍起《やっき》になる。

卸のお客さんの多い尚宏さんは、接待役に召集されたというわけだ。

彼と一緒に暮らし始めてから約一ヶ月半、どちらかが自宅に帰らない日はこれが初めてだった。

今日を含めて三日間、会わない時間ができたわけだけど、正直なところ、寂《さび》しいというよりはホッとしていた。

自宅でふたりでいるときに、なんでもないふりをしなくて済むからだ。

思いがけず彩奈さんのことを知ってからというもの、日が経つごとに尚宏さんの顔を見るのが辛くなっていった。

会社では必要以上に親しくしないように気を付けているので、接触は少ない。だから、たとえとなり同士の席だとしてもなんとかやり過ごすことができていた。

けれど自宅に帰ってからはそうはいかない。

会社で距離を置いて接していた分、在宅時の尚宏さんはストレートな愛情表現をしてくれる。彼女としてはとても喜ばしいことであるのに、苦しくなってしまうのは、やはり彩奈さんのことが引っ掛かるからなのだろう。

尚宏さんと一緒にいる時間を減らしたくて、わざと帰りの時間を遅らせるのを習慣化していたこともあり、最近、平日はほぼ会話らしい会話は交わしていない。

一度そんな風に壁を作ってしまうと、彼を目の前にしたときにどんな風に振舞えばいいのか、益々わからなくなる。

だから休日も、用事を作って出掛けてしまうようにしていた。

彼は断りもなく単独で行動するわたしに対してほんの少しだけ寂《さび》しそうにしていたけれど、それがわたしの希望ならばと快く頷いてくれる。

『裕梨はいつも頑張ってるから、俺のことは気にしないで、好きに過ごしてくれていいんだよ』

なんて、優しく微笑まれたりすると、罪悪感でいたたまれなくなった。

決して彼を嫌いになったとかではない。逆に、好きだからこそ、自分が彩奈さんの代わりであることを認めたくなかった。

恋愛慣れしていないわたしは、壊れそうな自分の心を守るために、大好きな尚宏さんと物理的な距離を空けることしか思いつけなかったのだ。

でも、そんな生活にも疲れてしまった。

尚宏さんへの想いは、誓って変わっていないけれど、自分自身の存在を否定されるかもしれない恐怖に、耐えられそうもない。なかなか考えが纏《まと》まらない頭で、どうするのがベストかを必死に導き出そうと試みた。

わたしが出した結論は——彼との別れだった。

好きなのに別れなきゃいけないいなんておかしい。わたしは尚宏さんを好きで、尚宏さんもわたしを好きでいてくれている。相思相愛というやつだ。なおのこと、別れる必要なんてないように思われた。

でもそれは、お互いにきちんと見つめ合っているのなら、の話だ。

いくらわたしが尚宏さんを見ていても、当の彼がわたし越しに見える別の女性を目で追っているのなら、関係は成立しない。

付き合いたてで一番気持ちが高揚《こうよう》しているときであれば、どうにか乗り切れるかもしれない。けれど、今後、ふたりの関係が少しずつ落ち着いてくるにつれて、歪《ひず》みは必ず生じてくるだろう。

いくら顔が似ていても、わたしは彩奈さんにはなれない。わたしと彼女は別の人間なのだから。

きっと尚宏さんだって、そんなことはとうに理解しているはず。

でも頭と心は別なのだ。彼がどれだけ彩奈さんを想っていたかは、彼と一緒に仕事をしていたころに、時折見せていた悲しげな表情を思い出せばすぐにわかった。

わたしの存在は、亡き彩奈さんを連想させる。

ふたりの将来を思い描《えが》くほどに大切にしていた彼女への気持ちを、同じ容貌《ようぼう》をしているわたしに重ねてみようと思ってしまうのは、仕方がないことなのかもしれない。

それをわたし自身が割り切ることができれば、すべて丸く収まったのだろうけど……できなかった。

誰かの代わりなんて嫌だ。

尚宏さんには、誰と比較するでもなく、ただひとりの女性として愛してほしかった。

谷川裕梨という、『わたし』を好きになってもらわなければ、意味がないのだ。

行動を起こすなら、尚宏さんの出張中しかないと思った。

毎日、会話はほとんどないにしても、帰宅時に優しい笑顔で労ってくれる彼を見てしまうと、心が揺らぎそうになるからだ。

こんなに優しくて思いやりのある彼に、一方的な別れを突き付けてしまう自分が極悪人のように思える。しかし、長期的な目で見たときに、これが一番お互いにとっていい決断であるに違いないという答えが、折れそうな心を奮い立たせてくれる。

今朝の出勤前に、駅のコインロッカーにキャリーケースを一つ預けておいた。その中には、着替えや化粧品等、生活必需品の類《たぐい》が入っている。これがあれば、当面は凌《しの》げるはずだ。

同棲《どうせい》を開始したときに、自分の住居を引き払わなくてよかった。

尚宏さんと別れると告げても、行く当てがなければ路頭に迷ってしまっていたところだったが、わたしには帰る場所がある。おかげで、すぐにでも以前と同じ生活に戻ることができる。今日からだって。

わたしはスマホを操作して、メッセージアプリを起動した。

このアプリは、メッセージを交わした時間が新しい順に相手の名前が表示される仕組みになっているのだけど、この数ヶ月、最上位に来るのはいつだって尚宏さんだ。それだけ、彼と頻繁《ひんぱん》にメッセージのやり取りをしているということになる。

彼からきた最後のメッセージは、今朝早くに会場入りしたときのものだ。『展示会最終日だから頑張って来るよ。日付が変わるころに帰るね』と。わたしは、メッセージを読んだものの返事はしなかった。

彼が出張を終えてマンションに戻るころ、わたしはそこにいないだろう。その代わり、ありったけの勇気を振り絞《しぼ》って、別れを伝えるつもりだ。尚宏さんとの心の距離を埋めてきた、このメッセージアプリを使って。

『つもり』なのは、まだほんの少しだけ迷っているからだ。

一か八か、自分の中でモヤモヤしていることを、真正面から尚宏さんにぶつけてしまって、それから判断しても遅くないのではないかと。

でもやっぱり、直接確かめるのは躊躇《ためら》われた。彩奈さんのことを訊《たず》ねられて、狼狽《ろうばい》する彼の姿を見たくはなかった。

意気地なしと言われそうだが、彩奈さんの代わりであると認められてしまうことは、嫌われるよりも心に深い傷を負うように思えた。ならば、これ以上愛情が深くならないうちに離れたほうがいい。

……悲しいけれど、きっとそれが最良の道なのだ。

自分にそう言い聞かせていると、入り口のほうから何人かの話し声が聞こえてくる。わたしがくよくよと考えている間に、昼食を終えた面々が、少しずつ戻ってきているのだろう。

同棲《どうせい》開始から一ヶ月半、付き合い始めてからはまだ三ヶ月しか経っていない。まるでジェットコースターのような恋愛だったと、感傷に浸って振り返る。

別れが頭を過《よぎ》り始めてからも、尚宏さんへの想いは募り続けていた。いくらこちらから距離を置こうと構えていても、「お疲れ様」と優しく声を掛けてくれるとき。「おやすみ」と頭を撫でてくれるとき。「おはよう」と額にそっとキスをくれるとき。

尚宏さんにとってはごく自然な、ふとした瞬間に、あぁ素敵だな、と思う。もっとこの人と一緒にいられたらどんなにいいだろう、と。

メッセージの入力欄をタップした。そして、画面の最前に現れたキーボードを操作して、一心不乱に言葉を打ち込んでいく。

『急に出て行ったりして、驚かせてごめんなさい。でも、こうでもしないと決心がつきませんでした。わたしたちは、お互いのためにも別の道を歩んだほうがいいと思う。勝手に決めたこと、どうか許してください』

思考を文章に起こしただけで、手が震えた。

これを送ってしまったら、わたしたちの関係は終わりに向かって転がり始める。このメッセージは、ドミノの最初のピースになるわけだ。

わたしは胸の奥がチクチクと痛むのを感じながら、彼とのメッセージを閉じた。

きっと深夜になったら、未練《みれん》がましいわたしは再びこれでいいのかと迷い始める。そうなったときのため、送信ボタンを押すだけでいいように予《あらかじ》め文章を作り終えておいたのだ。

否が応でも時は過ぎていく。

午前中と同様に再び忙しさを取り戻し始めたオフィスの風景を眺めながら、尚宏さんの彼女でいられる今日が過ぎていくのを、第三者のように傍観していた。

◆◇◆

アパートの狭い1Kの部屋は、一ヶ月半ぶりに帰ってきた主《あるじ》を快く迎え入れてくれた。家具や備品はほぼほぼ置いたままにしていたので、生活にも支障はなさそうだったけれど、テレビを見ていても、スマホを弄《いじ》っていても、尚宏さんのことが何度も頭を過《よぎ》ってしまい、結局その晩はほとんど眠ることができなかった。

眠い。寝ようと思えば寝られる夜中の間には、眠気はまったく訪れなかったというのに、会社に着いた途端に睡魔が襲ってくるとは、困ったものだ。

あくびをひとつしながらオフィスの自分の席に向かう——その途中。

「谷川さん、おはよう」

デスクへの動線を遮《さえぎ》るように、尚宏さんが目の前に立ちはだかる。

「お……おはよう、ございます」

「出勤したところで悪いんだけど、ちょっといいかな」

いつも出社時間はわたしのほうが早かったから、油断していた。なんとか挨拶を返すと、彼は冷静でありながらも強制力のある言い回しで訊《たず》ねる。

……怒っている、のだろうか。表情からは、感情が読み取れない。

「あの、すみません、今朝は他社さんとのお約束があって」

彼が訊きたがっていることは想像がつく。だからこそ、ふたりきりの空間を作ってはいけないと思った。わたしは、目を逸らしつつやんわりと断った。

「五分でも無理かな。そんなに時間は取らせないから」

こういうとき、普段の尚宏さんならまず無理強いはしないのだけど、事情が事情なためか退いてはくれなかった。

「でも……」

わたしは咄嗟《とっさ》に周囲を見回した。既にデスクに着いている同じ営業部の男性社員や、経理部の女性社員たちが、こちらに注目しているのがわかる。

彼らはわたしと尚宏さんとの間に流れるピリッとした空気を敏感に感じ、揉《も》めていると勘違いしているのかもしれない。いや、勘違いではなく、実際に揉《も》めているのだけど、それを彼らに悟られるのはまずい。尚宏さんもわたしがこの場で断り切れないことを踏んで、そう持ち掛けてきたのだろう。

「……承知しました」

「じゃあ、行こう」

わたしはしぶしぶ承諾すると、早足で入り口に向かう尚宏さんのあとを追った。彼は、七階にある会議室へと向かうつもりらしい。

エレベーターを待ち、尚宏さん、わたしの順で乗り込む。六階から七階へ移動する十秒にも満たない空白が、何倍にも感じられる。その間、わたしも彼も一言も発さなかった。

彼の背中を見つめるだけの気まずい時間をやり過ごし、会議室に到着する。朝一番ゆえに塞《ふさ》がっている可能性は限りなく低いけれど、念のために尚宏さんがノックをする。

「入って」

そこに誰もいないことを確認すると、彼はわたしを部屋の中に入れてから、後ろ手に扉を閉めた。

「送ったメッセージ、見てくれた？」

ふたりだけの空間が成立した瞬間に、それまで平静を貫いていた尚宏さんの表情が強張った。

　椅子に掛けることすらもどかしいとばかりにそう訊《たず》ねると、咎《とが》めるみたいな厳しい目つきでわたしを見つめる。

「…………」

「電話も何回もしたけど、出てもらえなかったから」

　鋭い矢のように向けられる視線に耐えられず、俯《うつむ》いて黙り込むわたしに、尚宏さんが追撃する。

　夜中に何度か着信があったのは、眠れずに起きていたからもちろん知っている。

　応答せずに画面を眺めていることしかできなかったのは申し訳なかったけれど、電話に出たとして、どんな反応をしたらいいのかわからなかったのだ。

　その後送られてきたメッセージにも目を通していた。わたしが送った別れの言葉の意味や理由を問うものや、部屋を出て行ったわたしの行方《ゆくえ》を心配するもの。わたしは、そのすべてを受け流していた。

「出張から戻っていきなり別れたいなんて連絡来たから、ビックリしたよ。どういうことか、説明してくれるよね？」

　口調こそ必死に平静を保とうとしているものの、尚宏さんの表情は明らかに怒りに満ちていた。当たり前だろう、何も聞かされずパートナーに別れを告げられ、部屋を出て行かれたりして、平気でいられるほうがどうかしている。

「……ごめんなさい」

やっと喉の奥から絞《しぼ》り出したのは、謝罪の言葉だった。

大好きな尚宏さんを困らせたいわけじゃない。でも、こうやって無理にでも距離を置かないと、わたしが離れられなくなってしまう。

「俺は、謝ってほしいわけじゃない！」

彼にしては珍しい、ぴしゃりと叩きつけるような言い方に思わず身をすくめる。彼の顔が見られず、下を向く。

ふと目に入った彼の拳は、小刻みに震えながら強く握《にぎ》られていた。

「納得がいかない。俺と裕梨は、上手くやっていけると思ってた。そう感じてたのは、俺だけだったってこと？」

オフィスで聞く自分の名前の響きは、不思議な感じがした。会社では一貫してビジネスライクな呼び方をする彼だけど、今はその配慮すらままならないほどの差し迫った状況であることを実感する。

「………………」

わたしだってそう思ってた。心の中で反論する。

尚宏さんとの生活は楽しくて、満ち足りていて。今までこの幸福を知らなかったことが逆に不幸だと感じられるくらい、毎日が鮮やかな彩《いろど》りに溢れていた。

でも、わたしは彩奈さんの存在を知ってしまったのだ。

尚宏さんが彼女を作らなかったのは、彩奈さんを忘れられないからなんでしょう？

わたしに興味を持ってくれたのは、わたしと彼女が鏡に映したようにそっくりだからなんでしょう？

こんなのってない。彩奈さんは尚宏さんの愛情をすべて抱えたまま、亡くなってしまった。そんな人に、どうやったって敵《かな》うわけないのに。

せめて、彩奈さんよりも先に尚宏さんと出会えていたら、と思う。

もし、彩奈さんと出会うよりも前にわたしに出会っていたとしたら、尚宏さんはわたしを好きになってくれる？

……彩奈さんよりも愛してくれる？

「どうして、泣いてるの？」

尚宏さんに指摘されて気が付いた。様々な感情が濁流《だくりゅう》のように押し寄せてきて、わたしの瞳からはぽろぽろと涙が零《こぼ》れ落ちていた。

「……ごめんなさい」

わたしはもう一度同じ言葉を繰り返した。今、別の言葉を口にしたなら、頭の中のすべてをぶちまけてしまいそうで怖かった。

尚宏さんはそんなわたしの態度に、ただただ困惑している様子だった。泣いているわたしを慰めようと、彼がわたしの頬へと片手を伸ばしたところで、扉をノックする音が聞こえた。尚宏さんがハッとして振り返り、扉を薄く開けて応答する。

「あっ、松田さん。すみません、使ってましたか？　一応ここ、総務部で申請出してたんですけど……」

「いえ、すぐに出ます。こちらこそ、急にすみません」

助かった、と思った。この場から離れる理由ができてホッとする。

わたしは素早く目元を拭うと、わき目もふらず会議室を飛び出した。エレベーターではなく、脇にある非常階段を使って六階へと駆け下りていく。

……ダメだ。尚宏さんと冷静に話せる自信がない。

わたしは彼から逃げるように荷物を纏《まと》めると、営業先へと向かったのだった。

10

「お疲れ様です、戻りました」

オフィスの入り口にある自動ドアを通過すると、室内の暖かさにホッと気が緩んだ。

十二月もすぐそこという時期に差し掛かっているのだから、そろそろトレンチコートも限界だ。クリーニングに出しているダウンコートを取りにいかなくては。

そんなことを考えながら自分のデスクに戻ると、「お疲れ様」と片手を上げた一柳部長が、わたしの傍へやってくる。

「どうだった、オリビア食品さんは」

「はい、クリスマスブーツをすごく褒《ほ》めてくださって。たくさん注文を頂きました」

オリビア食品さんはわたしが今担当している卸の会社さんだ。流通経路は西東京エリアにある一部のスーパーのみだけれど、わたしのような新人の営業担当にも誠意を持って対応してくれるとてもいい顧客だ。

あちら側の担当である丸岡《まるおか》営業課長がずっと多忙でいらっしゃったため、今日になってやっとレイハンスとコラボしたクリスマスブーツの商談をすることができた。

この時期になれば当然サンプルも完成していて、実際の商品とほぼ相違ないものが紹介できる。反応は上々だった。

「それはよかった。松田くんと力を合わせて勝ち取った甲斐《かい》があるってものだよな――なあ、松田くん？」

一柳部長は機嫌よさそうに笑いながら、わたしのとなりのデスクで資料に目を通していた尚宏さんに振った。

「そうですね。よかったです」

彼は少しだけ顔を上げ、小さく笑うものの短くそう言うだけに留まった。

オリビア食品さんは、尚宏さんから担当を受け継いだ会社さんだ。先方と良好な関係を築けているのは、尚宏さんにしっかりと引継ぎをしてもらったからなのだけど、わたしのほうもそれに対して特に何も言葉は返さない。

「来月の売り上げ報告が楽しみだよ。この調子でよろしく」

「頑張ります」

わたしと尚宏さんとの間に流れたぎくしゃくした空気には一切気が付かないままに、一柳部長は自分のデスクへと戻っていった。

それも当然だろう。わたしと尚宏さんが恋人関係にあったことはおろか、ごく最近それが解消されたことを、彼は知らないのだから。

尚宏さんが出張から戻って三日目。久しぶりに自分のアパートに帰った日は少し違和感を覚えたものの、前の会社に入社以来ずっと住んでいた部屋ということもあり、翌日からはまるでずっとそこで生活していたかのように、暮らしに馴染《なじ》んでいる。

尚宏さんからは、あの会議室での一件以降もメッセージや着信がひっきりなしにあったけれど、わたしから返信するつもりがないことが伝わったのか、それも止んだ。

こうするに至った理由を自分の口から説明しなければいけない。でも、言葉を交わすと必要以上に感情的になってしまいそうで、やはり無視したみたいな形で終わっている。

とはいえ同じ部署に所属する以上、会社では毎日顔を合わせるわけで、この間のように何かのタイミングで呼び出されたり、周囲に誰もいないところを見計らって問いただされたりする可能性も考えたけれど、今のところそういうことはない。

仕事で相談しなければいけないこともないし、わたし自身が極力オフィスにいる時間を減らし、外回りを増やしていることもあって、向こうにその意思があったとしても捕まりにくい状況を意図的に作っているとも言える。

わたしは椅子に腰を下ろす際、尚宏さんを一瞥《いちべつ》した。彼はわたしの存在を気にすることもなく、淡々と手元の資料に視線を注いでいるだけだ。

周囲に悟られないためとはいえ、あまりにも平素と変わらない素振りが意外だった。わたしの勝手なやり方に対して、怒りを通り越して呆れているのだろうか。

いや。それ以前に、わたしと別れたことは彼自身にさほど影響を与えていないのかもしれない。

きっと彼も自覚してしまったのだろう。わたしから別れを告げられても、あまりショックを感じていないのだとしたら、それはわたしと付き合うに至った一番の要因が、彩奈さんに似ていることであると認識せざるを得ない。

結局、追いかけていたのはわたしだけだったのだと思うと、やるせなさに苦しくなる。

もちろん、自分から終止符を打ったのだから、その後尚宏さんがどんな行動を取ったとしても、非難する権利なんてないのは、十分理解している。

でも、相手が手を伸ばせばいつでも触れられる距離にいるというのは残酷だ。心のどこかで、いつも尚宏さんの存在を意識してしまう。彼は気に留めていないのだとしても、わたしは常に彼を目で追ってしまっている。

わたしは思考を仕事モードに切り替えるため、ノートパソコンのカバーを開けて電源を入れた。

もう忘れよう。これでよかったんだ。あのまま付き合い続けていても、彩奈さんのことは、決して消えない傷跡のようにいつまでも居座り続けただろう。

そもそも彼ほど素敵な人と、わたしなんかが結ばれるはずがなかったのだ。

すぐには無理でも、そのうち時が解決してくれる。いつか読んだ恋愛小説に、失恋の特効薬は時間だと書かれていたっけ。その薬が効きだすまで、じっとしているしかない。わたしには、そうするより他ないのだ。

この部屋へ逃げ帰ってきてからは、わざと帰宅時間を遅らせる必要もなくなった。今日は早めに会社を出られたので、午後七時すぎにはアパートにいた。

六畳の部屋に入ってすぐ明かりを点けると、トートバッグをベッドの上に置き、トレンチコートを脱いでクローゼットの中のハンガーに掛ける。尚宏さんの部屋にあるものと比べると、三分の一程度しかない小さなそれの中に押し込めるように収納して、扉を閉める。

わたしは盛大にため息を吐いた。

昼間、オフィスや客先にいるときは、気を張っているせいかなんとか持ちこたえているものの、夜、こうしてひとりになると、気持ちが重たくなってくる。スポンジが泥水を吸い上げるように、暗澹《あんたん》とした憂鬱《ゆううつ》が心を占拠し始めるのだ。

一昨日も昨日も、仕事の疲れもあって、ろくに食事も取らずに抜け殻《がら》になってしまったけれど、これが習慣になるのはよろしくない。

昨日、スーパーで買ってきた食材がそのまま残っているから、食欲がないにしても何か作ってみようか。そうすれば、食べてみようという気になるかもしれない。

ほんのちょっとだけ前向きな気持ちになったとき、インターホンが鳴った。

わたしは不思議に思って、一瞬動けなくなる。夜のこの時間に、いったい誰だろう？

この部屋を訪ねてくるのは、もっぱら宅配業者か郵便配達員だ。でも、わたしの荷物や郵便物は変更の手続きが完全に済んでおらず、今日の段階では尚宏さんの家に届いているはずだ。

不審に思いながら、短い廊下を通って玄関に赴《おもむ》き、ドアスコープを覗いた。

「っ！」

驚きの声を上げてしまいそうになるのを堪《こら》える。

扉の向こうに見えたのは、尚宏さんの姿だった。スーツ姿なのは、オフィスから真っ直ぐここへやってきたからなのだろう。口元を真一文字《まいちもんじ》に結んで、感情の読めない表情をしている。

なんで？　どうして？

混乱する頭に、疑問符があとからあとから湧いてくる。

突然のことで身体が動かないでいると、扉越しの彼がもう一度インターホンを押した。部屋の中に、無機質な電子音が再度響き渡る。

どうするべきなのだろう。波風を立てないためには、このまま居留守を使うほうがいいのかもしれない。いや、それしかないに決まってる。

「頼むから開けてほしい。裕梨と、ちゃんと話したいんだ」

扉の向こうから、尚宏さんの切なげな声が聞こえる。

はっきりと答えを出しているにもかかわらず、わたしはどういうわけか、冷静な判断に従うことができなかった。そうするのがごく自然であるかのように、右手は施錠《せじょう》を解いて、扉を開けてしまう。

「……裕梨」

わたしの名前を呼ぶ彼の顔は、わたしの在宅を確認すると少し安堵《あんど》したように見えた。

「………」

出迎えたものの、何を言っていいのかわからなかった。第一、接触を拒《こば》み続けていたくせになんで扉を開けてしまったのかが、自分でもよくわからない。あのままやり過ごしてしまえば済んだことなのに。

「家に居てよかった。今、少し話せないかな」

出会い頭に怒りや不満をぶつけられても仕方がない状況であるのに、やっぱり尚宏さんは優しかった。いろいろ言いたいことはあるだろうに、あくまでいつも通りの穏やかな口調でそう訊《たず》ねる。

「……うん」

わたしは頷いて、彼を部屋の中に招いた。

ローテーブルの前に座ると、尚宏さんは角を挟んで同じように腰を下ろした。ソファがない部屋なので、彼はラグの上に両脚を組んで座る形になる。

「ごめん、勝手に押しかけたりして。でも多分、ここにいるかなって思ったから」

座ってすぐに、尚宏さんはわたしの目を見て言った。

同棲《どうせい》を始めるとき、荷物の一部を運ぶのを手伝ってもらった関係で、彼はこの場所を訪れている。だから、こうして訪ねてきたとしても驚く話ではないのだ。謝るのはこちらのほうだと思ったけれど、言葉にはできなかった。

「――どうしても直接確かめたくて。……もう一度訊くよ。急に別れたいって、どういうこと？」

決して責めるような言い方ではなく、わたしの気持ちを訊きたいというようなニュアンスだった。

わたしはなお黙っていた。どんな風に答えたらいいのだろうか。考えが纏《まと》まらない。ぐっと握《にぎ》る手のひらに、じっとりと汗が滲《にじ》んでいく。

「ただ、理由を教えてほしいんだ」

尚宏さんの声のトーンに、困惑の音色が混じる。別れの理由がわからないから、わたしの口から教えてほしいということなのだろう。

本当に心当たりがないのだろうか。

彩奈さんとわたしは、こんなにもそっくりなのに？

「黙ってちゃわからないよ。俺のこと、もう好きじゃなくなったならそうハッキリ言ってほしいし、不満があるなら教えてほしい」

「そういう理由じゃないよ」

あまりにも見当違いな言葉を聞いて、反射的に言い返してしまった。理不尽に湧いた苛立《いらだ》ちのせいで、棘《とげ》を感じさせてしまったかもしれない。

好きだからこんなに苦しんでいるのに。嫌いになれないから、だからこそ別れを選択したというのに。

「なら本当の理由は何？」

わたしのリアクションを受けて、尚宏さんの口調も厳しくなる。少し早口に、彼が続ける。

「ずっと心配してたよ。もし裕梨に何かあったらって、君が出て行った日の夜は気が気じゃなかった。いったい何があったっていうんだ？　それは、俺には教えられないことなの？」

時折揺れる声が憤《いきどお》りに満ちているのがわかる。彼が怒っている姿を見るのは、先日の会議室の件に続き二度目だ。

わたしはそのとき、怒りのスイッチを押した要因に、ようやく気が付いた。わたしと突然連絡が取れなくなったことで、彩奈さんが事故に遭ったときのことがフラッシュバックしたのだろう。

今さらながら、辛い経験をしていた彼に酷な行動を取っていたと知って申し訳ない気持ちになりつつも、やはり彩奈さんと重ねて見られていたのだと確信し、頭の中が真っ白になる。

「……何かあったらって、誰のことを思い出してるの？」

彼を責めてはいけないと思いつつ、今まで我慢に我慢を重ねてきた言葉を吐き出してしまったら、もう抑えることはできなかった。

「どういう意味？」

「心配になるのは、わたしが亡くなった彼女とそっくりだからなんでしょう。あまりにも似過ぎてるから、彩奈さんみたいにいなくなっちゃうと思った？」

わたしの追及に、尚宏さんの表情から怒りが消えた。そして、ひどく驚いたように目を瞠《みは》ると、絶句してしまう。

ついに言ってしまったという激しい後悔と、隠し続けてきたことをやっと言えたという背徳感からの解放がぐるぐると渦《うず》を巻くような、複雑な心境だった。

「……知ってたんだ」

少しの沈黙のあと、尚宏さんは否定することなく小さく呟いた。わたしは頷き、ぎゅっとスカートの裾を握《にぎ》る。

「ごめんなさい。部屋に置いてあった、狭山和佳奈さんからの手紙……勝手に読んじゃった」

こうなってしまったら、すべてを正直に話すしかない。そう思い、頭を下げて続けた。

「手紙に添えられてた写真、あれが彩奈さんなんでしょう。なんで自分が写ってるんだろうって、一瞬わけがわからなくなったけど……でもきっとそれって、尚宏さんが会社で初めてわたしの顔を見たときと同じ気持ちなんだよね」

尚宏さんは何も言わず黙っていたけれど、そのときのことを思い出すみたいに、わたしではなく少し遠くを見つめていた。

彼女のいない世界をやっと受け入れることができた彼にとって、わたしとの出会いは青天《せいてん》の霹靂《へきれき》だったに違いない。

距離を置こうにも直属の部下にされてしまい、戸惑ったはずだ。

結婚を考えるくらい真剣に愛した彼女とそっくりな女性が目の前に現れたら、誰だって興味を抱いてしまうだろう。相手のほうから自分に近づいてきたのなら、当時思い描《えが》いていた幸せが蘇《よみがえ》るかもしれないと期待するのも当然だ。

でも——

「わたしは彩奈さんじゃない。わたしじゃ、尚宏さんが求めているものを与えてあげられない。だから、今でも好きだし、一緒にいたいけど……もう無理だって思ったの」

小さくかぶりを振りながら、涙が浮かんでくるのを感じた。

いずれ、尚宏さんだってわたしと彩奈さんは違うのだとはっきり認識し、落胆《らくたん》する日が来るだろう。そのときに別れを告げられるくらいならば、今ここで別の道を選ぶべきだ。

頭ではそう理解しているし、実際決断をしたのに、彼を見つめる瞳はそこから溢れるものでぼやけてしまって、その姿をしっかりと捉えることができない。

「傷つけてごめん」

尚宏さんが呟く。そして、ため息を吐いてから、さらに続けた。

「裕梨が悩んでること、全然気付かなくて……本当に、ごめん」

わたしはもう一度かぶりを振った。謝られると、余計に悲しくなってしまう。

これでもう、本当に終わりだ。

わたしと尚宏さんの関係は、ただの上司と部下に戻る。

双眸《そうぼう》に溜めていた熱いものが、目尻を伝って頬を濡らしていく。胸が張り裂けそうに苦しいし、また思い出しては泣いてしまうかもしれないけれど、それこそ時間が解決してくれるだろう。

そのとき、ゆらりと彼の影が動いた。そして、わたしの肩を抱き寄せる。

「……？」

よくわからないまま、わたしは彼の胸に抱き留められていた。涙で濡れた頬の片側に、尚宏さんの少し乾いた唇が触れる。

「なお、ひろ、さん？」

「今度は、俺の話を聞いてくれる？」

困惑するわたしの両肩を支えながら、尚宏さんは穏やかに訊《たず》ねた。

わたしは言われるままに頷くと、彼は微かに笑ってから口を開いた。

「裕梨が言う通り、俺には事故で亡くなった恋人がいて、その人に見間違うほどに裕梨、君は似ていた。初めて会ったときは、正直自分の頭がどうにかなってしまったんじゃないかと心配になるくらいだったよ。しばらく、君を見るのも辛かった」

彼はそこまで話すと、片方の手でわたしの頭を撫でた。てっぺんから毛先へと滑り落ちるような所作で、優しく。

「でも、仕事で一緒に組むようになって、会話する機会も増えて……裕梨と彩奈は全然違う女性だなって思った。そんなの当たり前なんだけど、性格も、考え方も、まったく違う魅力を持ち合わせてるんだって。だから俺は、君を好きになったんだ。決して、彩奈に似ているからじゃない」

言葉の後半は、ハッキリとした意思を感じさせる語調だった。恐る恐る彼の表情を見上げてみると、彼は日だまりのような温かい眼差しでわたしを見ている。

「裕梨だから好きになったんだよ。一緒に仕事をする時間の中で、裕梨がどんなに可愛らしくて素敵な女性か、理解してきたつもりだ。誰かの代わりとか、そんな頼りない理由なんかじゃないんだ。だから、そんな風に自分を卑下《ひげ》しないでほしい」

彼の言葉のひとつひとつが、わたしの一番深いところに落ちて、じんわりとしみ込んでいく。穏やかでホッとする響きに、頑《かたく》なだった心が解きほぐされる。

「彩奈のことを黙ってたのは後ろめたいとかじゃなくて、変な誤解をされたくなかったからなんだ。事実を伝えれば、裕梨に要《い》らない心配をさせてしまうと思って。……でも、こうして裕梨を悩ませてしまっていたんなら、きちんと伝えるべきだったたって、反省してるよ」

「……本当？」

わたしは掠《かす》れた声で訊《たず》ねた。

「信じられない？」

尚宏さんがからかうようにして言う。わたしは、慌てて首を横に振った。

無論、疑っているわけではなくて——嬉しすぎて、夢みたいで。

彼の言葉が現実であることを噛み締めたかったのだ。お互いの想いが通じ合った、あの旅行のときのように。

尚宏さんは小さく笑みを零《こぼ》したあと、泣き出しそうに表情を歪《ゆが》める。そして、それを隠すようにきつくわたしを抱きしめた。彼の首元に、顔を埋《うず》める形になる。

「いいよ、それでも。信じてくれるまで、何度でも言うよ。裕梨のことが好きだ——愛してる」

その言葉に胸が疼《うず》いて、温かい気持ちでいっぱいになる。わたしは微かに震える彼の背中に腕を回した。

　彼は、片手でわたしの後頭部を支えて抱き留めつつ、耳元で優しく囁《ささや》く。

「……同棲《どうせい》してからずっと考えてた。このまま、裕梨と一緒に少しずつ年を重ねていけたら幸せだなって」

　尚宏さんはそこまで言うと、互いの額と額を触れ合わせた。彼の長いまつげの一本一本がくっきり見えるほどの近い距離で、わたしの瞳を見つめる。

「俺と結婚してほしい」

　予想もしていなかったプロポーズだった。シンプルだけど力強い告白に目頭が熱くなり、視界が不明瞭になる。

　今この瞬間、世界中で誰よりも幸せであるという自信があった。

　仰天《ぎょうてん》のどんでん返しだ。このまま、彼とはどんどん距離が開いていくばかりだと思っていたのに。

　まさか、これから生涯をともに過ごす相手として、わたしを選んでくれるだなんて。

「もちろん、転職したばかりで仕事が楽しい時期だろうから、裕梨の心の準備ができたタイミングで構わないよ。だから、前向きに考えてほしい」

　感激のあまり口が利けないわたしに、尚宏さんはなおもわたしの環境や立場を気遣った、ありがたい言葉を掛けてくれる。

「どうかな。返事、聞かせてくれる？」

そう言って、尚宏さんは瞳を揺らしながら、わたしの顔を覗き込んだ。

想いばかりが込み上げてきて、胸が苦しい。言葉を忘れてしまった人のように声が出ない代わりに、目の縁《ふち》に収まりきらない涙がぽろぽろと零《こぼ》れた。尚宏さんは親指でその滴《しずく》を優しく拭ってくれる。

「……わたし、も」

返事をしなきゃと焦るせいか、呼吸が難しく感じた。自分のことでこんなに泣くのは久しぶり、ううん、初めてかもしれない。

「わたしも――尚宏さんと結婚したい」

尚宏さんが好き。大好き。だからずっと、一緒にいたい。

……尚宏さんの奥さんになりたい。

自分の気持ちをはっきりと音にすると、尚宏さんはいつもの穏やかな微笑みを浮かべて「ありがとう」と呟く。

そして、わたしの顎《あご》を引き寄せ、そっとキスをしたのだった。

◆◇◆

「尚宏さん、これ、やだっ……」

頬を熱くしながら懇願《こんがん》するわたしに、彼は少しサディスティックな表情で小さく首を横に振った。

「ダメだよ。俺の望むようにしていいって言ったのは裕梨でしょ？」

「っ……」

そりゃあ――言ったのは確かだけれど、でもそれは、言われたことならなんでも受け入れるって意味じゃないのに！

心の中で反論してみせるけれど、実際に言葉にすることはできなかった。わたしは、彼に指示されるままに、何も身に着けていない頼りない姿で、ベッドの上に膝立ちになる。

そして、わたしと同じように生まれたままの姿で仰向けに寝転んでいる尚宏さんの顔を跨《また》ぐようにして、立てた両膝を肩幅の位置で軽く開いて見せた。

ようは、わたしの恥ずかしい部分が、彼の目の前に晒《さら》されている形になるわけだ。もう、死にそうなくらいに恥ずかしい。

「ここで裕梨が欲しい」と言われて、拒《こば》めるはずがなかった。

尚宏さんの手によって見る見るうちに衣服を剥《は》がされると、彼から「今日は徹底的に裕梨を愛したい」と宣言された。

そんな風に熱っぽく求めてくれることが嬉しくて、あまり深く考えずに、

「尚宏さんの望むようにして」

なんて告げてしまったけど——彼の要望は、わたしの想像の斜め上を行っていた。

「膝、震えてる」

「だ、だってっ」

恥ずかしいんだから震えたって仕方ない。短く反論すると、下腹部の敏感な部分を、温かな感触が包み込む。

「っ……！」

その場所に口を付けられたのだと理解すると、顔どころか身体中が熱くなるくらいの羞恥《しゅうち》に襲われる。

ただでさえ、シャワー前の決して清められているとはいえない身体なのに。その場所を、尚宏さんの唇や舌が這《は》っているなんて、恥ずかしいし申し訳ない気持ちでいっぱいだ。

好きな人が一途に求めてくれるのは嬉しいけれど、やっぱり、女性の立場としては準備万端な状態で受け入れたいわけで。いっそ、羞恥心《しゅうちしん》を感じなくなるくらいに、鈍感になってみたいものだ。

「そんなに吸わないでっ……」

尚宏さんが舌を使い、入り口の粘膜に巧みに吸い付いてくる。粘着質な音が下半身から聞こえてくるたびに、お腹の奥が疼《うず》いてたまらない。

「裕梨の気持ちいい場所でしょ？」

言いながら、彼は愛撫を緩めない。入り口に舌先を差し込んだり、その上の突起を舐めたり、軽く歯を立てたりしながら、快感を煽《あお》って来る。

「気持ちいい、けどっ……恥ずかしくて死にそうっ……」

「俺だって恥ずかしいのは一緒だよ」

尚宏さんがそう言うように、この体勢ではわたしの目の前には、彼自身が晒《さら》されていることになる。わたしの身体に触れているためか、ほんの少しだけ頭をもたげて興奮の色を示しているそれを、こんなに間近で見たことはなくて、その気はなくても目で辿ってしまう。

「裕梨も俺にしてくれたら、少しは恥ずかしさが薄れるんじゃないかな」

してくれたら——っていうのは、確認するまでもなく、わたしの口で彼を気持ちよくするって意味だろう。

彼は今までの行為で、わたしに対してそういう要求を一切してこなかった。

わたしが気持ちよくなるのが、彼にとって一番嬉しいことなのだと言っていたけれど……与えてもらってばかりじゃいけないことくらいわかっている。

これから先、尚宏さんのパートナーであり続けるのなら、彼のすべてを愛せるようにならなければ。そういう意味では、これはいい機会なのかもしれない。

わたしは意を決して、彼自身に片手を添えた。ぴくん、と手の中で彼が小さく跳ねる。まるで、ここだけ意思を持っている生き物みたいだ、と思った。

怖々と唇を近づけて、軽くキスしてみる。すると、その場所がもう一度跳ねるように反応したのと同時に、尚宏さんが小さく呻《うめ》いた。

「だ、大丈夫?」

「いや、ごめん、気持ちよくて……」

何か違ったことをしてしまったのかと焦って、上体を起こして訊《たず》ねてみたけれど、喜んでくれているみたいでホッとした。わたしは再び彼の下腹部に届くように上体を低くして、先ほどよりも硬度の増したそれに唇を付けた。それから、今度は舌先を出してそっと舐め上げてみる。

「っ……!」

今度は明らかに快感を示す吐息が、尚宏さんの口から零《こぼ》れた。ただ唇で触れただけのときよりも、強い反応を示してくれているのがわかる。それが嬉しくて、わたしは拙《つたな》いながらに舌先を伸ばし、彼の根元から先端までをゆっくりと往復する。

先端のふたつの曲線や、根元を走る太い血管をなぞっているうちに、そのシルエットが徐々に大きく変化していく。最初は少し可愛らしくも感じていたはずのそれは、ほんの少しの時間を経るだけで、硬く張りつめた逞《たくま》しいものへと変貌を遂げた。

「っ、気持ちいいよ、裕梨。俺も、負けてられないね」

「ぁっ……！」

尚宏さんは艶っぽい口調で言うと、愛撫を再開した。わたしの入り口に唇を這《は》わせて、吸ったり、舌先で入り口の秘裂を撫でたりする。

そんな風にされたら、身体に力が入らなくなっちゃうのにっ……！

襲い来る快感に支配されそうになり、わたしも彼への奉仕に没頭しようと決める。熱くそそり立つ彼のそれを、舌の表面で刺激したり、唇を使って先端の割れ目の部分に吸い付いたりする。

どうすれば彼が悦《よろこ》んでくれるか、明確な正解はわからないけれど、彼がわたしにしてくれる愛撫をそのまま返してみたら気持ちいいのではないかと思い、行動に移してみる。

わたしの勘は外《はず》れていなかったようで、彼の先端からは透明でぬめりのある液体が滲《にじ》み始めていた。先端の中心で小さく玉を成したあと、解けて鈴口を、幹を、伝っていく。

「すごくいいよ。……大丈夫、無理してない？」

「ううん。悦《よろこ》んでもらえて嬉しい」

慣れた所作でないのは、尚宏さんだってわかるはずだ。それでも顕著《けんちょ》に反応を見せてくれるのは、技巧ではなくわたしの愛撫自体を快く感じてくれているという意味だと受け取っていいだろうか。

もしそうであれば嬉しいし、もっと悦《よろこ》ばせてあげたくなる。わたしは彼の先端を、そこを伝う快感の証ごと舐め掬《すく》い、時折唇に含んで刺激してみる。

ちょっとだけとろみがあって、塩辛い。これが尚宏さんの味なのだと思うと、下肢《かし》を襲う愉悦《ゆえつ》がさらに増していくような興奮を覚えた。

「んっ……くっ……！」

苦しそうに息を詰まらせる尚宏さん。口の中のものが、なおも緊張して硬質になる。表層はやわらかいのに、まるで針金を通したみたいに硬い感触は独特で、それが大切な人の一部であるなら、たまらなく愛おしく思えてくる。

そんな気持ちで愛撫を続けていくと、彼もわたしの調子に煽《あお》られたらしい。秘裂に指先を差し込みながら、開いた内側の粘膜に舌先で触れ、より鮮明な刺激を与えてきた。

「あっ、はぁっ……んっ！」

我慢できずに、愛撫の動作が止まってしまう。口に含んでいた先端を放し、彼がもたらす快感に翻弄《ほんろう》される。

「気持ちよくしてくれたお礼に、裕梨のことイかせてあげる」

彼はそう言うと、指先を膣内《なか》に少しずつ侵入させながら、興奮に膨らみつつある敏感な突起を舌先で扱《しご》いてくる。

「んんっ！　それやぁっ……!!」

尚宏さんはわたしの身体を隅々まで知り尽くしているから、どこが弱い場所なのか、どんな風に攻めたらいいのかを、よくわかっていた。稲妻のような激しい悦《よろこ》びに直結する所作は、容赦《ようしゃ》なく快楽漬けにして、思考を奪いに来る。

「気持ちいいくせに」

「あっ、はぁっ、そんなにしたら、もうっ……！」

「もうイく？　いいよ、イっても」

愛撫の手を緩めてほしくて訴えているのに、尚宏さんは寧《むし》ろ絶頂に導いてしまおうと、膣内《なか》に差し入れた指先で壁を擦《こす》りながら、突起に吸い付く。

ダメ、それをされたら何も考えられなくなっちゃうっ……！

「ぁあああんっ……!!」

はしたない声を上げながら、わたしはあっさりと上り詰めてしまった。その瞬間、お腹の下のほうがじわっと熱くなって、下肢《かし》からさらさらとした液体が溢れるのを感じる。

彼は、入り口から太腿《ふともも》に滴《したた》るその液体を舌先で清めてくれた。そんなことまでしてもらって申し訳ない。せめて、彼のこともっと気持ちよくしてあげたいと、変わらず天を向く彼自身に口付けようとしたところで、その動きを制されてしまった。

跨《また》いでいた彼の身体から下り、振り返ると、上体を起こした彼が優しく言う。

「このましてほしい気もするけど――もう、裕梨の中に入りたい」

そして、わたしの身体を組み敷《し》くと、身体を折り重ねるようにしてキスしてきた。

わたしたちはあの旅行のときから、何度も何度もキスをしている。唇を触れ合わせていてもそれだけじゃ足りなくて、舌先を絡めたり、啄《ついば》んだりして、お互いが触れ合っているという感覚に深く浸りたかった。

今もこうして、お互いの境界線がわからなくなるくらいの深い口付けを交わしているけれど、こんなに触れ合っていても全然足りない。もっと、彼の奥深くまで到達したい、と心から思う。

焦ったようにわたしを求めてくれているのは、もしかすると彼も、わたしと同じ気持ちでいてくれているからなのだろうか。わたしとの物理的な距離を早く縮めたくて、繋《つな》がりたいと思ってくれている？

「尚宏さん、来て。……わたしも、尚宏さんをもっと感じたい」

腕を伸ばすと、彼はわたしをぎゅっと力強く抱きしめる。それから両脚を割り開いて、膣内《なか》に挿入《はい》ってきた。

触れ合う場所が火を噴くように熱い。すっかり受け入れる準備ができていたわたしのその場所は、躊躇《ちゅうちょ》なく彼自身を飲み込み、最奥へと誘《いざな》う。

身体の奥で彼自身が震えるのを感じながら、満たされた気持ちでいっぱいだった。わたしの中を、彼で隙間なく塞《ふさ》いでもらえている感覚は、言葉では言い尽くせない充実感があった。

「裕梨、いっぱい感じて――」

彼は興奮に濡《ぬ》れた艶っぽい声で囁《ささや》くと、わたしの両膝を抱え上げて律動を始める。彼自身、限界近くまで高められていたせいか、最初から快感を貪るように膣内《なか》を力強く、速く、往復する。

「ぁんっ、はぁんっ……！」

普段と少し違う感じがするのは、避妊具を装着していないからだろう。

尚宏さんはいつも過剰なくらいわたしを気遣ってくれる。それを着けずに行為に及んだのは、最初の旅行のときと今回だけだ。だからなのか、初めて身体を重ねた日のことを思い出してしまう。

「どうしたの、ナカすごく締まってる」

「い、わないでっ……」

指摘されると恥ずかしくて、かぶりを振る。恋焦がれて止まなかった日の前の彼と、初めての夜を過ごしたときの記憶が蘇《よみがえ》り、身体の内側から燃え上がるような錯覚《さっかく》がした。

「着けないの、気持ちいい？」

「そんなんじゃ……」

「えっちだね。気持ちよくなってくれるなら、そのほうがいいけど」

彼自身も、隔たりがないことで普段よりも大きな快楽を得ているのだろう。わたしの膣内《なか》を貫きながら、呼吸を弾ませている。

「裕梨──」

尚宏さんの動きが、少し緩やかになる。頭上で、彼がわたしの名前を呼んだ。

寄せては返すような快楽の波にのまれそうになりながら、視線を向けて返事の代わりにする。

「君が大事だよ。……前にも話したけど、もう誰かを愛することは二度とないだろうと思ってた。最愛の人がいなくなるかもしれない恐怖に立ち向かう勇気がなかったんだ。そのときは」

完全に理解しようとするなんておこがましいけれど、当時の彼の落胆《らくたん》を想像することはできる。そんな苦難に出会ってしまえば、尚宏さんじゃなくともそういう恐れを抱いてしまうだろう。

わたしを見下ろす目が、温かに細められる。

「裕梨に出会って、惹かれて……でもまた失ったらと想像すると怖かった。でも君は、一歩を踏み出せなかった俺に、純粋に気持ちをぶつけてきてくれた。その純粋さに応えたいと思わせてくれた。二の足を踏んでいた俺の背中を押してくれたんだ」

尚宏さんはそこまで言うと、またわたしの唇にキスを落とした。わたしのことを愛おしく思ってくれているのだとこちらに伝わってくるような、切なくて甘美なキス。

「だからこれから先もずっと……裕梨のこと、大切にするよ」

「尚宏さんっ……」

わたしは自《みずか》ら彼の首元に腕を回して、またキスをせがんだ。何度も触れ合う唇は、その回数の分だけわたしと尚宏さんの精神的な結び付きを強くしてくれる気がする。

傍に居たはずなのに、ちっとも気が付いていなかった。

彼はこんなにもわたしを想ってくれていたのにもかかわらず、不安に駆られて——彼と直接向き合い、確かめることができずにいた。

彼を好きだからこそ、自分を否定されて傷つきたくなかったからなのだけど、こんなに真っ直ぐな愛情を注いでくれる彼を、もっと無条件に信用してもよかったのかもしれないと反省する。

でも、もう大丈夫だ。今もらった言葉を思い出すことができれば……彼に愛されているのだという思いがあれば、もう怯《おび》えることはない。

「愛してる」

微かに聞こえるくらいの音で、小さく彼が呟いた。飽きることなく口付けを交わしながら、抽送はまた激しくなっていく。

キスをしながら、身体の中心で繋《つな》がっている瞬間だけは、自分自身が彼の一番近くに寄り添えているような感覚がある。世界で一番尚宏さんに近い場所はここなのだという自負が、そう感じさせているのかもしれない。

優しい眼差しも、行為のときだけ意地悪になる口調も、高い体温も、触れ合う肌や粘膜の感触も、わたしの身体を奪い尽くすみたいな力強い所作も。

尚宏さんを構成するすべてのものにドキドキするし、愛おしくて心地よい。

ずっとこうしていたい。彼と触れ合いながら、叶うのなら二度と離れないように溶け合ってしまいたい。

そんなくだらないことを考えてしまうくらい、尚宏さんを必要としている。これからも、ずっと。

「はぁっ、ああっ、んんんっ……！」

わたしの膣内《なか》で、尚宏さんが激しく前後に擦《こす》れる。甘く官能的な痺《しび》れが止まらない。

背中からゾクゾクとした強い快感が駆け上がってきて、身体が宙に浮いてしまいそうな高揚《こうよう》感がある。

唇から首筋へ、鎖骨を通って胸の膨らみに下りた唇は、やわらかな輪郭《りんかく》に吸い付いた。チリっとした軽い痛みが走ると、白い肌に一センチに満たないくらいの赤い痕《あと》が刻まれる。その痕跡《こんせき》でさえ、彼のものであるという印を付けられたみたいで、喜ばしく思えた。

彼の唇は左右の膨らみの中心でツンと上を向く頂《いただき》に到達し、それを食《は》み、吸って刺激を与えてくる。

「ふぁあっ……」

快感の回路が一本増え、わたしは歓喜の声を上げた。

「気持ちいい？」

「うん、いいっ……気持ちいいっ……！」

胸の先と身体の中心。彼が与えてくれる快楽に夢中になった。感覚のすべてを彼が触れる場所と繋《つな》がる場所に預けてしまう。

気持ちいい。我を忘れてしまいそうなほどに。

「俺も気持ちいいよっ……裕梨、一緒にっ……！」

「尚宏さんっ……！」

彼の合図で、身体の中を波打つリズムはより一層激しくなる。ふたりで、高みに向かって一気に駆け上がっていく。

「裕梨っ……」

「んんんんっ……!!」

次の瞬間、膣内《なか》の質量が大きく膨らんだ。内壁をあらゆる方向から刺激され、わたしはあっけなく果ててしまう。

尚宏さんもまた、素早く自身を引き抜くと、わたしの胸元から腹部にかけて快感の残《ざん》滓《し》を放った。

◆◇◆

目が覚めると、わたしは首から下にシーツをかけられた状態でベッドに横たわっていた。

「あれ、わたし……」

「大丈夫？」

尚宏さんはワイシャツを羽織り、下着を身に着けた格好で、添い寝をしてくれていたようだ。わたしが目を開けたことに気が付くと、少し心配そうに声を掛けてくれる。

カーテンの隙間から見える外の様子は真っ暗で、時間の経過はほとんど感じられなかった。

脳裏に直前までの記憶が蘇《よみがえ》る。気が緩んだせいで、少しの間、眠ってしまっていたということなのだろうか。

「ごめん、寝ちゃってた？」

「疲れてたみたいだから、そっとしておこうと思って」

わたしが謝ると、尚宏さんはまったく気にしていない様子で笑った。

ここ最近、気を揉《も》んでいたせいで寝不足だったからかもしれない。少し眠ったおかげで、頭がスッキリしたような気がする。

「本当、ごめんね。今何時？」

尚宏さんは、枕元にスマホを置いていたみたいだ。その待ち受けの画面で時刻を確認する。

「十二時前だね。今夜は、泊まってもいいかな？」

「もちろん。明日も仕事なのに、狭いベッドで申し訳ないけど」

彼の部屋に置いてあるものよりも格段に小さいこのシングルベッドは、大人がふたりで横になるとぎゅうぎゅうだ。わたしに付き合わせてしまった上、そんな場所で寝てもらうのは、悪い気がする。

「全然。裕梨の寝顔をいつもよりも近くで見れて、幸せだなと思ったよ」

「……あ、ありがとう」

そんな嬉しいことを面と向かってハッキリ言われると、照れてしまう。わたしは顔が火照《ほて》るのを感じつつ、消え入るような声でお礼を言った。

眠りに落ちる前のことが、少しずつ思い出される。

そうだ。わたし、尚宏さんにプロポーズしてもらっちゃったんだよね。結婚しようって。

大好きな人にそう言ってもらえるなんて、まだ信じられない気持ちもあるけれど。

「尚宏さん」

「何？」

「わたし、この部屋を解約しようと思う」

それでも、彼とともに生きていきたいという意思を伝えるために、わたしはそう宣言した。

この部屋を借り続けていたのは、彼との距離を置きたいと思う瞬間や、ひとりの時間を持ちたいと思ったときの保険を得るためだ。

でも彼の奥さんになると決めるなら、もう必要ないだろう。

「……うん、そうだね」

尚宏さんはすぐにわたしの意を汲《く》んでくれたようで、嬉しげに目を細め、優しく頷いてくれた。

そして、スマホの待ち受け画面に映し出される時刻にもう一度目を落としてから続けた。

「――もう今夜は休もう。俺は朝、着替えに一度家に戻るけど、裕梨はどうする？」

「わたしもこっちに持ってきちゃった荷物、運びたい」

着替えやら生活雑貨やら、使用頻度の高い身の回りのものをこちらに持ってきてしまっている。また彼の傍で暮らすには、それをマンションに戻さなければ。

「わかった。じゃあ、早起きしないとね」

尚宏さんがそう言って笑ったので、わたしもつられて笑った。

また尚宏さんとふたりで朝を迎えられる。ふたりでの生活に、戻ることができる。

いつかそれが当たり前になって、わたしのとなりに彼がいる環境が自然だと思えればいい。毎日の暮らしのことを考えると、必然的に彼の顔も思い浮かぶような。

だけど、その尊さは忘れないようにしよう。当たり前の日々に慣れ切って、何も感じなくなるようにはなりたくない。

わたしは密かにそう決意をして、また眠りに落ちたのだった。

最愛の恋人
～醒めない夢に抱かれて～

年の瀬が迫って来ると、まさに師走《しわす》といわんばかりに社内の雰囲気もバタバタと慌ただしくなるかと思いきや、菓子メーカーの年末は意外にも時間にゆとりがあった。

というのも、取引先のスーパーや量販店などは稼《かせ》ぎどきを迎えるので、主立った商談は十一月のうちに済ませてしまうことが多いのだ。

付き合いの深い店舗のフォローに回ることはあれど、その回数も多くはない。お付き合いしている会社さんの多い尚宏さんでさえ、そういう状態にある。

だから、平日といえども尚宏さんとわたしがこんな風に向かい合ってゆっくり朝食を取る、という出来事も、珍しくなくなるわけだ。

「はい、コーヒー」

「ありがとう」

マグカップにセットしたドリップバッグのフィルターに電気ケトルで沸かしたお湯を注ぐと、コーヒーの香ばしくていい香りが広がる。

白地にゴールドのラインで縁取《ふちど》りのあるカップが、わたしの。シルバーのラインが尚宏さんのカップだ。

わたしのカップには予《あらかじ》め温めておいた牛乳を加えて、カフェオレにする。それらをダイニングテーブルまで運び、手元にはゴールドのカップを、尚宏さんの前にはシルバーのカップを置くと、彼は小さくお礼を言った。

お互いにコーヒーが好きなので、淹《い》れるたびにコーヒーメーカーを買おう、という話になる。けれど、お互い家にいる時間が短かったり、日々の忙しさで忘れてしまったりで、なかなか購入することができないでいる。

わたしは家電や機械の類《たぐい》に疎《うと》いほうなので、選定が難しいなぁ――なんていう部分も、億劫《おっくう》になってしまう理由だ。

まぁ個人的には、彼と一緒に飲むのなら、たとえインスタントコーヒーでも十分に美《お》味《い》しく感じられるから、そんなに不満はなかったりするのだけど。

朝食のメニューは、トーストにスクランブルエッグ、程よく焼いたソーセージと、生野菜のサラダ。極々シンプルだ。

本当は、朝から凝った和食！　みたいなのを出したいけれど、仕事の前に頑張りすぎてしまうと、夕方には燃料が尽きてしまう。自分自身のキャパと相談してこれくらいのクオリティに落ち着いた。

幸い、尚宏さんは何を出しても「美味《おい》しい」と言って完食してくれるので、大変なときでも頑張り甲斐《がい》があるし、助かっている。

「いただきます」

お互いテーブルについて、両手を合わせた。まずは、温かいコーヒーを一口。

——美味《おい》しい。冬の朝の冷えた身体に、じんわりと染みわたっていく。

わたしと同じように、尚宏さんも最初に手を付けたのはカップだった。

白くパリッとアイロンの掛かったワイシャツに、ネイビーのネクタイ。すらりと長くて爪の整った指先は、ただカップの取っ手を持ち上げているだけなのに、妙に雰囲気があった。彼の端整すぎる顔立ちがそう思わせるのかもしれない。

ときどき、未だに信じられなくなる。

目の前のこの素敵な男性が、自分の婚約者であるという事実に。

「例のクリスマスブーツ、もうクローバーの店頭に並んでたよ」

「本当？」

カップを置いた尚宏さんが、思い出した風に言った。わたしもつられるように手にしていたカップをテーブルに置く。

クローバーというのは駅前にある大型スーパーだ。大体のものがそこで揃《そろ》うので、わたしもよく利用している。

「売り場もいい場所を陣取ってたし、レイハンスさんの反応もよさそうだから、クリスマスに向けて売り上げが伸びそうだよ」

「よかった」

それを聞いて、自分の表情が緩むのがわかる。

関わった仕事が世間に評価されるのは、純粋に嬉しいしやりがいを感じる。特にあのクリスマスブーツは、尚宏さんと一緒に成し遂げた大きな仕事だったから、達成感もひとしおだ。わたしも仕事帰りに、売り場を見に行ってみよう。

「今日の予定は？」

フォークに刺したソーセージの先を齧《かじ》りながら、尚宏さんが訊《たず》ねた。

「一日内勤かな。取り急ぎの仕事がないから、今までの資料を整理しようかと思って」

わたしはそう答えてから、フレンチドレッシングの掛かったサラダをフォークで掬《すく》い、口に運んだ。

ここ一週間くらいは、それ以前の忙しさが嘘のように落ち着いていた。入社以来、こんなに時間に余裕があるのは初めて、というくらいに。

「そうだね。今くらいの時期じゃないと、そういう時間取れないから。年始の初売りが終わったら、また慌ただしくなるよ」

「えっ、それまではこんな感じなの？」

「イレギュラーなことが起きなければね。普段仕事に追われてる分、取引先との絡みがなければ、纏《まと》めて有休を取る営業も多いかな」

「そうなんだ。嬉しいけど、なんだか拍子抜け」

一年中、全速力で走り回るのは辛いけれど、こうして立ち止まる時間ができると、その間どうしていいのかわからなくなってしまう。

「夏にも言ったけど、ちゃんと休憩できるときにしておかないと、あとが保《も》たないから」

「そうだよね」

ゆっくりできる時間に、仕事とは別のことを頑張ってみようか。例えば、家事とか。決して手を抜いているつもりはないけれど、食事の品数を増やすとか、日々の掃除に時間を掛けるとか、洗濯機をもっとこまめに回すとか。

あとは、忙しいのに「お互い働いてるんだから」と家事を半分担《にな》ってくれている尚宏さんを休ませてあげたい気もする。

ならばこの機会に、と提案しようとしたところで、

「せっかくだからさ」

と、逆に彼からの提案が上がった。

「うん、何？」

「年末に旅行に行かない？　夏のときみたいに、のんびり過ごせる場所」

「いいね」

わたしは即答した。悩む理由が見当たらなかった。

ふたりきりで過ごしたあの時間は、本当に楽しかった。旅行から帰ってきてからも、時折撮った画像を眺めて思い出しては心地よさに浸ったりして、わたしにとって大切な宝物となっている。きっと、尚宏さんも同じ思いを抱いてくれているのだろう。

「今夜、内勤で時間読めるなら外で食べようか。そのとき何処に行くか相談しよう」

「うん。楽しみにしてる」

わたしは嬉しさのあまりワントーン高い声で答えた。

久しぶりのふたりでの外食と、思いがけない作戦会議の誘いに、俄然《がぜん》ワクワクしてくる。

◆
◇
◆

今年も残るところあと半月。一度別れ話が持ち上がったとは思えないほど、わたしたちは平和で穏やかな日々を送っていた。

いや。別れ話というよりも、わたしが勝手に不安になって距離を置いただけ、というのが正しい。でも、そうすることで彼に直接自分の気持ちを吐露《とろ》することができたし、彼のわたしに対する気持ちも知ることができて、結果的にはよかったのかもしれない。

おかげで、些細《ささい》なことでも溜め込まず、お互いに伝え合おうと約束し、以前より思ったことを積極的に話すようになった。

「谷川さんは、お式はウェディングドレスですか？　それとも白無垢《しろむく》？」

ジャズが流れる静かな店内。真向かいの席で嬉々として訊《たず》ねてくるのは伊東さんだ。

「前撮りでどっちも着ちゃうって人は多いですし、それもいいですよねー。谷川さんは色が白いから、どっちも似合いそうで羨《うらや》ましいな～」

訊《たず》ねた割にはわたしの返答を待たずに、テーブルに頬杖をついて天井を仰いで見せた。

「式はいつ頃の予定なの？」

斜向《はすむ》かいからそう訊いたのは栗橋さんだ。

いつものように三人でランチをと、以前栗橋さんとふたりで入った喫茶店に、伊東さんを誘ってみた。相変わらず、近隣の飲食店同士で勃発しているランチ競争とは無縁とばかりに、店内にはゆったりとした時間が流れている。

「八月くらいかなって話してます」

暑いので、セオリーからは外《はず》れる時期ではある。けれど、わたしも尚宏さんも仕事が落ち着くのはそのあたりかなということで、サマーウェディングの運びとなった。

「そうなの。じゃあ、もう式場を選び始めてるわけね」

「少しずつですけどね。土日はどうしてもお互いゆっくりしたくなっちゃって」

いくつもの選択肢の中から慎重に選びたいという人たちからしてみれば、わたしたちの行動はかなりのんびりなのだろう。

ホテルやゲストハウス、レストランの各所で、ウェディングフェアは毎週のように行われているけれど、やっと二ヶ所を回って、比較できるようになった感じだ。

ふたりとも式場に強い希望はなく、強いて言えば招待したゲストにとってアクセスのいい場所――くらいのイメージしかない。そのため、逆に絞《しぼ》りにくいのが悩みだったりする。

「旦那さんになる人も、忙しいんだ」

「わたしより忙しそうにしてますね」

「えー、どんな人か気になりますー。彼氏さんの写真見せてくださいよ」

伊東さんが身を乗り出して言った。

尚宏さんからプロポーズされた直後、彼女たちには彼氏ができて結婚が決まった旨は伝えたものの、相手が尚宏さんであるとまでは言えなかった。

そのうち知られてしまうことだし、もうカミングアウトしてしまってもいいのだろう。

でも、どうしても引っ掛かっていることがあって、実行に移せないでいるのだ。

「恥ずかしいよ」

わたしは小さく首を横に振った。

「谷川さんがどんな男の人を選んだのか、すっごく興味あるんですもん」

伊東さんはそう言って口を突き出したが、わたしは笑って、返事の代わりにする。

そんなに気にしてくれているというのであれば、式の招待状を出すタイミングですぐにわかってもらえるはずだ。

社内結婚ということで、会社の多くの人を招待することになるだろう。実のところ彼女たちも、その中にカウントされている。

「そうだね。谷川さんってしっかりしてるから、お眼鏡にかなった男性ってどういうタイプの人なのか、知りたいって気持ちはあるかも」

伊東さんの言葉に、栗橋さんが相槌《あいづち》を打った。

と、同じタイミングで、マスターという言葉がぴったりな老紳士が、オーダーした品を運んできてくれる。

伊東さんと栗橋さんの前にはナポリタンのお皿が。わたしの前には、ミックスサンドのお皿が、「どうぞ」という言葉とともに、それぞれ静かに置かれる。

わたしがミックスサンドを選んだのは、味をまったく覚えていなかったからだ。栗橋さんに告げられた彩奈さんに纏《まつ》わるエピソードが、記憶にこびり付くばかりだった。

わたしはミックスサンドのたまごサンドに手を伸ばしつつ、テーブルの上のカトラリーケースからフォークを取り出す栗橋さんの顔を見遣《みや》った。

——もし、彩奈さんを知る人が、尚宏さんの選んだ結婚相手がわたしだと知ったら。その人は、いったいどんな感情を持つのだろうか。

最近それを考えると、悶々《もんもん》としてしまう。別に悪いことをしているわけじゃないし、咎《とが》められているわけでもないのに、罪悪感を覚えてしまうというか。

彩奈さんと似ているというだけで、わたしを選んだ尚宏さんが周囲から悪く思われてしまうのではないかと心配になってしまうのだ。

栗橋さんと伊東さんに報告できないのは、悪感情を持たれるのでは、という怖れがあるから。伊東さんは彩奈さんを直接的には知らないにしても、栗橋さんの口から聞いたことくらいはあるかもしれない。

手に持ったサンドウィッチを口に運んで齧《かじ》る。パンもたまごもふわふわしていて、美味《お》しい《い》。今日は、パンやたまごの優しい甘みをきちんと感じ取ることができている。

栗橋さんに彩奈さんのことを打ち明けたあの日とは、状況が違うことはわかっていた。決して尚宏さんの言葉を信用していないから不安を覚えているのではない。彼が彩奈さんを通してではなく、わたしというひとりの女性を愛してくれているという自信があるからこそ、彼が謂《いわ》れのないことで非難されてしまうのが嫌なのだと思う。

少し前まで、わたし自身がそう疑っていたのに、都合のいい言い分だとは自覚してる。でも、そんな気持ちが、彼女たちに真実を伝えるのにブレーキを掛けているのだ。

「とにかく、結婚式楽しみですね！」

屈託《くったく》のない笑顔を向けてくれる伊東さんに、わたしは曖昧《あいまい》な笑みを浮かべることしかできなかった。

◆ ◇ ◆

尚宏さんと相談した結果、二回目の旅行の行き先は箱根の強羅《ごうら》温泉に決まった。

行き先の選定をするにあたり、わたしはスマホを駆使《くし》して様々な温泉地の情報を集めていたのだが、その中で一番惹かれたのがその場所だった。

強羅温泉には五つの異なる泉質の温泉があるのだという。そのため別名「五色のパステルカラー温泉」と呼ばれているのが面白いな、と感じたポイントだ。それだけいろいろ試せるのなら、滞在中は常に温泉に浸かっていても飽きないんじゃないか、と。

前回は一泊二日の弾丸ツアーだったけれど、今回は夏よりも時間的に余裕があったので、二泊三日の宿泊だ。しかも、日取りは十二月二十四日から二十六日にかけて！　そう、クリスマスを挟んでの日程である。

尚宏さんはこの旅行を、わたしへのクリスマスプレゼントにしてくれるのだという。

とはいえ、旅行代金をすべて負担してもらうのは申し訳なさ過ぎて断るつもりだったのだけど……

「夏の旅行がすごく楽しかったし、旅行の思い出を話す裕梨の顔が本当に嬉しそうだったから、是非プレゼントしたいんだ」

――なんて言われたら、感激して断れなくなってしまった。

あの尊い時間をもう一度一緒に過ごすことができるのなら、こんなに喜ばしいことはない。わたしってば幸せ者だなぁ、としみじみ思う。


「あー、美味《おい》しかった。お腹いっぱい」

ホテル内にある高級料亭のような食事処で会席料理に舌鼓《したつづみ》を打ったあと、わたしたちは自室に戻り、室内の中央にあるダブルベッドに腰を掛けた。

「次から次へと出てくるから、びっくりしたね」

「うん。それに、普段なかなか食べられないものばっかりだったし」

わたしたちはお互いに顔を見合わせて笑う。

色とりどりの前菜に始まり、新鮮なお造りや、旬の野菜の炊き合わせと揚げ物、ブランド牛のすき焼きなど、質も量も大満足のお料理だった。お酒も厳選しているという日本酒や、リストが充実している日本ワインなど、どれも美味《おい》しく頂けた。

和モダンな内装の客室は、温泉宿らしさも残しながらスタイリッシュで洗練されている印象だった。

ふかふかのダブルベッドのある寝室を中心に、部屋の入り口側に畳《たたみ》敷《し》きの和室が、奥側に客室露天風呂に続く扉がある。

「素敵な宿を選んでくれてありがとう」

ライトグレーの落ち着いた天井を仰いでから、となりに座る尚宏さんのほうへ身体を向ける。

『旅行をプレゼントしたい』という発言以降、旅行に関しては尚宏さんが手配してくれた。行き帰りの特急電車やホテルとそのプランなど、おおまかな希望を伝えたあとは彼に任せきりになってしまっていたけれど、何から何までわたしのツボを突いてくるチョイスで、ただただ感動するばかりだ。

素直にお礼を伝えると、尚宏さんは穏やかな表情でわたしの目を見つめた。

「喜んでもらえた？」

「うん、すっごく。こんなに素晴らしい思いをしちゃって、会社の人たちに申し訳ないくらい」

わたしは弾む心を隠さず、大きく頷いて答える。

今日は十二月二十四日、火曜日だ。つまり、有休を利用してここを訪れていることになる。

ふたり揃《そろ》って三日も休みを取るのは気が引けたし、怪しまれたりしないかヒヤヒヤしたけれど、少なくとも届けを出した先の総務部からは何も言われなかったのでホッとした。

「そっか、よかった」

満面の笑みを浮かべるわたしを見て、彼はやわらかく頭を撫でてくれた。

尚宏さんの浴衣《ゆかた》は紺色の無地に灰色の帯、わたしの浴衣《ゆかた》は小花をあしらった藤色の生地に紺色の帯を合わせている。

尚宏さんの浴衣《ゆかた》の袖口から、彼のお気に入りの腕時計が覗く。

あまりにも大切にしているから、もしかして彩奈さんとの思い出の品じゃ？

なんて勘繰っていたけれど、それはわたしの早とちりだった。これは尚宏さんの仲のいい従兄《いとこ》が昇進祝いにとくれたもののようで、「俺は昔の彼女からもらったものを、今の彼女の前で着けたりしないよ」と笑われてしまったっけ。

「――それなら、今からもっと喜んでくれると嬉しい」

尚宏さんが意味ありげに言葉を紡《つむ》ぐものだから、視線をすぐに腕時計から彼の顔に戻した。

「え？」

「目、閉じてて」

「ど、どうして？」

「いいから」

突然のことで怯《おび》えるわたしの顔を見て、尚宏さんは噴き出して言った。わけもわからないまま、彼が促す通りに目を閉じる。

衣擦《きぬず》れの音が聞こえた。おそらく、彼が立ち上がったのだろう。部屋の中を移動する足音が聞こえたあと、少しの間を置いて再び戻って来る。

「目を開けて」

再びわたしの横に座ったらしい彼の声に、目を開けた。すると、視界に十センチ四方の黒いケースにぎっしりと詰められた赤いバラが飛び込んできた。

鮮やかな花びらの色に小さく息を呑む。綺麗。これは、プリザーブドフラワーだろうか。

「どうしたの、これ」

「やっぱりプロポーズするなら花は必要かなと思って。でも、旅行で生花は難しいから」

「プロポーズ……？」

目を瞬《しばたた》かせつつ、オウム返しに訊《たず》ねる。プロポーズの言葉なら、既に彼の口から聞いているつもりだった。

不思議そうに首を傾げるわたしに、尚宏さんはきまり悪そうに眉を下げて笑う。

「ほら、成り行きでプロポーズしたみたいな形になっちゃったでしょ。ちゃんとやり直す機会が欲しかったんだ。するなら今日しかないと思ってた。……これも、渡したかったし」

これ、と言いながら彼は片方の人差し指でケースの中心を指し示した。

よく見ると――ケースを彩るたくさんのバラのうちの一輪。その中心に、きらりと光るものが埋め込まれていた。

指輪だ。六本爪に支えられた石座の上には、ダイヤモンドと思《おぼ》しき宝石が鎮座《ちんざ》している。

わたしが顔を上げると、尚宏さんはきゅっと口元を引き締めて、ほんの少しだけ緊張した面持ちになる。

「裕梨、俺と結婚してください」

一瞬、自分がドラマや映画のヒロインになったかのような錯覚《さっかく》がした。

彼の紡《つむ》いだ愛の言葉が耳元でリフレインすると、胸の奥に甘酸っぱい感覚が弾《はじ》ける。

「はいっ……！」

わたしは大きく頷いた。自分で自分を信じられないくらいの幸せを感じていた。

こんなに満たされた日々を送って、いつかそれがひっくり返される日が来るのではないかという不安を覚えるくらい。尚宏さんとともに過ごせる毎日が、尊くて愛おしい。

思いがけない二度目のプロポーズに胸がいっぱいになっていると、彼はケースを傍《かたわ》らに置き、指輪を取り出して、わたしの左手の薬指に填《は》めてくれた。

様々な角度から光を取り込む一粒ダイヤが、夜空の星みたいにきらきらと瞬《またた》く。今まで身に着けたジュエリーの中で、最も大切で、思い入れの深いものになるに違いない。

「マリッジリングも、そのうち見に行こう」

尚宏さんが、わたしの薬指を見つめて言った。

こういうの、エンゲージリングっていうんだっけ。

プロポーズされたって事実に舞い上がって忘れていたけれど、尚宏さんはちゃんと指輪のことも考えてくれてたんだ。それがすごく嬉しい。

「ありがとう。旅行ももちろんだけど……指輪、すごく嬉しい」

もっともっと感謝の気持ちを伝えたいけれど、有り体な言葉になってしまうのが悔しい。

「俺は、裕梨が喜んでくれるのが一番嬉しいよ」

わたしの気持ちが伝わったのか、彼は慈愛に満ちた優しい笑顔でそう言った。いかにも彼らしい返答に、感極まって泣きそうになるのをなんとか堪《こら》える。

「そうだ、マリッジリングは、わたしにプレゼントさせて？　ほら、クリスマスプレゼント、まだ尚宏さんに渡してないし……」

旅行にエンゲージリング。尚宏さんにもらってばかりだというのに、わたしはまだ彼へのプレゼントを決めあぐねていた。

でも、替わりにマリッジリングをわたしが贈るというのは、アリなのかもしれない。

そう思ったのだけど、

「悪いけど、それはできないよ」

尚宏さんは首を縦には振ってくれなかった。穏やかに、けれどもきっぱりと言う。

「どうして？」

わたしが訊《たず》ねると、彼はわたしの左手を取った。そして、エンゲージリングの填《は》まった薬指を、そのシルエットをなぞるように触れる。

「結婚指輪は、裕梨が俺の奥さんって証明になるわけでしょ。なら、絶対俺がプレゼントしたいから」

「……っ」

絶対、という言葉に強い意思を感じた。気がする。

尚宏さんは指先に触れながら、わたしの顔を真剣に見つめた。二つの大きな瞳が、わたしの照れた表情を映している。そういうことをサラッと口にされると、わたしのほうが恥ずかしくなってしまうのに。

……でも、嬉しい。そんな風に思っていてくれてたなんて。

わたしが赤面して固まっていると、尚宏さんはにこっと笑ってこう言った。

「クリスマスプレゼントは、別のものをもらってもいいかな。ちょうど今、お願いしたいものがあるんだけど」

「うん、教えて！　尚宏さんが欲しいもの、プレゼントしたい」

普段からあまり物欲を示さない彼がそんなことを言うのは珍しい。ならば用意しようと、わたしは意気揚々と即答した。

◆
◇
◆

その発言から十分も経たないうちに、わたしは客室に備え付けてある露天風呂にいた。

半分屋外となっている開放的な露天風呂には、間接照明としてランプがふたつ設置してあり、夜の暗闇をぼんやりと照らす程度に止《とど》まっている。外の様子はほとんど何も見えないけれど、朝方や昼間などであれば景色を堪能《たんのう》できそうだ。

「っ……本当に、これがプレゼントでいいの？」

「うん。ありがとう、裕梨」

ゴツゴツとした石造りの浴槽《よくそう》に、わたしと尚宏さんが横並びに浸かっている。もちろん、何も身に着けずに。

タオルを巻きたかったけれど、「せっかくの温泉なのに、タオルなんて巻いてたら十分楽しめないでしょ」と彼に却下された。うろたえるわたしの表情を見て愉《たの》しげだったから、本当にそういう理由なのかどうか定かではないけれど。

「気持ちいい。ここの源泉は透明なんだね」

「う、うん」

頷いてみるものの、温泉への感想よりも気恥ずかしさのほうが先に立ってしまっている状況だ。

彼と一緒にお風呂に入るのは、これが初めてなのだ。

普段はお互い忙しいのと、わたしが「他人様に見せられる身体じゃない！」と思ってしまうのとで、そういう展開を避けている節がある。

だから、プレゼントといえどもこんな提案をされて、正直なところ緊張が極限に達している。

「前のときもそうだったけど、今回も客室露天風呂が付いてるなら一緒に入ってみたいと思ってたんだよね。でも、普通に言っても裕梨はＯＫしてくれないかなと思って」

「……よくおわかりで」

わたしの反応を先読みしての提案だったわけだ。してやったりと悪戯《いたずら》っぽく笑う彼を、不満げに見つめ返す。

「――なんか距離空いてない？　そんなに意識しなくても」

「そ、そんなことないけど」

わたしと彼との間にある、〇・五人分の微妙な空白を指摘されて、小さく首を振る。

肌が触れてしまったらとても平静ではいられない気がして、無意識に間を取っていたのが、あっさりバレてしまったようだ。

「じゃあ、もっと近くに来て」

「あっ、ちょっと」

彼はわたしの腕を引くと、その勢いでわたしを膝の上に乗せてしまう。つまり、尚宏さんに後ろから抱きかかえられるような体勢になったわけだ。

温泉という場所で彼の素肌に触れる感触が不思議で、妙にドキドキしてしまう。普段肌と肌とで触れ合うのはベッドの上で、お互いにそういうスイッチが入っているときだから、こんなに意識しないのかもしれない。

「恥ずかしい？　嫌？」

「恥ずかしい……けど」

でも、嫌じゃない。好きな人と触れ合うのが嫌、なんてことはないのだから。

「ならよかった」

わたしの言葉の続きを読み取ってくれたらしい彼が、小さく笑った。

背中越しに感じる彼の身体は、わたしが思っていたよりもがっしりしているように感じた。

細身のスーツが似合う体型だから意識したことはなかったけれど、胸板も厚くて、男性らしい筋肉質な身体つきだ。普段、恥ずかしくて見られないから、知らなかった。

「裕梨の肌、すべすべだよね」

尚宏さんのほうも、触れ合う肌から感じるものがあったようだ。彼の手のひらが、お湯の中でわたしの両腕に触れる。肌の表面をするりと撫でる仕草《しぐさ》に、心臓の音が加速する。

「そ、そうかな。温泉のおかげじゃなくて？」

わたしは、声が上ずらないように意識して言った。

「いつも思ってるよ。色も白いし、綺麗」

言いながら、尚宏さんはわたしの首筋に口付ける。ちゅ、と乾いた音がした。

「っ……褒《ほ》めてくれるのなんて、尚宏さんくらいだよ」

「そう？　そんなことないよ。裕梨は可愛いし、営業部は男が多いから、盗られやしないかっていつも心配してるんだけど」

「んっ……」

尚宏さんの唇が、今度はわたしの耳朶《じだ》を食《は》んだ。再び吸い付き、小さく音を立てる。

「いっそのこと、もう会社で宣言しようか。俺たち結婚しますって」

「……そんな、でも、仕事がやり辛くなっちゃうよ。まだ夏まで半年以上もあるし」

本当は、公表してもらえるのは嬉しいのだけど、彩奈さんのことが脳裏に浮かんでしまい、素直に「そのほうがいい」とは言えなかった。

「半年も待たなきゃいけないなんて、我慢できる自信がないな」

「やぁっ……そんなに、吸わないで……」

低い声で呟きながら、彼はわたしの耳朶《じだ》をゆっくりと丁寧に愛撫する。

彼の唇が耳朶《じだ》に吸い付くたびに、ゾクゾクとした感覚が身体の中心を駆け抜ける。

「ここ、裕梨の好きな場所なのに？」

「そう、だけど……ここ、露天風呂だしっ……」

「でもふたりきりだよ？　周りに誰もいないから――ああでも、となりの部屋の人が露天風呂に入ってたら、声は聞こえちゃうかもしれないね」

「それはダメっ……！」

顔が見えない体勢ゆえに、彼がどんな表情をしているのかはわからないけれど、おそらく愉《たの》しんでいるのには違いない。

露天風呂は全室に備え付けてあるがゆえに、仕切られているとはいえ両どなりの部屋の人には、声や物音が届いてしまうというわけだ。

「じゃあ、声抑えて。俺も、裕梨のえっちな声、他の誰かに聞かせたくないし」

「っ……」

尚宏さんがわざと耳元で喋《しゃべ》るものだから、当たる吐息までもが変な気持ちにさせてくる。声を出さないように、奥歯を噛んで耐える。

すると、まるでそんなわたしを面白がるみたいに、彼の両手がわたしの胸に回ってきた。彼の両手のひらが、温泉の湯に浮かぶふたつの膨らみを持ち上げる。

「な、尚宏さんっ……」

「くっついてたら、触りたくなっちゃうでしょ」

小声で抗議してみるものの、どこ吹く風というように言ってのけ、ゆっくりと両胸を揉《も》み始める彼。ほんの少しだけとろみのあるやわらかいお湯の中で、彼の長い指先がわたしの膨らみの感触を確かめるかのように動く。

「スタイルいいよね、裕梨は」

「そんなことないよ。特に胸は、大きいほうじゃないし」

わたしの体型は、いわゆる中肉中背というやつで、グラマーでもスレンダーでもないし、これといった特徴がない。

ブラはCカップで、同年代の女性に比べると小さいほうだと自覚している。おかげで着る服に困ったことはないけれど、やっぱり男性としては、胸やお尻にボリュームがあるほうが好ましいのでは、なんてそういう女性を羨《うらや》ましく思ったりする。

「個人的には、これくらいが好きだけどね」

「んっ……！」

彼の手のひらが膨らみを支えつつ、親指と人差し指で胸の頂《いただき》を摘《つま》んだ。ソフトタッチで先端を擦《こす》られると、唇からあらぬ声が零《こぼ》れそうになってしまう。

「そ、んなにっ……しないでっ……」

「お風呂なのに気持ちよくなっちゃうから？」

意地悪な声で、尚宏さんが訊《たず》ねる。わたしは、羞恥心《しゅうちしん》に駆られながらも小さく頷いた。

「気持ちよくなったっていいよ。悪いことしてるわけじゃないんだし」

またいつもの、彼のサディスティックな一面が顔を出す。わたしが反応するのを愉《たの》しんで、ときに強弱をつけたりしながら、お湯の中で愛撫を続ける。

「先が膨らんできたね。そんなに気持ちいいんだ」

「っ、知らないっ……」

先端をじっくりと刺激されると、その場所は条件反射のように硬く尖《とが》り、刺激に対しても敏感になる。

「知らない？　こんなに硬くなってるのに？」

とぼけるわたしに、彼は指先で先端の窪《くぼ》みを軽く弾《はじ》いた。

「んんっ……！」

「胸の先がこんなになってるなら、こっちも……じゃない？」

からかうように訊《たず》ねた彼は、片手を湯の中に入れた。そして、わたしの両脚の間へと滑り込ませて、その中心を弄《いじ》る。

そこは身体の高ぶりを示すように、熱いものが溢れていた。

「温泉のお湯よりも温かいのが溢れてるよ。我慢できなくなっちゃった？」

「だってっ……尚宏さんがこういうことするからっ……」

わたしの身体は、彼に触れられるとすぐに熱を帯びてしまう。たとえそれが、プライベートな空間に区切られているとはいえ、露天風呂という公共性のある場所でも。

「俺も一緒だよ。裕梨に触れてると、自分を抑えられなくなる」

「……あっ」

そのとき、お尻に硬いものが当たっていることに気付いた。

これって――尚宏さんの……ってこと、だよね。びくびく、と震える熱い感触に、身体の中心がきゅんと疼《うず》く。

尚宏さんは、わたしの秘裂を指先でそっと弄《いじ》りながら、囁《ささや》きを落とす。

「裕梨のここに……挿れてもいい？」

「んんっ……！」

お湯の中で、入り口の襞《ひだ》や敏感な突起を剥《む》いて刺激してくる。電流が走るような快感に、わたしは答えることもできずに身体を震わせた。

「裕梨のここに挿れたい——一緒に、気持ちよくなろうか」

わたしはどうにか頷きを返して、湯面から立ち上がった。


「寒くない、平気？」

「うん、大丈夫」

浴槽《よくそう》を形造る石の感触はひんやりと冷たい。冬の外気に常に晒《さら》されているからだろう。尚宏さんは少し心配そうに訊いてくれたけれど、しばらく温かい温泉に浸かった身体には、寧《むし》ろ心地よく感じた。

「……これで、いい？」

大小様々な形の中から一番平らそうな石を選んで、そこに両手をついた。そして、やや上体を低くし、腰を突き出すような体勢になる。

こんなの恥ずかしい。外でも初めてだけど、こんな体勢で繋《つな》がるのも初めてだった。

尚宏さんはわたしの腰を抱えると、わたしの秘裂に彼自身を擦《こす》りつけるような形で、その上を往復する。

「んっ、ぁっ……！」

わたしの秘裂から溢れる蜜を潤滑油《じゅんかつ》にして、尚宏さんの熱いものが前後する。丸みのある先端部分や、笠の張った部分、くびれた部分、それぞれが敏感な粘膜を刺激して、甘い痺《しび》れに変化していく。

「擦《こす》るの気持ちいいんだ」

「気持ち、いいっ……」

尚宏さんのものが粘膜の上を滑るたびに、なんとも言えない切ない感覚が走った。わたしは素直に頷いて、呟く。

「裕梨のことろとろで、俺も擦《こす》るだけで気持ちいいよ。このままでもイっちゃいそうになるくらい」

「それはダメっ」

おそらく彼も本当にそうするつもりでは言っていないのだろうけれど、快感の熱に浮かされていることもあり、また、彼の顔が見えないことで羞恥心《しゅうちしん》が多少薄れていたこともあり、縋《すが》るように言った。

「……ちゃんと、尚宏さんが欲しいの。尚宏さんに挿れてほしい」

冷静なときに聞いたら、赤面しながら「何言っているんだろう！」と叫びだしてしまうような台詞《せりふ》なのに。今は、身体の中で彼の体温を感じられないことが、とてつもなく寂《さび》しいと感じてしまった。

「そんなに可愛いおねだりされて、聞かないわけないよ」

尚宏さんは一度動きを止めると、改めてわたしの入り口に自身の切っ先を宛がった。

「――挿れるね」

そして、そう言いながらゆっくりと膣内《なか》に入り込んでくる。

「ふ、ぁんんっ……！」

熱い。秘裂をかき分けて、彼の熱いものの半分ほどが埋まったあと、再度勢いをつけて根元までが挿入《はい》ってくる。

体勢が違うせいかいつもよりも奥に届いている感じがした。お腹の奥のほうをかき混ぜられている、普段とは違う刺激を受けて身体がダイレクトに反応してしまう。

「まってっ、まだっ……！」

早速抽送を始める尚宏さんに、慌ててストップをかけるけれど、彼は動きを止めることなく、

「どうして？」

と熱っぽい声で訊《たず》ねる。

「擦《こす》れるの、いつもと違う感じでっ……いっぱい動くと、立っていられなくなっちゃうからっ……」

「それって気持ちいいってこと？」

「っ～～～……！」

それに気をよくしたらしい尚宏さんは、わたしの制止を聞き流し、膣内《なか》を穿《うが》ち続ける。

「やぁっ……嘘っ、ダメ、そんなっ……されたらっ……んんっ！」

「裕梨、いやらしい、たくさん声出ちゃってるよ」

容赦《ようしゃ》なく襲ってくる快楽に抗《あらが》おうとする意思が、音となって自然と溢れてしまう。それを指摘されて、わたしは片手で口を覆った。

石のひんやりとした感触が、間接的に唇に伝わる。

声を抑えたところで、与えられる快感の度合いは変わらない。無遠慮に繰り返される抽送が、わたしを高みに押し上げるのは容易《たやす》かった。

「んんっ……んっ――!!」

なんとか喘《あえ》ぎにならずに済んだものの、わたしが達したのは明らかだっただろう。

身体がびくびくと跳ね、ぎゅうっと彼を咥《くわ》え込む。

「イくほど気持ちよかった？　ナカ、俺のをきつく締め付けてきてっ……すごくいいよ」

「ぁっ……」

てっきり、達したから一度解放してくれるものかと思っていた。ところが彼は、それまでよりも激しく律動を開始する。

「ごめん、裕梨が可愛くて、気持ちよくて――止められない」

一番奥の、弱い部分を彼がしきりにノックしてくる。そうすると何も考えられなくなって、身体からもどんどん力が抜けて行って――

「あっ、やぁっ――それ、気持ちよくてっ……変になるのっ……！」

「ん？　……これ？」

わかっているくせに。尚宏さんは意地悪く囁《ささや》くと、自身の切っ先で、奥を執拗《しつよう》に刺激してくる。

「だ、めっ……やぁんっ……！」

「また声出ちゃってる。となりの部屋の人、露天風呂に入ってたらどうする？　俺たちがこんな場所でしてるの、バレちゃうね」

「だってっ……んっ、ひぅっ……！」

彼の言い方が、わたしの羞恥《しゅうち》を煽《あお》るためにわざと揶揄《やゆ》する風なのはわかっている。

でも、もしとなりで会話を聞かれていたら？　ぶつかり合う肌や粘膜の生々しい音を聞かれていたら？

想像すると、余計に身体の興奮が高まってしまうのだから不思議だ。わたしって、至ってノーマルだと思っていたのに、そういう一面も存在しているのかもしれない。

「今、想像したよね？　……またナカがきゅって締まった」

「い、わないでっ……ふぅ、んっ……」

尚宏さんが幾度となく貫いていく秘裂が熱くて切ない。彼が触れて擦《こす》れることで生じる悦楽はどんどん増し、上体を支える腕はどうにか持ちこたえているものの、両脚はがくがくと震えて湯面にずり落ちていきそうになる。

「もう少し――頑張ってて……」

「ぁあんっ、ぅんっ……ふぅっ、はぁっ……！」

彼に腰をがっちりと支えられながら、わたしは口を開けたまま、意味を成さない言葉を発することしかできなかった。

「裕梨、俺、もうっ……」

「あっ……尚宏さん、お願いっ……」

掠《かす》れた声で限界が近いことを告げる尚宏さん。わたしは、後ろを振り返って懇願《こんがん》する。

「キス、してっ……顔、見たいから」

「裕梨――」

後ろから貫かれながら、尚宏さんはわたしのうなじに手を回して、キスをする。

ほんのりお酒の味がする口付けは、その熱でわたしの理性を溶かし、めくるめく享楽《きょうらく》を与えた。

「はぁっ……裕梨っ……出すよっ……！」

「尚宏さんっ——好きっ……好きっ……！」

興奮のままに、尚宏さんは荒々しく腰を打ち付けながら、片手をわたしの胸元に回して、その頂《いただき》を指先や手のひらで転がした。わたしはそれらの愛撫に揺蕩《たゆた》いながら、二度目の絶頂に導かれていく。

「ぁあっ……もうダメっ——……!!」

「っく……!!」

身体の中で何かが大きく弾《はじ》けたような錯覚《さっかく》があった。それとほぼ同じタイミングで、尚宏さんは自身を引き抜き、わたしの双丘に精を吐き出す。

わたしは直後、全身の力が抜けて、石の上に突っ伏しそうになった。それを尚宏さんが両手で支えてくれる。

「……平気？」

「ありがとう、……少しだけ休めば大丈夫だよ」

彼はわたしを石の上に座らせると、傍に置いてあった桶《おけ》で温泉の湯を掬《すく》い、わたしの身体を清めてくれた。お湯が温かくて気持ちいい。

「一旦部屋に戻ろうか」

冷えた身体をお湯に浸かって温めていると、尚宏さんが言った。

「そうだね。長湯してると、湯あたりしちゃうし」

「俺としてはもう少し入っていたいところだけど……でも、となりに裕梨がいると、またしたくなっちゃいそうだから」

「……もう」

何言ってんだか。なんて心の中で言いつつ、ちょっと嬉しい――と思ってしまうわたしだった。

◆◇◆

二度目の旅行を堪能《たんのう》し、いよいよ今年もあとわずかとなったころ。

仕事納めとなったわたしと尚宏さんは、駅前のクローバーに買い物に来ていた。

大晦日《おおみそか》から元日は自宅で過ごす予定で、二日と三日にお互いの家へ挨拶に行こうという話になっている。

「お餅はマストで買うとして、おせちはどうしようか」

買い物かごをカートに載せて押しながら、横を歩く尚宏さんに訊《たず》ねる。

「うーん、実家に行けば嫌っていうほど食べさせられると思うから、家では用意しなくてもいいかな」

「そうだよね。わたしの家もそんな感じだから、それでいいかな」

おせち料理って、用意するのが大変な割には飽きてしまって、全部消費するのが難しかったりする。お正月は自宅にいない時間も多いから、それで許してもらうことにしよう。

「そうだ、裕梨」

「どうしたの？」

「旅行のときにも少し話したけど……やっぱり、年明けに会社に報告しない？　夏に結婚しますって」

尚宏さんの声が真面目なトーンになる。

わたしたちは売り場の横にある、ベンチが並ぶエリアに移動し、そのベンチに腰を下ろした。それから、彼が続ける。

「いずれは言わなきゃいけないことだからね。ここまできたら、遅いか早いかの違いでしかないよ」

「それはそうなんだけど……」

脳裏にはやはり彩奈さんのことが浮かんだ。

　彼は怖くないのだろうか？　わたしと結婚するという事実を、周囲に知られてしまうのに。

「尚宏さんは、いいの？　その……会社の中には彩奈さんのこと知ってる人もいるわけでしょ？」

　どんな風に訊いていいのかわからなくて、悩んだ挙句、率直な訊き方になってしまったかもしれない。

「……もしかして、俺に気を使ってくれてる？」

　すると、尚宏さんはわたしの目を見つめて微笑んだ。

「俺はどう思われても気にしないよ。確かにふたりの顔は似てるかもしれないけど、でも裕梨はそれが理由で選んだって思われるような女性じゃないって、みんなわかると思う。明るくて、仕事熱心で、頑張り屋で……そういう魅力的な人だから選んだんだってわかってもらえると、俺は信じてるけど」

「………………」

　彼の言葉を聞いて、胸のつかえが取れた気分だった。なんだ、気にしてたのはわたしだけだったのだ。

　彼は自分自身にも、婚約者としてわたしを選んだことにも、プライドを持ってくれている。だから周囲の目に怯《おび》える必要はないのだと、そう言ってくれているのだ。

黙り込んだわたしを、尚宏さんは心配そうに覗き込む。

「裕梨？」

「よかった……わたし、それが気になってて」

「気にしてたの？　なら話してくれたらよかったのに。お互いに些細《ささい》なことでも伝え合うって、約束したでしょ」

「うん、ごめんね、そうだったよね。……これからは、ちゃんと相談するから」

わたしが思っているよりも、尚宏さんはずっとわたしのことを考えてくれているし、信頼してくれているんだ。そう認識すると、これからの彼との暮らしがとても心強いものに思えてくる。

もう何も不安に感じることなんてないんだ。

尚宏さんとなら、この先もずっと上手くやっていける。

「じゃあ、決まりだね。報告しよう……まぁ、有休を三日被せて取ってるあたり、誰か勘付いてるかもしれないけど」

「そうかもしれないね」

わたしと尚宏さんは顔を見合わせて噴き出した。そして、ベンチから立ち上がる。

「そうだ、ここのクローバーのバイヤーさん、こないだ名刺交換したんだ。今日いたら、クリスマスブーツの売れ行きはどうだったか聞いてみようか」

「うん！」

わたしは快く頷くと、カートを引きながら、尚宏さんとふたり、スーパーの菓子売り場へと向かったのだった——

書き下ろし番外編

昔日《せきじつ》の恋人
～揺るがぬ想いに包まれて～

「はぁ……」

長かった雨の季節が過ぎ、ようやく夏が顔を出してきた七月第一週のランチどき。

会社近くの行きつけのカフェに、わたしのため息が響く。大好きなＢＬＴサンドにも手を付けられず、お皿の上のそれをぼんやりと見つめてしまう。

「あれー、どうしちゃったんですー？　幸せ絶頂の花嫁さんが暗い顔して」

四人がけのテーブル席の真正面に座る伊東さんが、わたしの顔を覗き込むようにして訊《たず》ねる。

「うーん、ちょっとね……」

「変な谷川さん。理佐さん、何か知ってます？」

「ううん、何も」

眉を顰《ひそ》めた伊東さんに振られた栗橋さんが首を横に振る。それもそのはず。いかに一年もランチをともにしてきた彼女たちにも、この手の話題は出したことがなかった。

「もー、元気出してくださいよー。来月にはハッピーウエディングが控えてるっていうのに。それこそ素敵な旦那さまに相談して、力になってもらってくださいよー」

「…………」

そうすれば間違いないとばかりの明るい声音を出す伊東さんに、何と返事をしていいのかわからなくなった。

今やすっかり部署を越え公認の仲となったわたしと尚宏さん。彩奈さんと交流のあった栗橋さんも、彩奈さんの存在自体を知らない伊東さんも、同じようにわたしたちを祝福してくれている。周囲も一様に「おめでとう！」とありがたい言葉をかけてくれて、営業部の男性社員のなかには、まだ入籍前なのにわたしのことを「松田さん」なんて茶化して呼ぶ人もいるくらい。フライング気味なイジりに照れつつも、好きな人の名字で呼ばれるのはうれしい、と感じて、思い出してはひとりにやにやしてしまったりして——それなのに。

結果的に黙ってしまったわたしを見つめ、彼女はくるんとカールしたまつ毛に囲まれた目を軽く見開いた。

「え、相談できないんですか？　逆に何ですかそれ。……もしかして、マリッジブルーとか？」

「いや……そういうんじゃないんだけど——」

「松田さんという素敵な旦那さまがいるっていうのに、別の男性が気になり始めた〜とかじゃないですよね？　だめですよー浮気は！」

「こらこら、変なこと言わない」

暴走しかける伊東さんのとなりに座る栗橋さんが、ぽんと肩をたたいてストップをかけたあと心配そうな視線をくれる。

「——とはいえ、確かにその浮かない顔は気になっちゃうよね。言いにくそうにするってことは、松田くん絡みなんでしょう」

「……まぁ、あの……はい」

栗橋さんとは彩奈さんの話を聞いた一件以来、それまでよりもさらに話しやすい関係を築くことができたと感じている。社内のことはもちろん、目下の結婚式の進捗状況からちょっとした仕事の悩みまで、彼女は変に構えることなく、快く相談に乗ってくれるからだろう。

栗橋さんと伊東さんの注目を浴びつつ、勇気を出して話してみてもいいのかもしれない……と思う。あまりにプライベートなことだし、相手があることなのでちょっと躊躇《ちゅうちょ》してしまうけれど、ひとりで悶々《もんもん》としていても気を使わせてしまう。

「えっと……実は——」

わたしはつい昨日、自宅マンションで起きた出来事を話し始めた。

◆
◇
◆

結婚式を前に、わたしと尚宏さんはこれまで住んでいたマンションを引き払うことにした。もともと尚宏さんの住む間取り１ＬＤＫのお部屋に転がり込む形で始まった同棲生活。住みやすさに関しては何の不満もなかったけれど、結婚が決まり、将来設計を少しずつ固めていくなかでもう少し部屋数が欲しい、という話になった。これからはふたりの拠点として荷物も増えていくだろうし、わたしも彼も子どもを望んでいる。もし授かることができたなら、少なくとももう一部屋くらいはあってもいいのかもしれない、と。

お互いの両親には、「この結婚式前の忙しい時期に引っ越しなんてしなくても」と窘《たしな》められたけれど、一大イベントを終えたあとに気が抜けてしまい、やる気が失せないとも限らない。尚宏さんも同じように考えたらしく、それならば一気にしてしまおうということになった。

「だいたい荷物は詰め終わったね」

「うん」

運よくすぐに理想的な物件が見つかり、いよいよ翌週末に引っ越しを控えたわたししたちは、平日の忙しさに備えてあらかた準備を済ませようと心がけていた。身の回りのもの以外を片付けてしまえば、のちのち楽だと思って。

「……あ、いけない」

寝室のクローゼットのなかを見回してみる——と、上段の隅に、わたしがそれまで住んでいたアパートを解約したときからずっとしまいっぱなしだったダンボールがあることに気付いた。

「……アルバム？」

尚宏さんの問いかけ通り、それはアルバム類。重さがあるものなので、彼に下ろしてもらう。

「うん、卒業アルバム。実家を出るとき持ってきちゃったんだよね。置いてきてもよかったんだけど」

これを持ち込んでいること自体をすっかり忘れていた。見返すことなんてないけど、生きてきた証《あかし》のようなものだし、何となく傍に置いておきたかったのだ。

「小学校は六年何組？」

尚宏さんは封をしていない箱を開けて、小学校の卒業アルバムを手に取った。ページを捲《めく》りながら訊《たず》ねる。

「一組だよ」

「いた。裕梨、面影あるね。可愛い」

六年一組のページから幼いころのわたしの姿を見つけると、微かに笑った。

「……恥ずかしい。久しぶりに見たよ」

尚宏さんに示されたので、かつての自分と対面する。高い位置でポニーテールに結んだ彼女は、きっとご機嫌だったのだろう。満面の笑みだ。

「いい表情だよね。……あれ、これは？」

アルバムを閉じて箱に戻したとき、彼が一枚の封筒を手に取った。ピンクの無地で、一センチ程度の厚みがあり、可愛らしい星柄のマスキングテープで封をしてある。

「え、何だろう」

「見てもいい？」

「うん」

まったく心当たりがない。彼の要求を拒否する理由もなく頷くと、彼はマスキングテープをそっと剥《は》がして、中身を取り出した。

「——写真？　大学生なのかな」

写っていたのは大学三年のゼミ合宿のときの飲み会の様子だった。

そういえば、合宿係が気を利かせて、撮った写真を印刷して配っていたような気がする。

「あっ」

ふんわりと記憶が戻った瞬間、嫌な予感がした。尚宏さんが写真を一枚ずつ手に取っては一番下に送っていく所作に待ったをかけるため、手を伸ばす。

――けれど、もう遅かった。尚宏さんの表情が一瞬曇る。彼の視線の先には、大学三年のわたしと、彼の見知らぬ男子学生が手を繋《つな》いで寄り添う姿があった。

「これはだめっ！」

焦りのあまり小さく叫ぶと、わたしは尚宏さんの手のなかの写真を、封筒ごとひったくるみたいに奪ってしまった。

「……あ」

やりすぎたと思ったときにはもう遅かった。尚宏さんのわたしを見る表情がやや険しくなった――気がする。

「……ごめん」

「……あ、ううん」

彼は短く謝ったあと、そのまま視線を背《そむ》けて静かに寝室を出て行ってしまった。残されたわたしは、写真と封筒を握りしめ、その場にへたり込む。

わたしと手を繋《つな》いでいたのは、かつてお付き合いをしていた男性。同じ学科で同じゼミだったのだけど、卒業を機に気持ちが離れてしまい、話し合いをしてお別れした。それが二十二歳のとき。

もう何年も前のことなのに——これじゃまるで、後ろ暗いものであると主張しているみたいだ。

いや、でも、他の男性と手を繋《つな》いでいる写真をそのまま見せるのも正しい選択ではなかった気がするし……いったいどうすればよかったんだろう？

◆◇◆

「なるほどね。昔の彼氏の写真を見られた、か」

経緯を話し終えると、栗橋さんが自身の腕を組んで軽く頷いた。

「別にそれくらいいいんじゃないですかー？　学生時代、彼氏のひとりやふたりいるのは普通でしょう。しかもそれ、松田さんと出会う前の話ですし、全然気にすることないですよー」

「でも、それ以来何かちょっと気まずいというか……」

「気にしすぎですって。松田さんだってあのルックスならこれまでいろんな女の子と付き合ってきたんでしょうし。他人《ひと》のこと言えないですよ」

「そうかな……」

伊東さんがあっけらかんと笑っているのがちょっと意外に思える。あのときの尚宏さんの顔を思い出すと、気にせずにはいられなくなってしまう。

「私も同じ意見だな。松田くんはそんなことで気を悪くしたりしないと思うけど——」

「けど？」

伊東さんに同意して言う栗橋さんの語尾を捕まえて、伊東さんが先を促した。

「——ただ単に、嫉妬《しっと》してるんじゃない？」

「嫉妬《しっと》、ですか」

「過去のこととはいえ、大好きな谷川さんが自分の知らない男と付き合っていたって事実を、理屈抜きにちょっと面白くないって思ったんじゃないかな。でもそんなの、表に出すわけにいかないし」

「私もそれだと思います！　愛されてますね、谷川さん」

「え、え？」

てっきり尚宏さんに不快な思いをさせたと思っていたのに。話が思わぬ方向に転がっていき、動揺してしまう。伊東さんにはやし立てられ首を傾げていると、栗橋さんが噴き出した。

「意外と鈍感だよね。そういうので彼氏の機嫌悪くなるのって、それだけ相手のこと好きだからでしょう、普通」

「……そう、ですかね」

「賭けてもいいな。松田くんは、谷川さんの過去の男に嫉妬《しっと》してるんだよ」

やけに自信たっぷりの栗橋さんは、アイスコーヒーのグラスに刺さったストローをぐるりと回してから「家に帰ったら確かめてみて」と笑った。

◆◇◆

「あの、尚宏さん。ちょっといい？」

その夜、夕食を一緒にとったあと、片付けを早々に済ませたわたしは、ダイニングの椅子に座ってスマホに視線を落としている尚宏さんの前に座り、そう声をかけた。

「どうしたの？」

「あの……昨日の、写真のことなんだけど」

顔を上げた尚宏さんの表情が、一瞬強張ったのがわかって怯《ひる》みそうになるけれど、わたしはそのまま続ける。

「昨日変な感じのまま終わっちゃったから、ちゃんと説明したくて。あれは、大学の時に付き合ってた人で、もちろんお別れして随分経つし、もう連絡も一切取ってない。だから、やましいことなんて何もないよ。……紛《まぎ》らわしい態度を取ってごめんなさい」

思い返すと、昨日のわたしはむきになりすぎていた。勘繰られても文句は言えない。

「何で裕梨が謝るの？」

「だって……尚宏さんを嫌な気持ちにさせたから」

尚宏さんがちょっと不思議そうに訊《たず》ねたので、素直に告げる。彼が不快に思ったからこそ、ふたりの間にぎこちない空気が流れている。その謝罪だと。

彼がどんな風に反応するのかが怖くて俯《うつむ》いてしまう。わたしは尚宏さんの言葉を待つ間、祈るように目を閉じた。

「……ごめん。裕梨が謝ることないよ。悪いのは俺だから。俺が勝手に、裕梨の昔の彼氏に嫉妬《しっと》してるだけだ」

すると、意外なことに彼からも謝罪が返ってきた。驚きのままに目を瞠《みは》り、彼の顔を見た。そこには、何だかバツが悪そうにしている尚宏さんの顔があった。

「もう過去のことだってわかってるし、裕梨が今もその人と繋《つな》がってるだなんて思ってないよ。……だけど、そういうことじゃなくて……」

『過去のこととはいえ、大好きな谷川さんが自分の知らない男と付き合っていたって事実を、理屈抜きにちょっと面白くないって思ったんじゃないかな』

後頭部を掻《か》いたりして、言いにくそうに告げる尚宏さんの姿を見ているうちに、昼間の栗橋さんの言葉が頭を過《よぎ》った。

「……嬉しいな」

唇から素直な感情が零《こぼ》れる。

「尚宏さんが嫉妬《しっと》してくれたなんて。……いつも、追いかけてるのはわたしのほうだと思ってたから」

彩奈さんの存在がわかったとき、尚宏さんは谷川裕梨という『わたし』が好きだとはっきり言ってくれたけど、わたしは彩奈さんの身代わりだったのかもという思考が残ったせいか、わたしが彼を想う気持ちのほうが重いような気になってしまっていた。

だから、こんな風に嫉妬《しっと》してくれるのは――たまらなく嬉しい。

「そんなことないよ。裕梨が思ってる以上に、俺は裕梨のことが好きだし、誰にも取られたくない。だからプロポーズしたし、一生一緒にいたいと思ったんだ」

「尚宏さん……」

改めて尚宏さんの言葉でわたしへの想いを口にしてもらえると、胸がじんと温かくなる。

そうだ。プロポーズまでしてもらっておいて、何を弱気になっていたんだろう。

それから尚宏さんは立ち上がると、傍にやってきてわたしの顔を覗き込む。

「伝わってると思ってたけど……もし裕梨が構わないなら、これからそれを証明していい？」

「えっ、こ、これから？」

「そう」

彼の手が、テーブルの上に載っているわたしの手首を取って軽く引いた。そうすることで尚宏さんが何を示しているのかが――わからないはずはない。

「……い、いいけど」

頬が熱い、わたしは照れながら答えた。

「じゃあ、おいで」

「っ……は、はいっ」

『賭けてもいいな。松田くんは、谷川さんの過去の男に嫉妬《しっと》してるんだよ』

栗橋さんの言う通りだったみたいだ。彼女の言葉がまた脳裏に浮かんでくる。

――明日、賭けに勝った栗橋さんに、ランチでもおごるべきだろうか。

……なんてことを考えながら席を立つ。わたしは彼に手を引かれるまま、寝室へと向かったのだった。

イケメンモデル兼俳優の男友達、理人《りひと》から「既婚男性役を演じるのにリアリティを出すため、撮影の間だけ妻のフリをしてほしい」と、とんでもないお願いをされたOLの凪《なぎ》。困っている友人の姿に、フリだけなら…と、凪はその提案を受け入れた。だけど――両親への挨拶に、同棲に、さらには毎晩の濃厚な夫婦生活!? “フリ”の範疇《はんちゅう》を超えた要求の連続で……!?

B6判　定価：704円（10%税込）　ISBN 978-4-434-25638-7

EB エタニティ文庫 ～大人のための恋愛小説～

Riri & Wataru

リフレのあとは、えっちな悪戯!?

いじわるに癒やして

小日向江麻　装丁イラスト：相葉キョウコ

仕事で悩んでいた莉々はある日、資料を借してくれるというライバルの渉の自宅を訪ねた。するとなぜか彼からリフレクソロジーをされることに！　嫌々だったはずが彼のテクニックは抜群で、次第に莉々のカラダはとろけきっていく。しかもさらに、渉に妖しく迫られて……!?

定価：704円（10%税込）

赤

Hinata & Reo

あまい囁きは禁断の媚薬!?

誘惑＊ボイス

小日向江麻　装丁イラスト：gamu

ひなたは、弱小芸能事務所でマネージャーをしている25歳。その事務所に突然、超売れっ子イケメン声優の桐生礼央が移籍してきた。オレ様な彼とたびたび衝突するひなた。でもある時、濡れ場シーン満載の収録に立ち会い、その関係に変化が生じて……!?

定価：704円（10%税込）

赤

※エタニティブックスは大人の女性のための恋愛小説レーベルです。ロゴマークの色で性描写の有無を判断することができます（赤・一定以上の性描写あり、ロゼ・性描写あり、白・性描写なし）。

詳しくは公式サイトにてご確認下さい
https://eternity.alphapolis.co.jp

携帯サイトはこちらから！

本書は、2019年12月当社より単行本として刊行されたものに、書き下ろしを加えて文庫化したものです。


この作品に対する皆様のご意見・ご感想をお待ちしております。

おハガキ・お手紙は以下の宛先にお送りください。

【宛先】

〒150-6008 東京都渋谷区恵比寿4-20-3 恵比寿ガーデンプレイスタワー 8F
（株）アルファポリス　書籍感想係

メールフォームでのご意見・ご感想は右のＱＲコードから、
あるいは以下のワードで検索をかけてください。

アルファポリス　書籍の感想　検索

ご感想はこちらから

エタニティ文庫

身代《みが》わりの恋人《こいびと》～愛《あい》の罠《わな》に囚《とら》われて～

小日向江麻《こひなたえま》

2022年12月15日初版発行

文庫編集－熊澤菜々子
編集長－倉持真理
発行者－梶本雄介
発行所－株式会社アルファポリス
〒150-6008 東京都渋谷区恵比寿4-20-3 恵比寿ガーデンプレイスタワー8F
TEL 03-6277-1601（営業）　03-6277-1602（編集）
URL https://www.alphapolis.co.jp/
発売元－株式会社星雲社（共同出版社・流通責任出版社）
〒112-0005 東京都文京区水道1-3-30
TEL 03-3868-3275
装丁イラスト－逆月酒乱
装丁デザイン－AFTERGLOW
（レーベルフォーマットデザイン－ansyyqdesign）
印刷－株式会社暁印刷

価格はカバーに表示されてあります。

落丁乱丁の場合はアルファポリスまでご連絡ください。

送料は小社負担でお取り替えします。


ISBN978-4-434-31313-4 C0193